親愛的小小憂愁

ALL MY PUNY SORROWS

Miriam Toews

米莉安・泰維茲 著　陳佳琳 譯

令全世界驚豔的加拿大小說傑作！

得獎紀錄

★ 羅傑斯基金會年度最佳小說
★ 加拿大吉勒文學獎（Scotiabank Giller Prize）決選
★ 英國佛利歐文學獎（Folio Prize）決選
★ 英國惠康書獎（Wellcome Book Prize）小說類首獎
★ 卡內基文學獎最佳年度小說（Andrew Carnegie Medal）
★ 波士頓環球報年度選書
★ 華盛頓郵報年度選書
★ 紐約時報百大編輯選書

各界好評

◎少數值得留在身邊一輩子的小說。這部優秀作品描寫一對姊妹，其中姊姊決意自我了結，進而尋求妹妹的協助。驚人的幽默、睿智，卻也徹底讓人心碎。

——《衛報》書評，加拿大公共知識分子娜歐蜜．克萊恩

◎《親愛的小小憂愁》讀來輕柔卻又擾動人心，深刻探索愛的極限，回顧我們從童年邁入成人世界、被賦予責任與義務後，所經歷種種難以想像的挑戰。在這本巧妙細膩的作品中，米莉安．泰維茲讓我們認識當內心承載沉重的哀愁時，該如何面對人生，延續愛與希望。

——「英國惠康書獎」獲獎理由，小說類首獎

◎泰維茲的文字煉金術，讓敘述的表面看來平常，可她的才華、眼淚和歡笑淬鍊出如魔法般的丹藥，是生命的必須。……小說中的對話讓人心碎，但心碎後的反作用力卻將你帶往一個精神上

的新領地——幽默形成的堡壘屏蔽了絕望。泰維茲的書寫，平衡了難以言喻的痛苦以及繼續與世界共存的喜樂，生命總是充滿微不足道的哀愁。

——《華盛頓郵報》，年度選書

◎完美捕捉手足之間的日常親密，姊妹們如何愛護彼此、激怒彼此。人物的對話活潑寫實，泰維茲並神奇地在對話中，穿插對小說、藝術、生命的意義等大哉問，卻不顯得刻意和說教。這些對話針鋒相對、誠實坦率，卻也讓人深思。

《親愛的小小憂愁》使人不安，一部關於自殺的小說怎麼能讓人心安。可是作品的睿智、誠實和關懷，撫平了生命的傷痛。書帶給我們的慰藉，如同打開一瓶好酒與知心好友（對！真正的好友）把酒言歡。

——《紐約時報》書評

◎泰維茲非凡的小說，主題是自戕，卻出人意料地寫出生命的搖搖欲墜以及珍貴難得。如同怪癖一般，隨意又適切的引經據典，還有故事的悲喜交織和慈悲寬容都讓人想起約翰·艾文（John Irving）。

——《週日泰晤士報》書評

◎要將個人經驗書寫成如此有說服力的小說，十分不容易。相信過程也十分令人難受。但小說的成果突破了個人生命經歷的限制，有了自己的生命。

——《金融時報》書評

◎米莉安・泰維茲絕對是當代最受喜愛的加拿大作家。

——《紙與筆》書評

◎機智敏銳……豐富多元，泰維茲勇於觸碰敏感話題，就如走高空鋼索，卻毫不介意有無安全網保護，而她的腳下就是荒誕迷宮與鬧劇。唯有偉大小說家才能有一場完美演出，讓讀者驚嘆，拍手叫好……泰維茲就是能合讀者的胃口。

——《洛杉磯時報》

◎米莉安・泰維茲是了不起的說書人——詼諧奇妙，溫柔和煦……觸發最細膩敏感的情緒，讓人讀來笑中帶淚，喜悅與憂傷並存，久久難以釋懷。

——「作家信託基金安革耳芬德力」書評

獻給 Erik

1

一九七九年夏天快結束前，我家那棟房子被放在卡車車斗，就這麼從我們眼前離開了。我爸媽、我姊和我站在馬路中間，眼巴巴地望著它消失：那原木與紅磚堆砌的露台及牆板，緩緩駛上第一街，經過A&W餐廳與帝華保齡球館，轉上十二號公路，最終消失無蹤。我還看得見房子耶，我姊愛芙達不斷重複，直到她終於看不見房子。我還看得見，我還看得見，我還……好吧，沒了，它消失了，她說。

那房子是爸媽新婚時，我爸一磚一瓦親手打造的，當時兩夫妻才二十出頭，每天都活在美好幻夢裡。我媽曾告訴愛芙達和我，他倆剛結婚時，年輕又活力十足，即使在炎熱的午後，我爸一旦從學校放學回家，等到我媽烤完麵包，他們就會跑到全新的院子，嘻笑玩鬧閃躲花園灑水器的水柱，完全無視年長鄰居不以為然的側目，這些人八成在心底嘀咕：這對新婚的門諾派小夫妻，竟然膽敢在眾目睽睽下穿著清涼跳舞嬉鬧？多年後，愛芙達形容那是我爸媽《甜蜜的生活》（*La Dolce Vita*）片段，灑水器就等於是他們的特萊維噴泉。

它要去哪裡啊？我問爸。我們還杵在馬路中間。真的看不見房子了。爸此時用手擋住刺眼的陽光。我也不知道，他回答。他的確不願知道。愛芙達、我媽和我坐進車子，等著我爸進來。但他還在遠眺那片荒蕪空虛，我們等待的時間漫長如永恆。愛芙達開始抱怨她靠著塑膠椅墊的小腿肚，幾乎快灼傷了。最後，媽終於伸手輕按了喇叭，她不敢太用力，就怕嚇著我爸，他聽見喇叭聲後，回頭望著我們。

那年夏天炙熱難捱，我們又得等好幾天才能搬進新家，儘管它與舊房子格局神似，但終究不是我爸悉心打造的新房，他凡事講究精準細密，例如長長的門廊可讓我們安然欣賞頭頂激烈的雷暴，不用被大雨淋溼。最後，爸媽決定在等待搬進新房子期間，全家可到南達科塔州的惡地國家公園露營。

我們似乎將所有時間都用在打造與建設，然後再徹底摧毀破壞。我姊愛芙達說，這才不是真正的人生——我們像在病人東晃西晃的精神病院，唯一的人生目的就是生存，保持體力；根本就是難民營，不然就是精神病患的中途之家，她滔滔不絕，因為她痛恨露營——最後我媽終於開口，妳說夠了吧，寶貝，出門旅行能讓人從不一樣的角度看事情。去巴黎也可以啊，愛芙頂她，要不也可以來點迷幻藥。媽說，妳別這樣，重點是全家人能在一起啊，我們來烤香腸吧。

瓦斯小爐有點漏油，一點火就暴衝了四呎高的火焰，將野餐桌燻得漆黑，但愛芙達此時卻繞著火焰又唱又跳，一面哼著泰瑞・杰克的成名曲〈陽光季節〉，歌詞描述一名家族異類即將不久人世，與親友告別。我第一次聽到爸開口咒罵（他媽的見鬼了！）他離火焰很近，準備……要……他到底想做什麼啊？我媽則笑到發抖，連話都說不出來。我對家人大叫，要他們離火遠一點，但是他們全部文風不動，彷彿聽了某位要他們站好的導演的指示，而火焰只是特效，一旦他們移動，整場戲就要毀了。我立刻從野餐桌一把抓起吃了一半的彩虹冰淇淋桶，跑過田地到一處公共給水處，將冰淇淋桶裝滿水，再飛奔回去將火澆熄，結果火焰瞬時衝高，混雜了香草、巧克力與草莓的氣味，幾乎碰觸到一棵枝椏低垂的白楊樹，其中一根樹枝即刻著火，所幸火舌沒有蔓延，因為此時天空倏地變暗，雨滴與冰雹開始輪番襲擊大地，我們終於安全了，至少免於烈焰吞噬。

傍晚風暴結束後，故障的瓦斯爐被丟進足以阻擋美洲豹的大型垃圾籠，我爸和我姊決定去聽一場關於瀕危物種黑足鼬的演講，會場就在營地的戶外階梯劇場。他們說也許還會繼續聽第二場演講，有一位天文物理學家準備解釋暗物質的本質。那是什麼啊？我問我姊。她說，她也搞不清楚，但是她認為，暗物質必然占據了絕大部分的宇宙，儘管人類肉眼無法看見，她說，但我們多少還是能感覺它的影響。這不是很詭異嗎？我問，這讓她仰頭大笑。一直到今天，我仍清晰記得，或我該說，我完全記得她站在我面前的模樣——一件熱褲搭配條紋細肩帶背心，在她身後則是漸入黑夜的崎嶇惡地，她修長的脖子有一串白色皮革項鍊，墜飾是一顆閃亮的湛藍圓珠，她的豪放笑聲如一連串的預警槍聲，彷彿正向未來挑釁，警告不得對她輕舉妄動。她與爸走向階梯劇場時，我媽在後面大喊——你們要發出親吻聲，嚇跑響尾蛇喔！——在他們兩人試圖瞭解神祕力量與瀕危物種時，我和媽則趁著黃昏暮光，待在帳篷旁邊玩「現在幾點了？狐狸先生」的遊戲。

從營地回家時，大家都沒說話。我們已經開了兩天半的車，但方向卻離東村鎮越來越遠，最後我爸開口，也差不多了，該回家了，彷彿他正努力想找出解決辦法，終究一籌莫展，只能就此放棄。我們坐在車內，凝重地望著窗外險峻漆黑的加拿大盾地。殘酷無情，我幾乎聽不見我爸的聲音，當媽問他在說什麼時，他指了指那些奇岩異石，她點頭回答，喔，是啊。但我聽得出來她不相信，她似乎希望他意有所指，她要他挺身抵禦逆境，兩人同心協力。妳在想什麼？我小聲問愛芙。風吹亂我和她的頭髮，她是黑髮，我是金髮。我們正橫躺在後座，雙腿纏繞，背靠車門。愛芙在讀卡爾維諾的《困難的愛》。如果妳不是在看書，妳會想什麼？我又問一次。一場革命，她回答。我問她是什麼意思，她說我總有一天會懂，但現在她還不能明講。是某種地下革命嗎？我問。她立刻用全家人都聽得到的聲音說，我們不要回去吧。但沒人回應。風繼續吹襲。一切就只能這麼一成不變地走下去。

爸想停車欣賞蘇必略湖畔的原住民赭石壁畫。它們奇妙地經歷了烈日、湖水與歲月的淬鍊，保存至今。我爸停車後，我們走上一條滿布碎石的狹窄小徑。路旁有個寫著「危險！」的標語，下方一排小字解釋此處曾有人遭湖面湧起的瘋狗浪捲走，碎屍萬段，所以遊客得為自己的行為安全負責。沿途我們經過不少同樣的標語，每看一次警告，爸的眉頭就皺得更深，直到我媽告訴他，放輕鬆啦，杰克，再這樣下去，你會中風的。

直到我們抵達岩石密布的湖岸，才發現如果我們想看那些「象形文字」，就得躡足冒險踏過極度溼滑的花崗岩壁，而腳下幾公尺就是堆滿浪花的湖面，有條粗厚的纜繩以岩釘固定在岩壁，只要你能抓穩，接著你得用幾乎與陸地平行的角度才能繼續前進，頭簡直都快碰觸到湖面了。那麼，我爸說，我們可以不用再往下走了吧？他讀了步道旁的解說，希望就此結束這趟知性之旅。原來，他說，發現這些壁畫的研究人員把它們取名為「失落幻夢」。我爸望向我媽。妳聽到了嗎？蘿蒂？他問。失落幻夢。他從口袋掏出一本小冊子，在上面詳實記錄。但此時愛芙已經陶醉在波浪起伏的湖面上，單用纜繩支撐體重的驚險體驗，在我們還來不及阻止之前，她人就不見了。爸媽急忙呼喊她的名字，要她回來，勸她小心，不要做蠢事，妳現在就乖乖回來，我睜大雙眼，不敢說話，緊張地望著我姊，當時我深信那片洶湧湖水，很可能就是她生前能看到的最後畫面。愛芙人還緊抓纜繩，專注凝視壁畫。從我和我爸媽的位置什麼也看不見，根據愛芙後來的描述，她看見了許多奇特細瘦的生物圖案，以及一個曾經繁榮的文明圖像。

我們全家終於安然回到位於險峻的加拿大盾地最西端的小鎮，但心情並不輕鬆。雖然我們搬進了新家，我爸只要坐在前廊的躺椅，就能一眼眺望公路外的樹林，我們的老房子在視線消失的盡頭。爸原本不願讓老家被載走的。那不是他的原意。但我家隔壁的車行老闆想拓展店面，將停車場拓寬，於是對我們做出各式各樣的威脅利誘，大家都很有壓力，最後我爸終於受不了了。有一天，他屈服了，就如此輕而易舉將房子給賣了。我們公事公辦啦，杰克。後來某一個週日我們在教堂遇到車行老闆時，他對爸說，你可千萬不要放在心上。東村鎮早年是門諾教徒逃離俗世罪愆的避難地，但後來，宗教行為與商業活動似乎難分難捨，隨著居民生活日漸富足，他們對信仰更見虔誠，深信對教會忠貞不二，才是社區經濟繁榮、財富累積的至高準則，這一切都是蒙福於上帝。因此，當我爸拒絕將房子賣給車商時，鄰居交相指責，認為我爸對教會不夠虔誠。但我爸這輩子最希望的莫過於成為虔誠的信徒。媽鼓勵爸起而抗爭，要車商滾蛋。比我年長幾歲的愛芙達很瞭解狀況，她發起了一次請願運動，要求鎮民連署，不讓商業活動進入民眾的住宅區，但這一切都無法安撫我爸揮之不去的罪惡感，他認為自己觸犯了原罪，因為他為了屬於自己的事物而奮戰。老實說，我爸原本就被大家視為東村鎮的怪咖，因為內向寡言卻又勤快的他，每天會在鄉間健走十哩路，還堅持閱讀、寫作與理性就是通往天堂的最佳門票。媽當然支持爸（但程度有限，因為畢竟她是忠誠的門諾教徒，不願打破以夫為尊的家庭倫理），可是她是女人，她的聲音很容易就被外界忽略了。

媽在新家忙進忙出，編織她的白日夢，爸在車庫拿工具敲敲打打，我則在後院堆著想像中的火山，偶爾走出小鎮外圍閒晃，彷彿一隻被關在牢籠的黑猩猩，而愛芙則著手進行她「增加能見度」的活動。原住民的壁畫歷久彌新，傳達出希望、莊嚴、無畏與永恆的孤寂，彷彿給了愛芙啟發，讓她決定也要擁有專屬自己的生命印記。愛芙在她的姓名字首E……V……R……（愛芙達．馮．力森）下方加了A……M……P……，還有一個S猶如蜿蜒的蛇身環繞這幾個字母。她給我看了她畫在黃色橫條筆記本的印記。呃……我說，我看不懂耶。妳看，她說，除了我姓名的縮寫，A……M……P……代表**我微不足道的……**（All My Puny……），那個大S就是**哀愁**（Sorrows），我要讓S纏繞我所有的字母。此時她右手握拳，朝左手掌心打進去。每次她提出那些天馬行空的想法時，總喜歡這樣揮拳，表示她的堅決。

嗯……這還滿……妳是怎麼想出來的啊？我問。她告訴我她的靈感來自塞繆爾．柯立芝（Samuel Coleridge）的一首詩，如果此人生在她的年代，肯定會成為她的男朋友。

她還說她要將自己的印記漆在東村鎮所有的天然地標上。

什麼天然地標？我問。

就像水塔啊，她回答，還有圍籬。

我可以提供建議嗎？我問。她斜眼瞄我。我們彼此心知肚明，當她想將自己的印記呈現給世人看時，我其實沒什麼立場可以說話——這就好像耶穌的小助手告訴祂，嘿！祢用一魚二餅餵飽了五千人嗎？瞧瞧**我的**厲害吧！——不過愛芙大發慈悲，可能還為自己的創意得意洋洋，總之，她點頭了。

我說，不要用妳的名字啦。鎮上每個人都會知道是誰的塗鴉，到時地獄怒火就會降臨我們全家什麼的。

我們的門諾派小鎮極度厭惡凸顯個人特色或願望的印記象徵。教會牧師甚至曾經指控愛芙過度放任自己的情緒，結果她誇張地對他行了九十度鞠躬禮，說道「我真是**罪大惡極**，我的天主。」當時愛芙總是發起五花八門的請願活動，有次她還挨家挨戶拜訪居民，問大家有沒有興趣將「東村鎮」改名叫做「香格里拉」，結果竟然成功取得一百多人的連署，她告訴他們「**香格里拉**」源自聖經，意思是無差別待遇的世外桃源。

嗯，也許吧，我考慮看看，她回我。要不就寫AMPS就好，S再放大一些。這樣比較神祕，更讓人猜不透。

對……就是這個意思。

可是妳不覺得很棒嗎？

當然很棒啊，我回答。妳男朋友塞繆爾．柯立芝一定會很開心。

她突然做了空手道的手刀動作，瞪著遠方，彷彿聽見了遠方騷動的敵軍聲。

是啊，她說，客觀的哀愁，可是很不得了呢。

哪裡不得了了？

尤莉，她說。當然是跟主觀的哀愁相比啊。

喔，對啦，我說。妳說得對。

直到今天，東村鎮還看得見許多斑駁脫落的AMPS鮮紅噴漆。誰能想得到，它們褪色的速度竟比震撼人心的原住民壁畫快得多呢？

愛芙達左眉上方有一道新的傷口。醫生在她前額縫了好幾針，縫線又黑又粗，末端的線頭還突了出來，看來真像迷你天線。我問她這傷口怎麼來的，她只說是在浴室滑倒了。誰知道是真話假話？我們都四十幾歲了。這些年來，我倆的人生發生許多事情，也有不少境遇出乎我們預期。愛芙告訴我，為了要打開她的藥袋──藥是護士給的──她得拿把剪刀。鬼扯。我告訴她，我知道她根本不愛吃藥，除非藥量多到會讓她的心臟痲痹，所以到底她拿剪刀做什麼？明明用手就可以打開藥袋了。但她不願冒險讓自己的手受傷。

愛芙達是鋼琴家。小時候，她偶爾會允許我在她彈奏還沒記熟的曲子時，為她翻譜。翻譜可是一門藝術。我永遠得搶先一步，比她先瞄到音符，當我翻頁時，更是跟蛇一樣靜默無聲，才不會出現卡頁、摺頁或窸窸窣窣的噪音。以上全是引述她的口頭指示。她會逼我一次次練習翻頁，並將耳朵湊近樂譜專注傾聽。我聽到雜音了！她大聲警告。接著我就該繼續練習，直到她滿意為止。我喜歡超前她一步的感覺，更驕傲自己能比她更早知道該翻頁了。翻頁的時機必須完美，萬一我過早或太晚，愛芙達就會停下手邊的動作，厲聲咆哮，最後一小節！她怒喊，等到最後一小節再翻啦！然後她的手臂和頭會頹然靠上琴鍵，腳也不肯離開踏板，刻意讓自己的苦痛與折磨在家中縈繞久久不散。

全家到惡地露營後不久，愛芙在鎮上到處噴她的紅漆印記，這舉動讓主教（門諾教派的老大）表明要到我家進行他所謂的「拜訪」。有時候，主教稱自己為牛仔，這種「拜訪」行為只不過是在「弭清彼此的誤解」。但事實上，我們感覺像是突襲。他會隨同一群長老，大家全都開著自己的黑色轎車，在某個星期六出現（他們從不一起搭車，因為十三、四個大男人擠進同一輛車，無法營造他們最想要的威嚇效果）。我和爸望著這群人在家門外停車，排成一列緩緩朝我們走來，真像一群精疲力竭的康加舞者。我媽正在廚房洗碗。她知道這群人要來，但刻意忽略這件事，更對他們的「拜訪」嗤之以鼻，不願讓它影響日常行程。（同一位主教也曾譴責我媽不應該穿那麼蓬鬆醒目的婚紗。我該怎麼解釋這堆多餘的布料呢？他曾經這麼質問。）我姊應該在家的，也許她正密謀穿上她的黑豹黨裝扮，要不就是用馬鈴薯與酒精穿耳洞，以睥睨這群惡魔的造訪。

我爸打開大門，讓那群人踏入我家。他們全都坐在客廳，瞪著地板，偶爾瞥彼此幾眼。我爸慌張地站在房間中央，就像躲避球賽時，內場僅剩下的球員。我媽**早就應該**從廚房出來了，她應該忙著服務這群男士喝咖啡或茶，或是端出研發自食譜《門諾派寶藏》的自製甜點。但此時她反倒待在廚房，將碗盤弄得鏗鏘作響，刻意吹著口哨，假裝自己毫不在乎，留待我爸孤軍奮戰。稍早他們就曾經為這件事爭執。杰克，她說，他們來的時候，就說我們不方便。他們根本沒有權利大搖大擺地走進我們家。爸說他辦不到，他真的做不到。我媽回他，不然她來擋這群人好了，我爸不斷乞求她不要這麼做，後來她同意了，但她也表明自己不會出來招待他們，等他們宣判她家人的罪過。這次的「拜訪」與愛芙準備上大學念音樂有關。她雖然才十五歲，但這群權威人士早就耳聞地方風聲，知道愛芙「毫不保留急於想離開東村鎮的渴望」，他們更高度質疑高等教育的意義——特別針對女孩。這群人的頭號公敵莫過於拿著書的女孩了。

她會開始出現古怪的想法，其中一人告訴我爸，爸臉上沒什麼表情，只有點點頭，同時絕望地看著廚房，我媽正在裡面拿抹布趕蒼蠅，用肉錘壓扁小羊肉。我什麼話也不說，只是靜坐在爸身旁那張令人發癢的沙發，呼吸著那群人散發的「輕蔑氣息」，這是我媽對他們的形容。就在此時，媽叫我的名字，我趕緊走進廚房，看見她坐上流理台，雙腿晃啊晃的，直接對著塑膠瓶喝蘋果汁。愛芙呢？媽問我。我聳聳肩說，我哪知道啊？我跳上她身旁的流理台，她將蘋果汁遞給我。我和她聽見客廳傳來綜合了英語及低地德語的談話聲，在東村鎮，老一輩的人都會用這種聽來像中世紀語言的荷蘭語交談。（在低地德語中，我是「杰克柏．馮．力森的尤蘭莉」，我媽用低地德語自我介紹時，得說「我屬於杰克柏．馮．力森」。）過了一兩分鐘後，我們突然聽見拉赫曼尼諾夫的《G小調前奏曲》作品23號。原來愛芙就在大門旁那間臥室，裡面擺著鋼琴，她的人生多半在那裡渡過。男人們不再交談，但音樂卻越來越大聲。那是愛芙最愛的一首作品，也許算是她祕密革命的主題曲吧。兩年來，她一直跟著一位來自溫尼伯的老師彈這一首曲子，鋼琴老師每星期有兩天得開車到我家教她彈琴，因此爸媽和我對這首曲子的喜怒哀樂瞭若指掌，我們很清楚那些混亂音符背後想傳達的訊息。理論上，我們的小鎮簡直不容許鋼琴的存在，它讓人們聯想到沙龍、酒吧、狂歡，但我爸媽仍舊排除萬難，讓鋼琴進駐我家，因為大城市的某一位醫生建議愛芙的無窮精力需要有「創意性的發洩管道」，使她不至於「狂野」過頭，當然「狂野」二字負面意義十足，在一個處處講求順從的社區，這兩個字是最糟糕的。鋼琴被我們偷藏了好幾年，每次長老來訪，我們便連忙在鋼琴上堆滿床單衣物。爸媽最終也喜歡上了愛芙的演奏，偶爾還會點歌，例如〈月河〉或〈微笑的愛爾蘭雙眼〉。當然，長老們後來還是發現我們家藏了一架鋼琴，他們進行了冗長的討論，看是將我爸逐出教會三個月或六個月，我爸做了萬全的心理準備，打算像個男子漢接受事實，但等到他心甘情願受罰時，教會當局卻又決定算了（大概因為受罰者甘願承擔一切時，處罰者的快感就消失了吧），他們只希望我爸媽好好監督愛芙，同時讓鋼琴成為與上帝溝通的器皿。

我媽開始跟著愛芙的曲子哼唱，她的身體也擺動起來。客廳那群人依舊保持沉默，彷彿被譴責的是他們自己。愛芙越彈越大聲，而後樂聲漸弱，接著漸強。鳥兒停止歌唱，蒼蠅不再亂舞，空氣彷彿停滯不動了。此時此刻，愛芙就是世界的中心，這是她主掌人生的關鍵時刻，這是她第一次以成年女子的身分登上自己的人生舞台，儘管當時她並不知道，但這也是她宣示自己是世界級鋼琴家的偉大時刻。我總是認為，就在那一剎那，那群男人終於看清愛芙無法委身在我們這個小鎮，她擁有滿腔的熱情與矛盾，萬一將她箝制在這裡，她寧願引火自焚也在所不惜。就在那一剎那，愛芙掙脫了我們。也在那一剎那，我爸什麼都沒了：他失去了長老的認可，一家之主的地位，還有他那個追求自由，卻又步步陷入險境的大女兒。

曲子就要結束，我們聽見琴蓋猛然闔上，琴凳在地板刮出刺耳的噪音。愛芙踏進廚房，我將蘋果汁遞給她，她一口喝光，然後將果汁罐丟進垃圾桶。她用拳頭打進另一隻手掌心說道，空心得分！我們母女三人坐在廚房，外面那群西裝男走出我家，前門輕輕關上，車子引擎發動，緩緩駛離我家，最後消失不見。我們等著爸走到廚房，但他已回去自己的書房。直到今天，我還是不確定愛芙是否知道主教與長老為了她而登門「拜訪」，或這一切全屬偶然，她只是在最恰當的時機挑了拉赫曼尼諾夫，展現了一次完美無瑕的演出。

那次長老拜訪後不久，愛芙畫了一幅畫，用地下室找到的舊相框裱起來。它被她掛在客廳牆壁，就在破舊的沙發上方。上頭段話是這樣寫的：

本人確信自大傲慢、貪婪自私、心術不正、好色淫蕩、善妒好辯、盲目崇拜、虛偽說謊、誹謗詆毀、無情惡毒者，無視其身分高低，儘管他受洗上百次，甚至日日參與上帝的晚餐，絕非屬於基督之徒。

——門諾・西蒙斯

可以了，愛芙。我媽說。

不行，愛芙回答，它就該掛在那裡。這可是門諾．西蒙斯自己說的！我們不是該誠心遵從嗎？

愛芙的新成品就這麼在客廳掛了一星期，直到我爸乞求她：夠了，寶貝，妳的意見表達得很清楚了。我實在很想把妳媽那幅蒸汽船的刺繡掛回去耶。她這種時而義憤填膺的特質，早已隨同她放任不羈的性情，如風暴般橫掃全家。

2

愛芙達從不接受採訪。有次她大發慈悲，接受我俗氣的校刊訪問，但就只此一次而已。當時我十一歲，她卻已經準備離鄉背井，再也不回來了。她要到挪威舉辦獨奏會，同時拜一位年邁鋼琴家為師，她稱他是「奧斯陸巫師」。那年她才十七歲，提早在耶誕節前從高中畢業，幾乎囊括了學校的所有大獎，還有六所學校提供她學鋼琴的獎學金，連加拿大的總督大獎也頒給她，這該是人類歷史上最強大的個人印記了，更惹得教會長老們又急又氣。她準備啟程的前幾星期，全家某天在吃晚餐時，愛芙不經意地提起她也許會到俄羅斯走走，探索家族根源，這讓我爸幾乎暫時停止呼吸。妳不用了吧！他說。有可能會去喔，愛芙問，為什麼不行？

我的爺爺奶奶原居於西伯利亞一座門諾派的小農莊，一九一七年布爾什維克革命時，小農莊遍地沾滿了鮮血，慘不忍睹，只要一提到那裡，或甚至一丁點跟俄羅斯有關的話題，爸媽就會神經緊繃。

低地德語就是恥辱的象徵。門諾派教徒就此學會保持緘默，承受痛楚。我爺爺的父母就在自家穀倉旁的田地遭遇殺身之禍；他們的兒子，也就是我的爺爺，因為躲在牛糞堆而逃過一劫。幾天後，爺爺搭上牛車，隨著數千名教友前往莫斯科，再從那兒到了加拿大。愛芙出生時，爺爺告誡爸媽：如果你們想要孩子好好活下來，不要教他們低地德語。後來我媽上了大學，成了心理治療師，她學會了多年前的苦痛困難仍會代代相傳，而韌性、優雅或讀寫障礙也會遺傳。我爺爺有雙碧綠的大眼，但在他微笑的眼神後，偶爾還能瞥見那一年的慘烈屠殺與雪地上的鮮血。

荒唐與謊言，尤莉。我媽告訴我，人生至惡，莫過於成為凌虐者。

我們開車前往溫尼伯機場的路上，我採訪了愛芙。跟往常一樣，爸媽坐在前面，爸開車，愛芙和我坐在後座。妳不會回來了，對不對？我低聲問。她說我這樣講很笨。我們望著遠方的麥田與雪地。今天愛芙戴著那條有湛藍圓珠的白色皮革項鍊，穿了一件軍裝夾克。我們開在黑冰上。

這是妳唯一的問題？她問。

是啊，我回答。

尤莉，她說，妳應該還要準備其他問題吧？

喔，好吧，我說，彈鋼琴為什麼這麼迷人？

她回答，最重要的，就是演奏一開始必須溫柔輕巧，或至少在樂曲高潮時，一定要恰如其分，宛若低吟，因為旋律的張力漸增——我儘可能迅速記下她的話——情緒高亢時，聽眾才能憶起先前柔順巧妙的音符，他們甚至會渴望回到安逸閒散，享受純情摯愛的嬰兒時期，他們只想擺脫人性的暴戾與陰鬱；這種孺慕之心的積累，令聽眾到樂曲最終時，也必須做出抉擇：一是回歸柔順，就算是浮光掠影、片刻短暫也好；另一條路就是面對現實、暴戾、苦難、悲劇，直至生命休止。

呃……我說，差不多夠了，謝謝妳接受我的採訪，怪咖。

兩條路都有它的意義，就看你想為聽眾留下哪一種空白，讓他們像嬰兒一樣愉悅喜樂，心滿意足，重拾童真；或是悸動狂野，渴求他們大概永遠不會認識的情緒。兩條路都很棒。

懂了，謝啦，我說。以後誰替妳翻頁？隨便抓個維京人嗎？

她從行軍背包撈出一本書——那陣子她很迷軍武主題，例如派蒂．赫斯特與切．格瓦拉——然後將書丟到我腿上。等妳看完那套馬書，她說，真實的人生就會從這本書展開，她用手敲敲書封。她是在笑我當年沉迷《黑神駒》系列。我那時開始與朋友茱莉上騎馬課，很想獲選成為十三歲以下區域大賽的第三順位選手，總共只能有三人入選。

還好妳要去奧斯陸了，我說。

如果去不了，我就得光腳搭便車去西岸了，她回答。

路面結冰了，我爸說。看見邊坡那輛聯結車嗎？爸大概是想改變話題吧，他對於愛芙搭便車的瘋狂想法，寧可埋在心底不提。不過我媽大笑了起來，她回答，搭便車去西岸很有意思啊，不過，一月分出發不是很恰當吧。媽什麼話都藏不住。

這是什麼？我望著愛芙丟給我的那本書。

天啊，尤蘭莉。上面都寫了「詩集」兩個字，不然妳以為是什麼啊？

可以開快一點嗎？我問爸，趕快把她送上飛機吧。我是在故作堅強，但其實，我確信一旦目送姊姊離自己而去，我必定當場心碎而亡，我甚至偷偷寫了一份遺囑，交代家人將我的滑板留給茱莉，而我那沒了氣息的軀體，則要交給愛芙，因為我想要她因為丟下了我而內疚。我什麼都沒有，只有滑板跟軀體可以給人。不過我還是寫了一封感謝信給爸媽，甚至畫了一輛掛了新罕布夏州車牌的摩托車，車牌寫了新罕布夏州的州誌：**不自由，毋寧死**。

而且，我說，我已經看完那些馬書了。

那妳最近在看什麼？我姊問。

阿多諾[1]，我回答。

她笑了。喔？是因為妳看見我在讀他？她問。

不要說「讀他」好不好？我頂嘴，妳自以為了不起，對吧？

尤莉，愛芙開口，不要說「妳自以為了不起，對吧？」只要有人很瞭解某件事，家鄉的人就會這樣挖苦。例如我說明天是星期四，就會有人回說「妳自以為了不起，對吧？」不要再這樣說了。很沒品。

媽媽開口了，愛芙，夠了，妳不用再教大家怎麼當淑女了。妳很快就要離開。我們要好好利用這段寶貴的時間啊！愛芙往後一躺，辯解她只是在幫我，讓我離開教會小鎮的保護罩後，還能生存下來。還有，愛芙繼續補充，**淑女**在這種情況根本不適用。好了啦，愛芙，我媽勸說，大家好好聊天，不然唱歌也好。我媽家裡有十五個兄弟姊妹，她很知道該如何排解糾紛，與大家和諧相處。此時爸提議來玩「小間諜」的遊戲。

天啊，愛芙在我耳邊低語。我們才六歲嗎？不要告訴他們我已經嘗試過三種不同的性愛方式了，好嗎？

什麼！三種？

愛芙告訴我，詩人雪萊溺斃後，他的屍體就在附近的沙灘就地火化，但他的心並沒有燒光，因此他的妻子瑪麗將它收進一個絲綢小袋，放進她的書桌抽屜。我問愛芙，心臟不會腐爛發臭嗎？她說不會，它已經鈣化了，就跟頭骨差不多，其實只是他心臟火化後，剩餘的殘灰而已。我告訴愛芙，我也會為她這麼做，我會將她的心臟放進我的書桌、我的運動背包或我的鉛筆盒，它將安全無虞。她擁擁我的肩，笑著說我好貼心，但她告訴我，只有情人才會做這種事。

她還沒消失在機場安檢的玻璃門後時，愛芙和我玩了最後一局「看誰最專心」，當我們忙著拍腿鼓掌時，她說，扭扭（這是她叫我的專屬綽號，因為我經常會東張西望尋找線索，搞清楚狀況，到頭來卻什麼也弄不懂），妳最好記得寫信給我喔。我說，我當然會啊，但我的信一定很無聊，我的人生最無趣了，什麼新鮮事也沒有。不需要有什麼新鮮事，她說，人生就是這樣。好吧，我回答，

1　Adorno，德國社會哲學家。

我會試著寫寫看。不行，尤莉，愛芙拉著我的手臂說。拜託，妳一定要寫信給我，我就指望妳了。

機場已經開始在廣播她的班機號碼，她鬆開手，馬上就要從我眼前離開了。爸媽心裡也不好受，但還是強顏歡笑，臉上掛著開心的微笑，卻拿著面紙擦擦眼角。我趕緊說，我會寫的，好嗎？妳放輕鬆吧！好，愛芙回答，我要走了……還有，不要說什麼「放輕鬆」。**再見了！**我知道她也在哭，但她在最後一秒轉過頭，不讓我看見她。下一次我寫信給她時，一定要把這件事放在**「必須隱藏的舉動」**。從機場回家時我媽開車，爸躺在後座閉目養神。我坐在媽旁邊，當時還在下雪。我們除了車燈前的雪花，就只能看見幾公尺外的路面。在我眼中，雪花就像音符，緩緩飄落在猶如小節的馬路。我媽告訴我，她打算輕踩煞車，看路面是否還在結冰，結果，我還來不及阻止她，我們的車便開始打滑失控，頭朝下地摔入邊坡了。

✦

珍妮思到病房找我們談談。我們之前就認識珍妮思了。她是精神科病房的護士，休假時，她喜歡跳探戈，因為她說，跳探戈可以讓人擁抱。她穿著淺粉紅的運動套裝，腰間掛了一隻絨毛玩具，應該是想讓病人放鬆，會心一笑吧。她走進病房，用力抱了抱愛芙，說自己很開心能看到愛芙，卻很不高興又是在醫院見到她。沒錯，又見面了。

我知道，我知道啦，愛芙說。對不起，她用手指梳梳頭髮，嘆了一口氣。

我的手機震動起來，我的手伸進包包，將它關機。

嘿，珍妮思回答，我們不說對不起的，對吧？不說這種話。妳沒有做錯事，也沒做壞事。一切都是憑據妳的感受，對不對？妳想結束妳的折磨，我懂，但我們想用更不一樣的方式，結束妳的苦痛。用更健康的方式，好嗎，愛芙達？更有建設性的方式，我們重新開始吧。珍妮思坐上旁邊的橘色椅子。

好，愛芙說，好。

剛才那些話加上珍妮思的口氣，讓她有點畏縮也許自覺像個白癡，但比起其他精神科的護士，珍妮思幾乎媲美德蕾莎修女了，愛芙真的很幸運，沒被人丟進空蕩的水泥房，地板上只有一個排水孔，其他什麼也沒有。

妳好嗎？尤蘭莉？珍妮思問。她也抱了抱我。很好，還可以，我回答。謝謝妳，擔心，有點擔心。

妳當然會擔心，珍妮思說。她意有所指地看向愛芙，愛芙別過頭。

愛芙達？珍妮思很想要愛芙專心看她。我清清喉嚨，愛芙嘆了氣，緩緩轉頭望向珍妮思。愛芙極度不爽，主要是不爽自己將事情搞砸了，但她真的想禮貌待人，因為「中規中矩」如今是她的人生準則，以前的準則是「追求愛情」。但她說得越多，反而越做不到，似乎就是她的宿命，她因此恐慌哭泣。那妳就不要再說了啊！我曾經這麼告訴她。我知道，尤莉，我知道，她回我，但我還是……還是怎樣？我這麼問。愛芙對我解釋，她曾經看過一則報導，有一個人天生眼盲，在四十多歲時接受了角膜移植手術，突然間，他看得見了，人人都說重拾光明後，生命將就此大好，但其實手術之後，他糟透了，現實世界令他沮喪憂鬱，因為它荒謬可笑、腐敗噁心、可悲難受，曾經隱藏在黑暗角落的污穢恥辱，如今他卻看得明確清晰。此人後來深陷難以自拔的憂鬱，不久便死了。我就是這樣！愛芙告訴我。我提醒她，她是明眼人，她一直都看得見，但她告訴我，她無法適應光亮，她不能忍受這世界，她對它沒有免疫力。現實就是生鏽斑駁的鐵籠陷阱。夠了，我說，妳就不要把「愛」掛在嘴邊嘛，可以嗎？這樣就沒事了。可是，尤莉，妳不懂，愛芙說。妳無法瞭解的。才不是這樣，我很清楚，如果你一天到晚把某個字掛在嘴邊，當它開始讓你感覺不好時，你他媽的就不要再講了。為什麼跟妳談話會這麼累？我問。我們根本不是在對談！她回我。我們在解決問題。我們要**解決問題**。

愛芙達，珍妮思說，我弟在洛杉磯看過妳的演出，音樂會結束後，他哭了兩小時。愛芙沒說什麼。也許對方期望她表達謝意吧，但她可沒上鉤。我們三個沒有交談，還待在病房。愛芙正在檢視她被單的邊緣，順順它的皺褶。我心想，怎麼可能有人會哭兩小時？最後，珍妮思大聲清了喉嚨，讓我和愛芙都嚇了一跳。

妳接下來還有音樂會嗎？珍妮思問。

看起來……是有的吧，愛芙低聲回答。我好怕她再也不說話了。

她其實接下來有巡迴演奏，五個城市，我說，從……什麼時候開始？愛芙？愛芙聳聳肩。不久之後吧，再過幾個星期。這次是莫札特，對吧，愛芙。是莫札特吧？

有時候，我姊會選擇不再開口。我們的爸爸也曾經如此，他曾經一整年都沒開口。然後，到薩斯卡其萬的木斯久市看完一齣輕歌舞劇後，他突然說話了，彷彿自己從未靜默。一開始愛芙不說話，我也嚇到了，後來我才發現她的情緒並沒有變動，只是安靜了。不過她會寫紙條。

每次音樂會後，愛芙總會跟我們嘰哩呱啦講個不停，內容平凡，甚至庸俗，盡是一些芝麻綠豆的小事，她會喋喋不休講好幾個小時，彷彿她想藉此找到立足點，她想腳踏實地，想將自己從拉走她的音樂旋律帶回來。

她的琴聲就是我年少時期的配樂。只要愛芙在練習音階，我再怎麼搗蛋，她都不會注意。就算我將葡萄乾擺在琴鍵上，她也會把它們彈走，讓手指繼續在琴鍵左右游走。連我用性感撩人的姿勢躺在琴蓋，哼唱雪兒的歌，她也不會少彈一個音，她的雙眼不曾離開琴鍵，除非樂曲來到狂熱的最終章，你必須停下一兩秒，宣告結束，此時愛芙會睜開眼睛，表情猶如準備撲向大蛇的花豹，那野蠻熱烈的眼神，讓人感覺鋼琴既是她的情人，也是最可憎的敵人。

她最終還是離開了挪威，回家與我爸媽同住，她總是躺在床上哭好幾個小時，要不就瞪著牆壁發呆。她有黑眼圈，時而不苟言笑，時而活潑開心，卻能轉眼陷入憂愁哀怨。當時我已從東村鎮搬到溫尼伯，跟兩個不同的男人生了兩個小孩……這算是我的社會化實驗吧，開玩笑的啦，這是我失敗的社會化經驗。我忙著養家活口，努力學習成為大人的種種課題，一心想表現優越，卻還是搞得一敗塗地，一事無成。

我會帶小孩去看爸媽與愛芙，當時威爾四歲，諾拉還是嬰兒，我會陪著愛芙躺在床上，我們凝視彼此，深深擁抱，孩子們則在我們身上爬來爬去。那時的她經常寫信給我，內容都很有趣，關於死亡，關於力量，關於維吉尼亞．吳爾芙與雪維亞．普拉絲。她慣用五顏六色的簽字筆，在粉紅色信紙上細膩道盡她的無奈與悲哀。幾個月後，她身體漸漸好轉，也開始彈琴，辦了幾場音樂會，後來，她認識了一個人，尼克。尼克全心全意崇拜她，現在他們住在溫尼伯——它的印地安原義為「渾水」，雖是地球上最冷的城市，卻也是日照最多的城市之一，兩條洶湧大河匯集此處，力道之猛烈足以征服人類。尼克曾經隨愛芙學琴幾個月。他們就是這樣相識相愛的，但尼克後來承認，他上她的鋼琴課，就是為了在小琴凳上與她並肩而坐，看著她輕柔地將手指放上琴鍵。他甚至買了一張新的琴凳，不過她一看見它，就要求他將上面的軟墊取下——**這東西**擺在上面搞屁啊？——彈琴可不能講究舒適的。

愛芙各種古靈精怪的要求，尼克都唯命是從，他將與她相關的一切都視為假期。尼克凡事講求精準。他深信課本、說明書、食譜、帽子與領口尺寸必有其存在的意義。他無法忍受籠統的「大」、「中」、「小」分類。當愛芙建議他可以用更大的**「彈性」**詮釋音符時，他差點失去耐心。

而且，尼克不是門諾教友，這對愛芙而言非常重要——一個不信門諾教的男人。愛芙的寶貴時光早就被門諾派虛擲浪費，家鄉的長老總是想探索她的靈魂，箝制她的存在。尼克是科學家。我記得他致力解決人類胃部寄生蟲的毛病，但我不是很確定。我媽告訴她那群朋友尼克想要治癒腹瀉的問題。但她對「治癒」心存懷疑。而且，尼克，媽會這麼告訴他，我**真的**看得見死人，而且我還能跟他們對談，我看起來他們就跟活人一個樣兒，搞不好比活人更有活力。「你的科學」又要怎麼解釋這種事？尼克與愛芙總說想搬到巴黎，因為那裡有一間很適合尼克的實驗室，兩人也都愛講法文，也熱愛辯論政治議題，一年到頭都在圍圍巾，欣賞舊世界的優雅，但目前為止，他們依舊住在「渾水」市——其實，溫尼伯也算是西北迴廊的巴黎。

愛芙雙手極美，從未經歷歲月或陽光的摧殘，因為她不怎麼出門。不過，醫院把她的戒指都收起來了，我不知道為什麼，我猜是因為病人如果硬吞，戒指也能令人窒息；而持續用手撞擊牆壁好幾星期，戒指也會讓人受傷，甚至可以將戒指丟進河裡，然後宣稱自己想撿它，便順勢一頭栽進河水。

妳現在感覺如何？珍妮思問。

如果我現在瞇眼看向愛芙，我彷彿能將她的雙眼視為一片黑森林，而她那睫毛宛若交纏的樹枝，還有遺傳我爸的碧綠雙眼，駭人美麗，卻難以抵禦這血腥殘酷的現實世界。

我還好。她虛弱微笑。**鬼扯卵蛋**。

什麼？珍妮思問。

她是在學我媽說話，我說，我媽老是這樣說話。**胡說八蛋**。其實就是指某某人很誇張荒唐。

愛芙達，沒有人在笑妳，好不好？珍妮思說。對吧？尤莉，妳在取笑愛芙嗎？

沒有，我回答，當然沒有。

我也沒有，珍妮思表示，好嗎？

我也沒有，聲音從病床旁的帘子後方傳來，原來是同病房的室友。

珍妮思耐心微笑，謝了，梅蕾妮，她對對方說。

沒問題，梅蕾妮回答。

所以，我們保證沒人取笑妳，愛芙達。

那麼，可以說我是在自己嘲笑自己，愛芙低聲回答，珍妮思完全沒聽到。

妳看到妳媽和尼克開心嗎？珍妮思問。愛芙乖乖點頭。能看到尤蘭莉也很棒，對吧？妳一定很想她，因為她現在不住溫尼伯了。

珍妮思意有所指地轉頭看我，我不確定該怎麼回應，感覺自己應該立刻向大家道歉。幾乎沒人搬離溫尼伯，特別是我還搬到多倫多，遠離所有責難。我覺得迎賓馬車可能也懶得理我了，因為我脫離了家族核心。愛芙翻了白眼，用手指摸額頭的縫線，她在數自己一共縫了幾針。走廊傳來鏗啷聲，有人在呻吟。妳要知道在這裡，妳是安全的，愛芙達，珍妮思說。愛芙點頭，渴望地望向著窗戶，窗戶裝的是強化玻璃。

我讓妳們兩人獨處一下好了，珍妮思說。

她離開後，我對愛芙微笑。愛芙說，妳來這裡，扭扭。我站起身走了兩步靠近她床邊，然後坐上去彎身擁抱她。她順順我的頭髮，在我的頭下方嘆氣。我坐回剛才的椅子，擤擤鼻子，瞪著她。

尤蘭莉，她說，我辦不到。

我知道，我說，妳表達得很清楚了。

我不能巡迴。我根本沒辦法旅行。

我知道，我說。沒關係。不擔心。不要緊的。

我真的不能演出了，她說。

妳什麼都不用做，我再次安慰她。克勞歐會瞭解的。

不會，愛芙說，他會很不爽。

妳不行……因為妳人還在這裡……他也會要妳好好的。他都瞭解。他是妳的朋友，經紀人的身分還是次要，他不是都這樣說的嗎？他之前也處理過妳那些突發狀況，愛芙，他會再出手幫忙的。

莫瑞斯也會很生氣，愛芙說，他鐵定會抓狂。他計劃好幾年了。

誰是莫瑞斯？

記得妳在斯德哥爾摩見過的那位安德……上次妳去看我演出，記得嗎？

記得，怎麼了？

我這次真的不能巡迴了，尤蘭莉，愛芙說。他還要從耶路撒冷飛來看我。

誰？

以薩，還有其他一堆人。

那又怎樣？我說。這些人會瞭解的，就算不瞭解，也不重要。這不是妳的錯。記得媽都怎麼說的嗎？「擺脫罪惡感」，妳記得嗎？

愛芙問我走廊外面那可怕的噪音是什麼，我告訴她，可能是碗盤掉落水泥地板的聲響，但是她又問走廊是否有人被捆綁，我回答，當然沒有，她開始告訴我她曾經親眼目睹，所以她很害怕，接著又問我有沒有看過影集《鬼影喧囂》，還有她不想讓大家失望。她不斷說自己很對不起大家，我安撫她，告訴她沒有人生她的氣，我們只想她好好過日子。接著她又問起威爾與諾拉，我說他們都很乖。然後，她用手摀住了臉。我跟她說，我們一起來嘲笑人生吧，反正，人生就是一場笑話，對吧？不是嗎？我們可以像連體嬰，就算住在不同的城市也無所謂。我真不知道自己該說什麼了。

有位牧師走進病房，問她是不是愛芙達．馮．力森。愛芙說她不是。牧師訝異地望著她，還告訴我他發誓眼前這位就是鋼琴家愛芙達．馮．力森。

不是，我說，你認錯人了。牧師道了歉後便離開。

怎麼會有人這樣？我問。
怎麼了？愛芙問。
在醫院隨便找人問是不是某個人。牧師不是都該客氣一點嗎？
我不知道，愛芙說，這還滿常見的。
我不這麼認為，我說。這樣超級不專業的。
妳老是覺得不專業很糟糕。妳每次都說，喔，那好不專業喔，好像所謂的專業就必須要有道德上的意義，對方的表現舉止永遠得合宜有禮。像我，我就根本不知道什麼是專業。
妳明明知道我在說什麼，我說。
不要胡扯什麼人生大道理，愛芙說。
好，愛芙，我不會再跟妳胡扯，但妳得答應不要再想自殺。
愛芙告訴我，她身體裡有一架玻璃鋼琴。她很怕它會一夕粉碎，但她不能讓它就這麼碎裂。她告訴我，琴就在她的右下腹，有時候她能感覺它尖銳的邊角頂著她，令她很擔心某一天它終將刺穿，使她流血至死。不過當然她最怕的還是它會在她體內碎開。我問她那是什麼鋼琴，她說，那是一架老舊的海茲曼直立鋼琴，它原本是自動鋼琴，但零件被換過了，所以它才變成一架連琴鍵都是玻璃的鋼琴。當她聽到垃圾車傳來玻璃碎裂的聲音，或風鈴聲，甚是鳥兒在外頭唱歌時，她會立刻聯想到自己的鋼琴是不是碎了。

今天早上我聽見有個孩子在笑，她說，有位小女孩來看她爸爸，但我不知道那是笑聲，我還真以為是玻璃碎了，我緊緊捧住自己的肚子，想著，喔，不，真的碎了。

我點頭微笑，告訴她如果我體內有架玻璃鋼琴，我也會怕它碎掉。

所以妳懂的吧？她問我。

我懂，我說。我真的懂。說真的，如果它裂了，我又該怎麼辦啊？

謝謝妳，尤莉。

嘿，妳餓了嗎？我問她，要不要我買點吃的？

她微笑說，不用了，什麼都不用。

3

愛芙達瘦得不成人形，臉龐蒼白，當她睜眼看人時，會令人聯想到使黑夜瞬間刷白的閃電空襲。我問她記不記得上次我跟她唱那首慢到讓人受不了的〈野馬〉，那一次，我們的聽眾是一群住在安養院的年邁門諾教友。媽硬是要我們參加鎮上一對老夫婦的結婚七十五週年慶，我和我姊覺得唱那首歌超殺，一定很適合那場面。愛芙彈琴伴奏，我坐在她身旁，兩人全心投入唱出優美的旋律，只不過，從頭到尾坐在輪椅或撐拐杖與助行器的聽眾，全都滿臉困惑地瞪著我們。

我還以為這段回憶會讓她噗哧一笑，但她反倒要我離開。我之所以提起這段往事，她其實比我還清楚。尤莉，我知道妳想幹嘛。

如果她會難過，我承諾不再提起往事。假使她不想要我開口，我什麼話也不會說，我只希望她能讓我留下來陪她。

拜託，妳離開吧，她說。

我告訴她，我可以唸書給她聽，以前我生病時，她也這麼照顧我。她會唸雪萊和布雷克，這兩位是她口中的詩人男友，她會模仿他們英國紳士的腔調，清清她的喉嚨……〈那不勒斯近郊的憂鬱詩節〉，**午陽和煦，晴空清朗，波浪躍舞明亮**。不然我唱歌好嗎？我也可以像大海那樣跳舞。我還會吹口哨模仿。我甚至會倒立。我也可以唸海德格的《存在與時間》。要我用德文都行！什麼都好！那個關鍵字怎麼說的？

「此在」（Dasein），愛芙低語。她勉強擠出微笑，存在於此。

對了，就是它！拜託嘛！我坐下來，立刻又站起身。拜託妳，我說，妳總是喜歡標題有「存在」的書，對不對？我又坐在她身旁，將頭靠著她的腹部。妳牆壁那段話是什麼？我問。

哪一段？她問。

就是我們小時候，妳房間牆壁的那一段話。

不抵抗者，必先抗爭？

不是……另一句話，跟時間有關，什麼存在的地平線。

妳小心點，她說。

妳是說鋼琴？

對。她將手輕輕放在我頭上，沒有挪開，動作彷彿孕婦。我能感覺她雙手的溫度，我聽見她的胃咕嚕作響，還聞到她身上T恤的洗衣精芳香。她按摩我的太陽穴，接著緩緩將我推開。她說，她記不得是哪一段話了。她告訴我，時間就是一種力量，我們必須靜待它的運作，尊重它的能量。我想跟她爭論，想提醒她，逃避也是在蔑視時間，但我意識到她一定早就心知肚明，其實，她在告訴我的同時，也在說服她自己。真的沒什麼好說的了。她對我低聲抱歉後，開始哼起一首披頭四的歌，內容關於愛與需求。

記得凱特琳·湯瑪斯[2]嗎？

愛芙沒說什麼。

記不記得她醉醺醺地衝進紐約聖文森醫院病房，當時狄倫已因為酒精中毒病危，她整個人撲上昏迷不醒的他，乞求他不要離開，逼他繼續奮戰，當個男子漢，她要他愛她，跟她說話，求他不要走。我姊說，她很榮幸能被我比喻為狄倫·湯瑪斯[3]，但她又跟我說了抱歉，再度求我離開，讓她一個人安靜思考。我告訴她，無所謂，我現在就會走，但明天我會再回來的。她說，想來實在有趣，每一秒、每一分、每一天、每年每月，通通都有既定的名稱——但時間，或生命，或人生，卻又如此難以名狀而稍縱即逝。她忍不住想同情那群發明「時間單位」的人。充滿希望，她說，又徒勞無功。這就是人性的極致。

但愛芙，我說，就算妳用不上人類計算時間的單位與名詞，也並不表示生命與人生就毫無意義。

也許吧，她說，但某些中產階級也很不以為然，因為時間的制定幾乎是接近法西斯主義的思

2 Caitlin Thomas，詩人狄倫·湯瑪斯之妻。

3 Dylan Thomas，英國威爾斯詩人。

想了——人類根本不能歸類時間，或將它賦予定義，這很理所當然的啊。

我現在離開也行，我說，我要先走了，傻瓜教授，我的停車時間已經快到了。我剛才投幣準備停兩小時，現在大概差不多了。妳看，這也跟時間有關。

我就知道我有辦法逼妳離開，她說。我們擁抱，我在自己說不出話來之前，告訴她我愛她，我們在彼此的臂彎又停留了一分鐘，然後我離開了，但我不知道自己該何去何從。

走下醫院樓梯時，我檢查手機簡訊。我十四歲的女兒諾拉發了一封簡訊：愛芙還好嗎？威爾把前門弄壞了。另一封是我十八歲的兒子威爾，他是紐約大學的新鮮人，但我要求他回多倫多幾天陪諾拉，好讓我回「渾水」市：諾拉告訴我，她的宵禁時間是凌晨四點。真的假的？幫我抱抱愛芙！浴室排水孔都被諾拉掉的頭髮塞住了！另一封簡訊是我交情最久的好友茱莉寫的，我跟她準備在傍晚碰面：紅酒或白酒？替我問候愛芙。愛妳。

上一次我姊自殺的方式，是讓自己漸漸從地表上蒸發，她準備將自己餓死，當然這完全沒有成功。我媽打電話到多倫多給我，告訴我愛芙什麼也不吃，還求她與尼克不要通知醫生，媽與尼克束手無策，問我能不能去一趟？我直接從機場飛奔愛芙的臥室，跪在她身旁。她還問我在那裡做什麼。我告訴她，我是來找醫生的。也許媽有答應妳不會找醫生，但我可什麼也沒承諾。媽坐在餐廳背對我們，她無法同時支持一位女兒，又背離另一個女兒，世上所有的好媽媽都是這樣的，因此她乾脆選擇抽離自己。我要打電話了，我說，對不起。愛芙懇請我不要通知醫生。苦苦哀求。她雙手握拳拜託我，答應我她會好好進食。媽從頭到尾都坐在餐桌旁。我告訴愛芙，救護車就要來了。此時，有人開了紗門，我們都聞得到丁香花的芬芳。我是不會去的，愛芙堅持。妳一定得去，我說。她呼喚我媽，拜託告訴她，我不會去醫院的。媽什麼也沒說，甚至沒有轉身。拜託妳們，愛芙說，拜託！她用盡自己僅存的些許力氣，在救護人員將她抬上救護車時，對我比了中指。

那也是我第一次與珍妮思見面。在急診室時，我站在愛芙的推床旁，她壞掉的背包就掛在她身旁的點滴架上。我的手來回在鋼鐵床欄滑動，一面掉著眼淚。愛芙虛弱地握著我的手，彷彿垂死老人，雙眼直直看進我眼底。

尤莉，她說，我恨妳。

我彎身親吻她，小聲跟她說我知道，我感覺得出來她很恨我，我說，我也恨妳。

這算是我們姊妹倆第一次講出最主要的爭執吧。她想死，我想要她活，我們是深愛彼此的勁敵。我倆輕握著手，感覺卻很奇妙，因為她身上還掛著各種針筒、點滴與儀器。

珍妮思——那時的她就已經在腰間掛了絨毛玩具——拍拍我的肩膀，問我她能否跟我談一分鐘。我告訴愛芙我會馬上回來，於是珍妮思和我步入一間米黃色的家屬休息室，遞給我一盒面紙。她告訴我，我讓救護車將愛芙送來是最正確的決定，還有，愛芙並不真的恨我。人總有崩潰的時候，對吧？她說，我們好好討論細節吧。她最恨的是妳救了她一命。我知道，我回答，謝謝妳了。珍妮思抱抱我。陌生人有力親密的擁抱真是一種強效藥。她留我在家屬休息室。結果，我將自己的指甲皮都剝到流血了。

當我回去找愛芙時，她還在急診室。她告訴我她剛聽到一句很瞎的話，真是太瞎了。是什麼？我問。她說，她聽見對方說：我們很驚訝「馮」小姐竟然連最基本的智慧都沒有。是誰說的？我問。她指著一位正在垂死病人間忙著抄寫資料的年輕醫生，他的打扮就像個十歲男孩，滑板褲、大件T恤，看來就像剛參加完影集《狄加西高校》的試鏡。他到底是跟誰鬼扯這些？我問。就跟另一位護士，愛芙說。他大概是覺得，我對於自己被救回一命毫不感激，所以腦袋一定很蠢吧。混帳，我說，他有跟妳說話嗎？有啊，說了一些，愛芙回答，我感覺很像被人質詢，沒事啦，尤蘭莉，妳也知道他們這種人就是這樣。

妳是說，會將人類智商與生存慾望混為一談？

對啊，她說，或者認為智慧優劣就等於修養高低吧。

✧

這一次愛芙不是把自己餓死，這次她吃了藥。她留了一張條子，就在她多年前用來設計獨一無二的個人印記AMPS的黃色筆記本上，愛芙表達了她的心願，她希望上帝能接受她，她已經沒有時間留名青史，她還提到所有她愛的人。我媽在電話裡逐一將人名唸給我聽。媽告訴我，愛芙用綠色簽字筆寫下這些名字，而我們全在名單上。懇請諒解，愛芙還這麼寫著，就讓我走吧，我愛你們大家。我媽說，筆記本上還寫了幾段引言，但是她看不懂，有個叫大衛．休姆[4]的？她問我。媽的口氣聽起來，彷彿此人是誰一點也不重要。但是，我心裡想，愛芙還是相信神的囉？

她哪來那些藥？我問我媽。

誰知道，我媽回答，也許她是打什麼藥物的免費專線要來的。我不知道。

我媽發現她神智不清躺在床上，在愛芙抵達醫院前，我已經從多倫多飛回來了，她一睜開雙眼，我就站在她身邊。她緩緩綻開微笑，就像第一次聽懂大人笑話的孩子。妳來了，愛芙說，我們不能再這樣見面了。接下來，她向急診室護士及我們雇來的看護正式介紹我，彷彿我與她正參加一場隆重的大使館晚宴。

這位，她說，一面將下巴頂出來，因為她雙手都被綁住了，是我的小妹，尤尤。

我是尤蘭莉，我說，嗨。我與看護握握手，她說我看起來比較像是姊姊。經常有人這麼說，不知為何，愛芙的外表躲過了艱困的成年人生所帶來的崩壞侵蝕。然後愛芙告訴我，她與看護正在討論多馬斯．阿奎那[5]，對吧？我姊對那女人微笑，但對方冷淡回視，對我聳肩。她可不是

4 David Hume，啟蒙運動哲學家。

受雇來跟有自殺傾向的病人聊聖人的。為什麼是多馬斯．阿奎那？我問，在看護身邊的椅子坐下。愛芙忍住不看那位看護，如今已經是她的警衛了。她藥效未退，看護說。

但我吃得還不夠多，愛芙表示。我準備開口抗議。我是在開玩笑啦，扭扭。妳也別那麼緊張嘛。

愛芙睡著後，我在家屬休息室找到我媽。她坐在一名有黑眼圈的男人身旁看推理小說。我告訴她，愛芙一直提到多馬斯．阿奎那。

是啊，我媽回答，她也跟我說了這個人，在神智模糊時，還問過我是不是在「多馬斯．阿奎那她」，後來我想過了，我想她一定是在問，我會不會原諒她。

妳會嗎？我問。

這不是重點，我媽回答。她不需要原諒，她沒有犯什麼罪。

但五百億人可不會同意妳的說法，媽。

隨便他們吧，我媽說。

那是三天前的事了。後來我媽去加勒比海搭郵輪了，尼克和我逼她去的。她的小行李箱只放了心臟藥與推理小說，而且她一天到晚從船上打電話問我們愛芙狀況如何。昨天她告訴我，船上的酒保用西班牙文為我們全家人禱告。**願上帝保護妳們**。她還要我告訴愛芙，她從路邊小販那兒買了一張ＣＤ。一位哥倫比亞鋼琴家。搞不好是假貨喔，我說。她說她與船長討論了海葬事宜，還說有一晚起了暴風雨，她被風浪甩下床，但她竟然沒有醒過來，可見她有多累。早上她睜開眼睛，才發現自己已經滾到艙房的小陽台旁邊。我問她有沒有可能會從小陽台掉落大海，她說不可能，就算她想要，欄杆也會擋住她。如果欄杆沒擋住她，她也只可能掉進船身旁的救生艇。我媽深信人終究會被拯救的，無論多麼糟糕，事情總有挽回的餘地。

我離開醫院時，在櫃台問了珍妮思，瞭解愛芙當天早上是否的確在盥洗室跌倒了，珍妮思回答，是的，沒錯。在愛芙從急診室轉入精神科病房之後，他們發現她躺在盥洗室地板，額頭血流不止，而她手上緊握著牙刷的模樣，彷彿將牙刷當成了小刀，準備劃人喉嚨。此時，珍妮思突然離開，到育樂室控制住某一位準備砸電視的病人。另一位護士過來瞄了一眼愛芙的病歷，她說愛芙達得開始進食才會有體力，才不會再跌倒，也能對環境更有警覺心。

我很想回到愛芙的病房，告訴她護士的說法，我希望能看到愛芙翻白眼，也許對護士嗤之以鼻也好。我還想告訴愛芙，說這裡也有一位跟她一樣痛恨電視的病人，或許她能跟他認識一下。但她剛才已經開口要我離開了，我要讓她知道，如果她的要求合情合理，我會照做。希望愛芙瞭解我會尊重（多多少少啦）她的心願，儘管名字被護士拼錯，但她還是我聰明睿智的姊姊，我會聽她的話。我離開時不小心撞上一輛餐車。我對兩位穿著醫院工作袍，連忙趕來收拾的男人道歉。

那狗屎餐根本不能吃，老兄，其中一人說。如果我腦子清楚，我也會把它踢倒。

5 St. Thomas Aquinas，中世紀神學家。

就是啊，另一個人說。沒錯！

我說不能吃耶，第一個傢伙說。

我知道，老兄，我剛才就聽見了。

這麼吵你還聽得見？

哈。是啊，好笑吧。

所以你才來這瘋人院嗎？

不是，是因為我拿刀刺了闖進我工作間的傢伙。

不是真正拿刀刺，是你腦子裡的聲音要你動手的，對嗎？

是啊，沒錯，你說對了。但刀子是真的。

那就太糟糕了。太可惜了。

我喜歡這兩個傢伙。我也很喜歡「太可惜了」這幾個字。我很想介紹這兩個人給愛芙認識。

我開始收拾餐盤，但護士走過來說我不用動手，她會找工友來幫忙。我跟護士開玩笑，告訴她也許我對環境也沒啥警覺，這應該都是遺傳吧，哈哈。可是對方不覺得好笑。我想到有一次我不知在哪看到一段描述生氣女人的表情：一枝兩端削得尖銳的鉛筆。後來我就離開了。在我兩步做一步下樓時，兩步、四步、六步、八步，我心裡突然默默對愛芙道歉，因為我將她一個人丟在醫院，我也在想第二天該帶什麼給她：黑巧克力、蛋沙拉三明治、海德格的《存在與時間》（我們不再說存在與時間的意義，我們單純說存在與時間），指甲刀、乾淨內褲，但不可有剪刀或小刀，還有記錄奇文軼事的書吧。

我開著我媽破舊的雪佛蘭小車，開上潘比納公路，這是一條荒涼偏僻的柏油路，旁邊還有幾處生意蕭條的商場，我漫無目的地開著，想起愛芙說過的，「*le foutoir*」（胡來瞎搞），這就是我人生的寫照。她喜歡用聽起來高雅的法文形容瑣碎細節，也許是想追求心理平衡吧，藉此粉飾她的怨恨憤怒，直到它能如璀璨耀眼的北極星引導她到最終的歸宿。

路旁有一間寢具店在特賣，我開進它的停車場。我瞪著枕頭區有十分鐘之久——鵝絨枕頭、合成纖維枕頭，令人眼花撩亂。我從架上拿了幾個下來，輕輕捏擠，甚至把枕頭靠著牆，將頭躺在上面感受一下。店員告訴我可以在床上試躺。她在枕頭放上一張清潔墊，我躺了下來。店員說，她會回來讓我再試躺其他枕頭。我謝謝她，閉上雙眼，結果，我竟然睡了短暫卻又很有效率的午覺。當我醒過來時，店員微笑站在我身旁，有那麼一秒鐘，我回憶起童年，以及伴隨著它的平靜和諧。

我替愛芙買了一顆亮紫枕頭，大小跟睡袋差不多，絲綢布料還有銀蜻蜓刺繡。我回到車上，在葛蘭公園客棧的啤酒得來速買了兩打「特陳」老品啤酒，然後又在7-11暫停，買了一包「特淡」普來爾涼煙。反正只要有**特**這個字，我就花錢買了，我還買了一條「特大」歐亨力巧克力棒，然後開車回我媽俯瞰阿夕尼波因河的高樓公寓，我把剛才買的補給品全丟在地上。現在是春假，冰封的河面才開始融解，大片的浮冰交錯摩擦，在河水將它們帶往下游時，發出可怕尖銳的噪音。春天對這城市並不寬容。

我站在我媽的陽台上，抓著那顆繡有銀蜻蜓的亮紫枕頭，一面發抖，一面抽菸，心裡盤算計畫，嘴裡喝著啤酒，想要破解愛芙的密碼，她的人生意義，她的生命、宇宙、時間與存在。我在公寓內踱步，看著我媽的物品。我仔細端詳我爸過世前兩個月的一張照片。他正在公園看威爾打棒球。那是少棒比賽。他戴著那副超大的眼鏡，看起來很放鬆，雙臂交疊，面帶微笑。還有一張我媽抱著諾拉的相片，諾拉當時才剛出生。她們緊盯著彼此，彷彿透過心電感應在交換什麼重大祕密。我看著冰箱上一張愛芙在米蘭演奏的相片。她穿著一件黑色長禮服，肩頭裸露，頭髮烏亮，當她低頭彈琴時，髮絲落上她的臉龐。有時愛芙演奏投入時，她的臀部會提高離開琴凳一兩吋。在那次演出後，她立刻從飯店打電話給我，不斷啜泣，她說她好冷，好寂寞。但是妳在義大利啊，我說。那是妳最喜歡的國家耶。她告訴我，她的寂寞是內在的，她感覺體內有一袋沉重的岩石，她得從這間飯店將它拎到下一間飯店，從這座城市將它提到下一座城市。

我撥了我媽手機，看她能不能收到我電話，沒有訊號。

飯桌上有一張紙條。我媽告訴我要記得替她還ＤＶＤ。我知道為了讓愛芙好好活著，我媽累壞了。在她搭機飛往羅德岱堡上郵輪的前一天，媽被同一層樓那位瘋子鄰居的羅威納犬給咬了，當時她沒注意，到後來她才發現外套滲了血，結果縫了好幾針，還打了破傷風。每天晚上，媽只能癱坐在電視機前，將影集《火線》一集集看完，看完一季再看下一季，然後再下一季，電視機音量很大，因為媽有一邊耳朵已經重聽了，她會在電視機前睡著，螢幕上那位從巴爾的摩來的小混混跟她說話，用他的方式撫慰她，告訴她她早就知道的事情：男孩得在這他媽的世界勇敢闖出自己的一條路。

媽出門要去機場那天早上，不小心將浴簾和掛桿全扯了下來。不過她還是把澡給洗完，當她出來時，臉上帶著微笑，那是整個人煥然一新，期待冒險的微笑。我問她沒有浴簾怎麼淋浴，妳不是……她說，不會啊，很好，沒什麼問題。當我走進浴室，地上積了一吋高的水，所有的用品：衛生紙、紙巾、洗手槽上的化妝品、乾淨的毛巾、我家小孩的畫作，全都浸溼了。我這才意識到，她所謂的「很好」是一種相對的說法，因為就我家當下的情況而言，一切都很好，不會再有問題了。愛芙現在安全了，因為她在醫院比在家安全。尼克白天得上班，愛芙非常寂寞，所以我媽才選這時機出門幾星期，休息放鬆，也是好事一樁。

我站在我媽家的陽台，聽著下方的河面破冰。聽來就像槍聲，又像怒吼中的動物，爭先恐後地奔馳向前。今天是滿月，低垂的月亮猶如懷孕的貓咪。我還能望見河對岸的房子，裡面有人在跳舞，但我閉上一隻眼睛，用指尖遮住人影，他們就會消失。我打電話到醫院，請人替我轉接給愛芙。我在陽台來回踱步，等電話接通。我讓那對跳舞的男女消失，出現，消失。

喂？
喂？
我能跟愛芙達說話嗎？
妳是她妹妹？
對。
她很高興妳打來。
太好了。我能跟她說話嗎？
她寧可不要。
她寧可不要？
是的。
妳能把電話拿給她嗎？
最好不要。
是嗎？可是……
不然妳等會再打一次好了。
那我能請妳將電話接給珍妮思嗎？

珍妮思現在不方便。
喔。那妳知道她何時會方便嗎？
我不知道。
什麼意思？
我不知道她何時方便。
我是問我什麼時候打電話過來，珍妮思才有空跟我說話。
我告訴妳，我不知道。
妳只要給我一個答案就好。
對不起，但我沒有權利回答妳的問題。
妳是說妳也不知道她何時方便？妳說沒有權利是什麼意思？
可能得請妳晚點再打來了，抱歉。
但妳們不能替我留話或什麼的嗎？
恐怕我幫不了忙。
妳能廣播嗎？
祝妳今天愉快，再見。
等一下，等一下。

恐怕我幫不了忙。

妳可以破例幫我吧？

什麼？（河面的冰塊太吵，她聽不見。）

我只是想聽聽我姊的聲音。

我還以為妳剛說要找珍妮思。

我知道，可是妳又說——

我真的建議妳晚點再打來。

為什麼我姊不想跟我說話？

我沒說她不想跟妳說話。我只是說，她寧可不要到外面來接電話。如果每次有家屬找病人，我都得拿電話到病房，那我豈不是不用做別的事情了？我們也希望病人能盡量主動跟家屬溝通，不要都是家屬找他們說話。

喔。

所以我建議妳等會再試試。

也對，好的，可以。

我掛上電話，將它丟進河裡。沒有啦，我沒有真的這麼做。我在最後一秒停下動作，尖聲大叫。我寧可放火燒了醫院，也不想殘害我的靈魂。《錄事巴托比》的巴托比決定不要工作，不吃不喝，最後死在樹下。羅柏．瓦瑟也是死在樹下。喬埃斯與容格死在蘇黎世。我們的爸爸死在大樹旁的鐵軌上。警方後來交還我媽一袋爸的所有物，當他死時，它們都在他身上。不知為何，他的眼鏡竟然沒有碎裂，也許它飛離了他的臉龐，掉到柔軟的三葉草叢，或也許他小心翼翼將它取下，擺在地上。但當她從袋子將眼鏡拿出來時，它立刻就斷了。還有他的手錶。時間。全毀了。他的婚戒被壓扁了，他全身二〇六根骨頭也盡數碎裂。

他們在爸身上還找到七十七塊錢，我們將錢全拿來買泰國菜當晚餐了，因為每次遇到這種事，我老友茱莉總會說：飯還是要吃的。

4

尼克準備在傍晚下班後探望愛芙，接著我會和他碰面，喝瓶啤酒，我們應該會瞪視彼此，內心交戰困惑，討論下一步該怎麼做。我們原本打算找幾個看護，組成一個團隊，在愛芙出院後負責照顧她。

尼克曾經對愛芙溫柔建議，「合作」是讓她踏上健康旅程的關鍵。她很不以為然，她會有這種反應想也知道。她告訴他，一聽到「團隊」兩個字，她立刻聯想到四匹莽撞亂跑的馬兒。在「團隊」裡，沒有「自我」，對嗎？尤莉？愛芙這是在引述我們高中籃球教練的說法，還說這種話每次把她給嚇壞了。這「團隊」會對她做什麼？愛芙問。而她自己又能對「團隊」有啥幫助？列出清單？訂定目標？擁抱生命？記錄每天作息？不再皺眉，轉而微笑？她對我們的想法提出一系列最基本的疑問。天啊，尼克拉斯，她曾經這麼問，健康？旅程？你要不要聽聽看你自己在說什麼？我自己也聽了尼克的想法，我覺得他的建議都挺不錯的，唯獨愛芙不這麼認為，她武裝自己，咬緊牙關，看不起學術派或心靈啟發的書籍所提到的「自我療癒」。她認為這些所謂的「專業人士」只會麻痺弱者，然後自我稱頌。他們會逼我列清單！要我定目標！鼓勵病人每天都做一件「好玩」的事情！（你們真該在現場聽聽愛芙說出「好玩」這兩個字的口氣，那種不屑蔑視的程度有如唾棄納粹的首席劊子手。）

所謂的專業人士很難理解我家人對醫療體系的敵意。連我們自己也難以理解。有一次媽被除草機割傷，倒地血流不止，旁邊還有兩根被切斷的腳趾頭，救護人員立刻從救護車跳下來，跑到她身邊，她卻只是看向他們說，你們究竟在這裡幹什麼？另有一次，醫生告訴我媽我需要切除扁桃腺時，她告訴他，謝了，醫生，不過這種手術我們自己在家裡做就好了。

其實，我們只是不想讓愛芙孤單一人。尼克終究得回去工作，沒法天天陪著愛芙，我遲早也要回多倫多，讓威爾不再需要當他妹的保姆，可以儘早返校學習如何縮短社會貧富差距。莫霍克印地安人稱呼多倫多是「多卡倫多」，意思是「水中之木」。（我很慶幸加拿大的城市名稱跟水、樹、泥都很有關連，很討厭現在的政客或媒體動不動就把它們喻為「金融樞紐」、「科技中心」，要不就是「出版大城」或「地球最大都會」。）不過今天傍晚，我要去找茱莉喝一杯，我們要坐在她家前廊，那一棟位於沃斯利區的破舊小屋恰巧就在市中心，小屋上方有巨大的榆樹樹蔭，猶如天主教堂天花板庇護我們，而她的孩子會在我們促膝長談時專心看電視。

茱莉與我在東村鎮一起長大。我們算是遠親，我們的媽媽也是姊妹淘。（仔細算來，愛芙也可以說是我的遠親，也是姊妹，不懂的外人可能得從門諾教派的歷史開始瞭解，他們早年逃離俄羅斯獨裁軍隊的魔掌，定居加拿大，所以……你知道的。）茱莉和我小時候會一起洗澡，我們還發明了一種遊戲叫做「藏肥皂」，甚至開玩笑地用舌頭碰觸彼此的舌頭，直到我們長大，才驚覺如果跟男孩或男人交往，舌頭碰舌頭是很稀鬆平常的。

茱莉是郵差，體力超強的她一天可以走十五哩，肩膀還扛著兩個二十磅重的郵袋。下雨時，她會掏出一個大金屬環，用上面的鑰匙打開路邊那種綠色大郵筒，然後坐進去抽菸，用耳機聽BBC新聞，加上她的其他行為（捲起加拿大郵政總局的褲裙，讓自己看起來更「性感」），主管曾經責備她不少次。有時她會被停班一天或兩天或三天，端視她觸犯法規的嚴重性，反正她也無所謂，因為可以與小孩多相處一些時間，不用在黑壓壓的清晨將他們叫醒，穿著睡衣到鄰居家等著上學。她最近才與丈夫離婚，他是一位身材高大的雕刻家兼油畫家，所以她開始善用郵局的員工健保，固定找心理治療師聊。其實，茱莉的人生還過得去，她很開心，她喜歡談論自己的感受、生活、目標、希望與失望。誰不是這樣呢？她的心理治療師信奉榮格，他曾經告訴茱莉，她是他執業以來所見過最樂觀的病人，而茱莉睡覺時從未做夢，也讓他視為職業生涯的一大挑戰。

我們坐在茱莉家前廊喝便宜紅酒，吃乳酪配蘇打餅，天南地北地聊，除了愛芙的話題，我姊就跟時間一樣，我怎樣也抓不住，但她卻能對我造成很大的衝擊。茱莉的兒子女兒一個八歲一個九歲，還是見人就抱抱的年紀，甚至會坐在客人腿上。他們在屋內看《史瑞克》，不過每五分鐘或十分鐘就跑出來到門廊說話（每次見到小孩，茱莉便立刻將菸蒂放進草叢，不讓孩子們看見她抽菸，等他們進門後再拿起來抽）妳們知道嗎？妳們一定要進來看，真的很……很……姐弟倆會吵個一兩分鐘，茱莉和我會附和地點頭，她的眼神偶爾還會飄向前院的菸蒂。接著孩子們就像草地鷚般瞬間消失，衝進屋內，回到剛才看電視的姿勢。

他們覺得抽菸會得愛滋病，茱莉拿起自己快熄滅的菸蒂，一面告訴我。我們現在討論到，無論小孩年紀多大，做母親的總是很執著地想要他們過得開心，一旦孩子不快樂，我們也會不愉快，甚至開始自責沒作好母親這個角色。這種譴責內疚的心態緩緩凌遲我們，讓我們望著孩子時也會忍不住落淚。我們討論自己的前夫、前男友，恐懼自己可能再也不會有性渴望，甚至將孤獨死去，沒人會來關愛我們，到最後我們的褥瘡將深到足以見骨，臨死時甚至懷疑自己，這輩子到底做了什麼正確的事？

結論是，也許有吧，至少，我們維繫了彼此的友誼，我們將陪伴彼此渡過風風雨雨，有一天當孩子們長大離我們而去，而我們鎮日沉浸在悔恨抑鬱中，貧病交迫，我們的爸媽早已撒手人寰，夫婿或愛人與我們分道揚鑣時，我和茱莉會一起買一棟鄉下的小房子，我們將自給自足，劈柴汲水、捕魚種菜、彈琴唱歌，曲目也許來自《耶穌基督超級巨星》或《悲慘世界》，我們將共同回憶過往，等待世界末日的降臨。

一定喔。

一定。

我們擊掌打勾勾，坐在戶外感覺越來越冷了。我們聽著一個街區外的河面融冰，我開始納悶，如果那些冰塊能飛翔，如果它們能擺脫河水與碎冰的羈絆，讓我能目睹它們翱翔回到地球北端，那畫面會有多麼壯麗可觀。我們抬頭凝視四月的夜空，上面一顆星星也沒有。街道人家的燈光閃爍，我們望向屋內，茱莉的寶貝們已經穿著睡衣，在沙發上睡著了，手裡還拿著遙控器。

為什麼丹恩不能照顧諾拉？茱莉問。（丹恩是諾拉的爸爸，個性暴戾敏感，為了離婚，我們幾乎快撕破臉。）這明明就是急事。他不是告訴妳，只要情況緊急，隨時可以拜託他嗎？妳沒跟他提愛芙的狀況嗎？

他應該是在婆羅洲之類的地方，我說。跟一位高空特技演員。

一定很好玩吧。但我還以為他住在多倫多。

是啊，沒錯……他想住得離諾拉近一點，這是他說的，不過他現在人在婆羅洲。

不回來了？茱莉問。

沒有啦，不是長住那裡。我不太知道。諾拉沒跟他提愛芙的事。

那個巴瑞會替威爾付紐約大學的學費吧？茱莉問。（巴瑞是威爾的爸爸，他荷包飽滿，因為他替一家銀行設計了某種隨機局部波動模型，他總是神祕兮兮的。我們現在不怎麼跟彼此講話了。）

是啊……到目前為止還在付。

諾拉的舞跳得如何？（舞蹈是我們搬去多倫多的主要原因。諾拉可以進某間芭蕾專校，還好她申請了獎學金，否則我也沒法負擔。）

她愛死了，還說她自己太胖了。

真是的，茱莉說，她哪有啊，老說自己胖。

我逮到諾拉抽菸。

她以為抽菸就可以不用吃飯？

我猜是吧，我回答。似乎所有學舞的人都在抽菸。我跟她好好談過了，但是……

威爾很喜歡紐約嗎？她問。

他超愛的，我回答。而且，我覺得他成了馬克斯主義者了。他常常提起《資本論》。

酷喔。

是啊。

最後我幫茱莉將小孩半抱半推地送上床，跟她說了晚安。可惜她最近沒有因為行為不檢被停職，所以明天她還是得早起工作。她穿上了郵政總局的釘鞋，準備孩子們的午餐。穿釘鞋在冰上行走很容易。有一年冬天起了大風雪，我發現自己被困在阿夕尼波因河的滑溜河岸邊。我走過了冰封河面，原本計劃爬上河岸，走到奧思本大橋的人行道，這是我的如意算盤，我打算抄捷徑走到市區，結果我卻穿了一雙平底鞋，卡在冰封河岸，簡直無法靠自己力量爬上陡峭的河堤。我設法抓住河邊細長的樹枝，它們卻被我硬生生扯斷，我只能滑回原點。我躺在冰上，考慮下一步該怎麼做，一面啃著我在背包發現的燕麥棒，此時我突然想到茱莉的特製釘鞋。我打手機給她，她告訴我她其實正在附近送信，可以馬上過來救我。幾分鐘後，茱莉出現了，她脫下釘鞋丟給我，我最終成功爬上河岸。她站在郵袋上，讓雙腳不至於溼掉，然後一面抽菸，一面望著我像艾德蒙．希拉里爵士一樣，穿著她的釘鞋往上攀爬。後來我們去喝了一杯咖啡，共享一個波士頓奶油甜甜圈。救援行動就是得這麼乾淨俐落。

我跟茱莉說再見，開車在市區閒晃，我原想經過華沙街的老家，卻又百般不願，我不想回憶婚姻幸福的那幾年時光。

丹恩，我的第二任前夫，也就是諾拉的爸爸，將威爾視如己出撫養長大，而威爾的生父，也就是我的第一任前夫則在美國逍遙擁抱他的變動模型。我與丹恩都真的認為，經過一敗塗地的前一次婚姻後，第二次婚姻會成功。我與他克服了不切實際的浪漫憧憬，最後卻又悔恨自己做了錯誤的決定。如今我們卡在尖銳摩擦之中，難以脫身，多半時間都跟現代人一樣以簡訊與email連絡。偶爾我們會停戰，或因為累到只想喊卡，或因為懷念過往，只想祝福對方。他還會寄一些他認為我會喜歡的歌曲連結給我，或是關於宇宙的報導或道歉文，他還曾經在醉醺醺時寫下冗長的反省文，或甚至挑我缺點的檢討文——洋洋灑灑寫了一大篇。

當我開車經過華沙街的老家時，勞登．溫萊特的〈壞事還沒發生呢〉歌詞不斷敲擊我腦海。

我住這裡時，開始創作牛仔競技系列青少年小說，一開始書還頗為暢銷，替我付房貸，支付家用。到目前為止，我已經寫了九本《競技朗達之歌》系列。但出版社告訴我，朗達的世界也該改變了。現今青少年多半住在大城市，根本不知道騎野牛比賽是啥。編輯這陣子對我很有耐心，等我寫完我的「文學作品」。她說她雖然期待《競技朗達之歌》第十集問世，卻更高興我能「拓展其他面向」。老家新屋主看來正準備粉刷一層厚重的白漆，覆蓋多年前我與丹恩調皮選擇的黃紅外皮。當年我們身無分文，卻無憂無慮，毫無羈絆；對了，還有深愛彼此。我們對未來，我們的小家庭與在世界的立足點是如此自信滿滿。還沒重新上漆的籬笆，在暮光下散發出一種愉悅的鮮黃光暈。我還看得見諾拉貼的印花貼紙，可愛的小青蛙、小汽車，半圓形的月亮及微笑的太陽。有一次家族旅遊，我們買的金屬標語還拴在大門：當心獨一無二的惡犬。一般人這時都會說：我不知道後來怎麼回事。真的，我不知道我跟他究竟哪裡不對勁了。

我到了尼克和愛芙的家，將車停在車道。天終於黑了。我站在窗外，觀察尼克許久，他坐在黑暗中，瞪著發亮的電腦螢幕。我們該討論愛芙了，這是我們每晚的會議主題，卻從來沒有結論，但至少我們更團結了，我們更肯定想讓愛芙留下來的決心。我們坐在客廳，旁邊是一疊最近尼克很迷的音樂書與中文小說。我和他喝著香草茶，交換彼此的心得：她今天精神好多了，比較肯開口說話，你覺得呢？嗯，是啊，大概吧……那傷口怎麼回事？她跌倒了？你知道她有乖乖吃藥嗎？她說她有，但是……護士今天告訴我，我們不可以買外食給她，如果她餓了，就得自己從床上爬起來，在供餐時間走到餐廳。是沒錯……但是她不肯啊。她會把自己餓死的。但醫院不可能讓她這樣的。你確定嗎？嗯……

那群照護「團隊」依舊沒與我們連絡，我們開始納悶這群人是否存在。我們想知道團隊多久可以去看愛芙一次，費用大約是多少。我們知道錢不是問題，尼克說他明早會從辦公室打電話給負責人。我再次建議我們與愛芙的心理醫生見面，感覺很像是準備與某位根本不確定存在的黑道老大見面。或至少，我說，我應該跟熟悉愛芙病史的資深護士談談，原則上，就是要讓肯聽我們說話的人阻止愛芙出院，直到我們家屬有更好的安排，或直到她的身心狀況——按照這些人的說法——有明顯的進步。

巡迴演出怎麼辦？

他媽的演出，尼克說。

對，我說，我知道，但我們還是得處理這件事，她很擔心會讓大家失望。

我知道。尼克站起來從鋼琴上拿了一張紙。這群人全打電話來找她，他說。尚路易、菲立、席多、漢茲、安麗雅。有一半的人我都不認識。

你告訴克勞歐了嗎？

沒有……沒有……不過他也留了言。自由通訊社想要記錄音樂家的日常起居。《ＢＢＣ音樂雜誌》也想做點採訪，哈！

尼克回到餐桌旁，雙手交疊，將下巴放在手上，雙眼滿布血絲，其實他整張臉都漲紅了。他對我微笑，示意他能勇敢面對。

你累了？我問。

從來沒這麼累過，他說。

他站起來想放音樂聽，最近他很熱中黑膠唱片。他喜歡一個步驟接著一個步驟播唱片。他用掌心捧著唱片，對著它吹氣，音樂猶如溫柔的低語聲，只有吉他，沒有人聲。當他回到餐桌時，他請我檢查他的眼睛。

眼角溼溼的，他說。可能是感染了。

結膜炎？我問。

我不知道。最近老是不斷流出清澈的液體。我躺在床上，液體朝兩邊的太陽穴流。應該去找個眼科醫生看看。

你是在哭，尼克。

不是吧……？

是啦，這就是哭。

但我一整天都是這樣，他說。我的眼淚根本是無意識地流出來。

那就算是新的哭泣模式吧？我說，現在可是新時代了。我靠過去將手放在他肩膀，然後捧著他的頭，就像他捧唱片那樣。

我們靜靜坐了好一會兒，然後尼克告訴我，愛芙得在三星期內總彩排，就在巡迴演出前兩天。我說到時她不可能準備就緒，而且，她這次不斷提到自己無法巡迴演出，所以讓相關工作人員越早知道越好。我要尼克盡快打電話給克勞歐，他會處理的，他一向處理得很好。

如果你希望我打給克勞歐，那我來打。

我們要不要再等一陣子？

我認為他現在就該知道。

我知道克勞歐會怎麼說，尼克說。他會說，我們再看看嘛，克勞歐認為她遲早會恢復正常，上次也是這樣。他會說演奏能拯救愛芙，這一次也是這樣。

也許吧。

也許他是對的，或者她該有些壓力，然後就會沒事了。

最好是啦，我說。

但是……如果她真的不想巡迴，那也就算了，尼克說。它根本不重要。我只怕她又突然決定開始巡迴，然後……

嗯，所以先不要取消，我說。

尼克的頭如雪花緩緩倚上桌面。他的手臂和掌心撐著頭。

尼克，嘿，尼克，你該睡了。

接著是每次我們談完話的程序：兩人嘆氣，臉頰互碰示意，做做鬼臉，微笑聳肩，聊點別的事情。例如他在地下室打造的獨木舟，他計劃盡快完工，讓它春天能下水，然後再朝上游划，這是最難的部分，最後再順流而下。

我留下他與電腦獨處，他的臉在螢幕光線映照下，發光如布利斯．卡洛夫。真不知道他在看什麼。當你在世上最愛的人決心離棄世界，你會在谷歌搜尋什麼呢？我坐進我媽的車，檢查手機。諾拉從多倫多又發了簡訊：愛芙好嗎？我想要妳答應，讓我在肚臍穿洞，拜託啦？愛妳喔！另一封簡訊是瑞岱，他邀我過去他家，這位捷克小提琴家的雙眼總是不時流露哀傷氣息。我上次到溫尼伯找茱莉，陪她送信時初次巧遇瑞岱（其實他就是我陪茱莉送信的真正原因。她曾提到她會固定送信給一位超帥的歐洲男人，但他看起來孤單又絕望，就像妳，尤莉，她這麼說。）他搬到溫尼伯，是因為想要自己創作歌曲。大家都是這樣的，搬到地球上最黑暗陰沉卻又能爆發豐富創作力的地區。這可是「渾水」匯集之處，所以這裡的人，心中只有一種疑問：我們該如何寫出最哀傷的悲劇？最可憐的音樂？瑞岱和我無法以同一種語言溝通，真的沒辦法，但是他總是很有耐心聽我說話，也理解我的心情——其實我並不真的確定他有多懂，但他可以坐上一兩小時，聽我用他不瞭解的語言埋怨人生——難道是因為他希望最終能夠跟我……拜託，真的是因為他想……「打炮」？

我不確定「打炮」這個詞現在還有沒有人在用，但我又不好意思問諾拉最新的說法是什麼。我就是所謂的三明治世代，上一代有人說「打炮」，下一代似乎是說「炒飯」或「嘿咻」，到底該如何稱呼呢？我坐在瑞岱位於學院路的閣樓公寓小廚房，與他討論愛芙，探索她的失落、她的麻木、她「如鉛沉重的時刻」（引述自艾蜜莉．狄金生），還有我要她活下來的王牌計畫，我的無奈、我的憤怒，還有，我告訴他，月球上的海洋稱為「寧靜海」與「智慧海」，如果是他，他想靠近哪一座海？還有，他知不知道加拿大有一座「失望」冰河，它注入「失望」河，「失望」河又流入了「失望」盆地，而這盆地就讓「失望」之水不斷漫流。瑞岱點點頭，替我倒了紅酒，為我準備食物，當他走過我身旁，要到廚房弄義大利麵或燉飯時，他在我頸後親吻了一下。他很蒼白，體毛濃密捲曲，他曾用破碎的英文開玩笑說自己還沒演化完成，但我說我覺得他這樣很好，不用像北美洲的居民擁有體毛恐懼症。體毛是女性解放的最後疆界，瑞岱。我**好累好累**。他點頭，啊，是嗎？

當他將義大利麵放上餐桌時，他靜靜說，我看過妳姊姊演奏。

什麼？我問，真的？你沒說過。

在布拉格，他說。我一點也不訝異。

為了什麼訝異？我問他。

她的痛苦，他說。我聽她彈琴時，我覺得自己不應該在場，當時現場有好幾百人，沒有人離開。但她的痛苦很私密，外人根本無從知道。只有音樂能瞭解她，為她保守祕密，因此她的演奏就像謎霧，就像低語，後來去酒吧的聽眾喝飲料時也沉默無言，因為他們心有所感，卻無法用言語形容。

我思考他的話許久，他老式的歐陸氣質，還有他的語氣。也許我們會愛上彼此，帶著威爾與諾拉搬到布拉格，我的人生比較類似法蘭茲．卡夫卡的人生。威爾和諾拉可以學網球與體操，瑞岱和我每天都會看芭蕾舞與歌劇，我們的生活將詩情畫意卻又開創革新。

我會將她歸類為依沃．波哥雷里奇或甚至艾夫根尼．紀新這種天才鋼琴家。她能將琴音詮釋成完美的人類嗓音。

她體內有一架玻璃鋼琴，她很怕它會碎裂，我說。

是的，他回答。也許它早就碎了，也許在那之前，她已經不知道該如何處理它的存在了。我想那一晚我就這麼莫名愛上她了。我想要保護她。

喔，不錯嘛，你很哈我姊？他大笑回答，不是啦，當然不是那種愛。但是我有感覺他在說謊。我看我的布拉格幻想曲就到此為止了。我心想，顯然布拉格對卡夫卡也不是充滿歡樂的地方吧？算了，我看我和他之間就到此為止吧！

妳還想喝酒嗎？他問。她小時候是什麼模樣？

她就只會彈琴，我說。還有陳情請願。

是嗎？如果人的一生，只能選擇做一件事，那就彈琴吧，瑞岱說道。難道沒有其他的回憶？

她年紀很小時就開始學法文了，有時候她從早到晚都在講法文，她還有一段時間完全不開口說話，我們的爸爸也會這樣。她替我取了許多綽號：扭扭、小扭、小亂子。她想把我們的門諾小鎮當成是義大利托斯卡尼的小鎮，替每個人取了不一樣的姓氏，連街道也換了名。她對義大利的迷戀真的走火入魔了。我家有長輩來訪時，她還用義大利文稱呼他們先生，女士，泡濃縮咖啡給他們喝。大家都笑她，連我也覺得有點丟臉。

可是，她只想創造一點刺激感，不是嗎？瑞岱問，替自己塑造好玩又成熟的形象！

沒錯，但我現在才懂，我說，可是當年……你知道，我們那種小鎮非常不適合走什麼喜劇風格。有一次還有人對著我家開槍。

怎麼會這樣？瑞岱問，只因為愛芙達的行徑嗎？

我不知道，我說。嫌犯一直沒找到。很多人開我爸玩笑，說他老是騎腳踏車，每天都穿西裝，認真看自己的書。愛芙會為了這種事情傷心生氣，她會跟別人吵架，只想護著我們的爸爸。

後來她到奧斯陸唸書時，還寄錄音帶給我，告訴我她在大城市的生活，接下來，她又到阿姆斯特丹跟著某位大師學音樂，最後則到了赫爾辛基。我常在夜裡一次又一次聽她的錄音帶，假裝她就在我身邊，我把她的每一個字，每一次呼吸全都背起來了，我會隨著她說話，甚至她輕柔的笑聲，我全都記起來了。

瑞岱替我們兩人又各倒了一杯酒，他說他想到諾斯洛普．弗萊[6]曾說，要離開某地，需要用罄畢生精力，接下來，人就必須不斷驅策，才能持續開創新局。他問我我的想法。

我同意，不過，如果我膽敢與諾斯洛普．弗萊作對，應該算是違法的吧？

那當然，瑞岱說，也許妳——

我知道，我知道，我開玩笑的。但我贊成他的說法。

妳很想念妳姊姊，瑞岱簡短地說。

是啊，但不只如此。我其實不想要她回來。但當時的我不知道自己是否理解這一點，不過我心裡多少清楚，她一定得離我們遠遠的，可我又覺得自己需要她陪著我，才能好好生存，所以，我急著想要認識自己，我也想知道，一旦她遠離了我，我還能不能夠堅強。她回家都會跟我打網球，在黑暗中打「盲人網球」。儘管很好玩，但很多球都被我們搞丟了。她告訴我打「盲人網

6 Northrop Frye，加拿大文學理論家。

球」時，重點就是專心傾聽。每一次被球打到頭，我們都會笑得直不起腰。我也能分辨她彈琴時的情緒。在學校，她拿了大大小小的獎學金，還到電視台參加猜謎節目，但她對許多事不滿。她最恨不夠積極努力的人。不對勁的事也讓她抓狂。有一次牧師和長老到我家，告訴爸媽不該讓愛芙達出國唸書，因為她會無法無天，結果她當晚放火燒了他的講道篷，惹警察上門……

天啊，瑞岱說。

不過，那群人來時，她在隔壁房間彈拉赫曼尼諾夫。我媽跟我躲在廚房，只要他們對我爸施壓得越厲害，她尖叫得更大聲，沒錯，用鋼琴尖叫。她用自己的智慧與忿恨驅趕他們，就像耶穌趕走那群換錢者，你知道達斯汀．霍夫曼在電影《稻草狗》……

就像吸血鬼怕陽光，瑞岱說。

全是一群頭腦簡單、粗蠻無理的人，她根本是對牛彈琴……她不想——

她彈了什麼？瑞岱問。

《G小調敘事曲》作品23。

警察到了妳家，後來呢？

我爸媽不肯讓他們送她到感化院，也不願意把她送入森林深處的基督徒再造營，總之我覺得那全是口頭威脅，不過我們全家開車長途旅行到加州佛瑞斯諾，同時遠離警方的追查，等到我們回去後，警方也根本忘了這件事。愛芙說服了一位佛瑞斯諾的男孩當她的男友，我們回家那天，男孩躲在後車廂，結果我爸發現車子重量不對，半路就將他打發了。我爸把他拖出車廂，準備趕走他時，愛芙與那男生開始難分難捨，爸根本應付不來，媽還得下車告訴愛芙我們得離開了。我記得愛芙還在跟那男生接吻時，媽硬是扯著她的手臂要她離開。最後愛芙終於上車，雙眼都哭腫了，那男生追著車子跑了好久，讓我想起東村鎮農場養的狗兒。

瑞岱笑了。妳有她的照片嗎？他問我。我從皮夾拿了一張照片給他看。她碧綠的大眼與烏黑的長髮。她看起來很像外星人，對不對？

他說，她美極了。

✧

我第一次在瑞岱家吃飯時，就告訴他我對丈夫一向忠心，也與他養兒育女，瑞岱親切點頭，彷彿他很欣賞或甚至偏好這個特質。但妳知道的，**妳人在這裡，跟我在一起**。我這陣子非常疲憊，因此我會將頭放在餐桌，然後就這麼睡著了，瑞岱則會開始收拾碗盤，將我帶到他床邊，細心脫下我的衣物，將我的牛仔褲掛在一旁的椅子上，免得我的唇膏從褲子口袋掉出來，滾入積滿灰塵的床底，接著他將我的襯衫放上檯燈，房內頓時泛起有趣的暈黃，他溫柔地跟我做愛，就像一位真正的紳士。我奶奶就是這樣形容我爺爺的，那一次我問她爺爺是怎麼樣的丈夫。他很溫柔。他是真正的紳士。而我也只能想到用這些話描述瑞岱。高潮來時，他溫柔用捷克語喃喃說了一個字。

我喜歡撫摸他的指尖，感受上面的硬繭，那是他一天練五、六小時小提琴的成果。

他告訴我，有一次我睡覺時，發出狗兒般的吠叫。我自己是不太記得了，也許我夢到了什麼，感受了什麼，讓我發出那種聲音。有時我覺得，至少在夢中，我終究能理解愛芙的沉默。有一陣子我獨住在蒙特婁，哀悼失戀，那一次她曾經寄信給我，引述保羅・梵樂希[7]的話。一封信只有一個字，但我花了好幾個月才搞清楚她的用意。**呼吸。夢想。沉默。無與倫比的平靜……而妳終將戰勝。**

5

現在是早上，我宿醉未醒，眼袋泛紫，睫毛膏早已暈開，唇邊還有乾涸的紅酒漬，兩手不斷發抖。我正在喝提姆．霍頓快餐店的咖啡，雙份加雙份加雙份加雙份的濃縮咖啡。我媽還在郵輪上。尼克感染了某種病毒，整個人泡在淚海中。我替愛芙買了她要的東西：黑巧克力、蛋沙拉三明治、乾淨內褲與指甲刀。我走到病房時她還在睡覺。我確信她還活著，因為她的眼鏡放在胸前上下移動，彷彿一艘迷失在大海，載浮載沉的救生艇。我將蜻蜓枕頭放在她頭旁，然後坐在窗戶邊的塑膠橘色椅子，等待她睡醒。從我坐的位置，我能看見我媽那輛破舊的雪佛蘭停在停車場，我按了遙控防盜鈕，看我得離車子多遠才能啟動警報器。結果什麼反應也沒有，連燈也沒亮。

我檢查黑莓機，裡面有兩封丹恩寄來的簡訊。他在第一封列舉了身為母親與妻子的我，失職得有多麼嚴重；第二封簡訊則是為了他第一封簡訊道歉。酒精、哀傷、衝動、悔恨。這全是他的理由。說我行為舉止失序。我懂啦。有時他會寄來口氣嚴肅正式的email，就像由律師團草擬的

7 Paul Valéry，法國象徵主義詩人。

官方信函。有時，他那些email延續了我們多年來的對話，彷彿什麼事也沒發生，這場離婚只是兒戲。所有的譴責、道歉、設法瞭解、彼此攻訐……他也全都怪我。丹恩不要我走。我不要愛芙走。世界上每一個人都在努力想要讓某人留步。當李查．巴哈寫下「如果你愛某人，請放他／她自由」[8]時，勸戒的對象肯定不是人類。

我走進愛芙與病友共用的廁所（室友梅蕾妮回家去了），尋找任何足以自毀的工具。什麼也沒有。很好。連牙膏蓋也被拿走了，但我納悶它到底對尋死能派上什麼用場？我抹去唇邊的紅酒漬，用手指刷刷牙，原本我還想抹去睫毛膏，結果越弄越糟，我看起來就跟女鬼一樣。

我用盡意志讓手不再顫抖，撥撥頭髮，暗自對自己不太相信的上帝祈禱。為什麼人們都說如果心中有上帝，祂就會應允我們的祈禱？為什麼祂不能主動一點？我祈求智慧。賜予我智慧吧，上帝，我說。以前，爸在祈禱時，總是說**賜予**（grant）而非**給予**（give），因為這種說法比較謙卑。真是怯弱。我不知道爸是否**承受了地土**（inherited the earth），因為根據聖經的說法，人若謙卑，天國就是屬於他的。

愛芙睜開雙眼，對我疲憊微笑，我覺得她似乎因為清醒時發現仍在人間而失望透頂。我能聽見她的思緒：我死到哪兒了啊？我們最愛桃樂絲．派克[9]的這一句話，每次都會讓我們笑得東倒西歪，只除了今天。真的，我們第一次聽到這句話時，簡直是捧腹大笑。

她又閉上雙眼，我說不行！不！不！不！拜託妳把眼睛張開。我問她記不記得斯德哥爾摩。

記得那一次大使館午宴嗎？當時我懷著威爾，她邀我到瑞典找她玩一星期，結果我們在加拿大大使館發生了一次哭笑不得的糗事，在斯德哥爾摩音樂廳舉辦獨奏會的當天中午，大使館設宴款待她與其他貴賓。我也跟去了，我身穿一件閃閃發亮的孕婦裝，現在我已經記不得在哪裡買的，也許是Kmart吧，整場午宴我想盡辦法不要丟馮．力森家族的臉。大家沿著一張潔淨的長形餐桌而坐，現場有大使與其他貴客（全都是白人），姓氏都很長，例如達爾柏格、吉倫布葛和拉哥奎富絲特等等。愛芙的表現與裝扮無懈可擊，長禮服讓她亮麗動人，言談舉止更令人驚豔。而我看起來就像一隻新近才發現的蒼白大魷魚，只能緩緩移動，我還把食物掉在身上。當愛芙與一對俊俏美麗的夫婦用德文交談，也許是在討論彈鋼琴時，大使助理問我在加拿大做什麼工作。我在寫關於牛仔競技的青少年小說，我回答，另外（我指指自己的腹部）您也看得出來，正準備生小孩。那一次去瑞典，我經常突然哭泣，要不就是在華美的都市大街將鯡魚吐得滿地。午宴讓我異常緊張，當我伸手拿小麵包時，我的大肚子甚至撞翻了大使的酒杯。在愛芙準備為我跟曼尼托巴的省旗照相時，我整個人裹進旗幟，甚至拉倒了旗杆。我不知道自己該如何回答人們的問題，例如：

8 Richard Bach：七〇年代暢銷小說《天地一沙鷗》作者。常為人引用的一句：「If you love someone, set them free. If they come back, they're yours.」。

9 Dorothy Parker，美國女詩人。以機智快嘴聞名。

妳也有音樂天分嗎？當個音樂天才的妹妹有什麼感想？

妳記得蛋嗎？我問愛芙，她到現在還沒睜開眼睛。當時，我們被送上一道蛋料理，是某種雞蛋以外的動物蛋。它又黏又滑，看起來雖像白色眼珠，卻泡在黃綠色的滷汁裡，我一看到它時，立刻衝到廁所，等到我走回餐桌時，愛芙看得出來我又哭過了，她馬上努力要讓我舒服些，就像她總是引述那些詩人男友的話來安慰我一樣，她將安撫我視為人生大任，她對眾人述說我小時候的故事，形容我有多英勇大膽，告訴大家應該看看我在馬背上的英姿，把我當成了英雄——有沒有聽過「繞桶賽」啊？——我可是全鎮最強悍的女孩，只有我能讓她開懷大笑，還有，她手下闡述的樂曲，全都啟發自我的人生經歷，因為我狂放不羈、自由自在，卻又纖細善感，不輕言屈服（我知道這些形容詞都是在美言我的混亂人生）。她還說，她更想學習我的人生態度：自在歡樂、真誠坦率，進而將這些特質展現在她的演奏技巧上（以上的形容詞是在粉飾我根本不用大腦、傻裡傻氣，以及拙劣的社交技巧）。她告訴在場的每一位貴賓，我肚子裡的孩子將會是全宇宙最幸福的小孩，因為我是他的媽媽；還有還有，我寫的小說超級好看，我也是她最好的朋友。我知道這全都是一派胡言，也許除了最後關於朋友的那一部分吧！

愛芙達！妳記得那一天嗎？她終於睜眼點頭。我告訴她，遇到這種狀況時，她總是第一個跳出來保護我。她開心地微笑了。我指著她身旁的蜻蜓枕頭，告訴她這是我買給她的禮物。她似乎受寵若驚。送我的？謝謝妳！好美！她緊緊抱住它，再度對我道謝，讓我覺得有點過頭了。不過是枕頭罷了，我說。她還問我，我帶來帶去的超市塑膠袋，裡面到底裝了什麼？我說，這是我的小說，我用橡皮筋將書稿捆在一起。

新的競技小說？

不是，是小說，真正的文學小說。

妳終於開始寫了？太好了！她問我她能不能先看，我說，不行。一段話呢？不可以！看一句？不行！半句？不好！一個字母？好吧，我唸小說的第一個字母給妳聽。她微笑閉上雙眼，挪挪位置，深深躺進床墊，就像準備享用美味大餐。我問她準備好了沒，她還是微笑點頭，閉著眼睛。我站起來，清清喉嚨，停了一下，然後開始唸。

L。

她嘆了一口氣，對著天花板抬起下巴，張開雙眼，說道，真美，太美了，很真實，是妳寫過最棒的文字。我謝謝她，將稿紙塞回塑膠袋。

她說，妳至少可以用幾個字告訴我，這本書在寫什麼吧？我告訴她，內容與姊妹有關，話一說完，我的眼淚便不聽使喚地掉下來，整整哭了二十分鐘。我縮在窗邊那張破椅子啜泣不已。她伸手碰碰我的腳，我的腿，輕輕撫摸我，用盡全身力氣從床上伸手摸我。她告訴我，她很對不起我，我問，有什麼好抱歉的？但她什麼話也沒說。我又問她一次，聲音尖銳犀利，妳有什麼好抱歉的？我使勁用手掌拍打窗戶四層厚的強化玻璃，那聲音嚇著愛芙了。但又一次，她只用沉默回答我，那雙綠眼的長睫毛真是不可思議，它們與我父親的雙眼神似，深沉的瞳孔彷彿能讓一艘船永沉大海，難以翻身。

我不想讓她稱心如意，我不要開口說話，讓她聽我安撫她、告訴她我都瞭解、不會有事，還有我原諒她、她不需要求大家寬恕、我會永遠愛她，也會將她的心臟收在我的鉛筆盒。我只是挪開視線，冷靜地拿出手機檢查其他的重要簡訊。威爾寫：諾拉根本在無理取鬧。妳什麼時候能回來？愛芙好嗎？妳知道我的籃球打氣針在哪裡嗎？我回他：沒錯。不確定。還活著。去雜物箱找。愛你。然後我在谷歌搜尋「自殺基因」，但最後一秒取消了搜尋。我不想知道。而且，我早就知道答案了。

✧

人們問：怎麼會發生這種事？想到現代人無所不用其極，將萬惡防堵在外——圍籬、動作偵測器、監視器、防曬乳、維他命、鍊條、枷鎖、頭盔、飛輪課、保全、大門——結果我們**體內**竟然潛伏著神祕殺手？誰想得到擁有樂天本質的人類，竟然也會有無形的腫瘤入侵健康器官，以致於人人眼中「很正常啊」的年輕媽媽將嬰兒從陽台拋下……誰會**料想**到有這種狗屁發生？

我姊出生時，爸在後院種了一株沙棗，我出生後，他種了一棵山梨。我們還是小女孩時，愛芙對我解釋沙棗是一種強韌的植物，它會長出四吋長的尖刺，在貧瘠的不毛之地也能枝繁葉茂。她還說，歐洲人管山梨叫花楸，他們認為它可以驅趕女巫。因此，她說，我們百毒不侵，什麼都不怕。我說，妳是指趕走女巫吧？我看只有對女巫才行得通吧？

我走出病房，在走廊閒晃，與護理站的護士打招呼，結果不小心闖進堆放毛巾的雜物間，我原以為那是廁所，轉身出來時，我又撞倒了拖把與清潔用品，嘴裡還喃喃道歉，我趕緊走回愛芙的病房，重新堆起笑容，擦去眼淚。我的臉絕對是一團亂，粉底與淚水混在一起，但我還是想安慰自己。我嘴裡哼著布魯斯．史普林斯汀（此時此刻，聽他的歌就對了）的〈雷霆路〉[10]……這首名曲在八〇年代幾乎已經等於各國國歌，燃起了我們心中熊熊烈火——我們曾經拿著梳子當麥克風，對著鏡子自顧自地表演，也曾在卡車後面或乾草堆上吟唱，讓強風吹走我們的歌聲——現在的我，正努力召喚年少時的能量，願它能再度帶給我希望。

我頹然坐進橘色椅子，請愛芙跟我說話。她想知道我要聽她說什麼。我說，什麼都好，只要妳肯說話，都行。跟我說妳的祕密情人好了。她說，所謂的祕密情人就是不能公開說啊，我點頭，沒錯，但拜託妳還是告訴我吧。那個人，叫什麼名字的？雄依．貝爾？愛芙做了鬼臉，說那個修依．布爾才不是她的情人，他是朋友啦。我說，也好，那妳跟我聊聊他好了，他的床上功夫如何？我們根本沒上過床，愛芙告訴我。我說，沒問題，所以，你們是在哪裡做的？地板上？樓

10 Bruce Springsteen：美國搖滾歌手，又有「工人皇帝」之稱。〈雷霆路〉（*Thunder Road*）為其標誌性作品。

梯間？她搖搖頭。好吧，那另一個人呢？蛋泥．布瑞？唉呦，她微笑糾正，是丹尼．布瑞啦，她說，他是很不錯，但那也是很早以前的事了。我現在是已婚女人了。妳是嗎？我問。妳什麼時候結婚的？好啦，妳也知道我的意思啊。我告訴她，我就是沒有丈夫的已婚女人。隨便妳說，尤莉，她打哈欠說道，妳真好，能回來陪我，但我真的應該要道歉。不用了，拜託，我問她，妳一定遇過很多體面有趣、口音特別又知識淵博的歐洲帥哥，我說。妳是在開我玩笑嗎？她質問。

她問我那位在多倫多的厲害大律師，我搖頭。

妳說他叫什麼名字？她問。

芬巴。

蛤？對！我想起來了，芬巴！真難想像妳會找上律師，更別說名字叫芬巴的律師。

跟律師上床又如何？

理論上說，沒什麼問題。只是想到妳會做這種事，或曾經做這種事，就覺得好笑。她問我還有沒有跟他見面，我告訴她，我也不知道，接著我便將自己混亂的人生鉅細靡遺講述給她聽，告訴她芬巴不是我唯一的外遇。尤蘭莉！她說，妳還有幾個啊？我說，只有兩個啦，但我太累也太尷尬，根本不記得準確的數字了。其中有一個還暗戀妳呢，我告訴她，他只是把我當成幻想的對象。她問我芬巴認不認識其他外遇對象，還問我另一個人究竟是誰，我搖搖頭說，不認識，我想我沒告訴過他吧。而且，我想他懶得介意，我說，這實在沒什麼好吹噓的，也不值得驕傲，但我跟丹恩結婚長達十六年，外遇只是反應我還有應有的動物需求，好啦，就叫我淫婦吧，隨便妳，把我燒死也好。她指著自己，然後伸出手臂對著病房，表示她自己也好不到哪裡去，她很同情我，把我的外遇當笑話看，我的姊姊，我真的愛她。後來我們兩個都笑了，但時間很短暫。其實，真的不算是大笑，完全不是。她說，她希望我有做安全措施，這種話從她嘴裡說出來，讓我想了也覺得有趣。

我記得我十二、三歲時，她找我討論性。她問我知不知道「硬起來」是什麼意思，我回答，知道啊。她說，太好了！結果就這樣，人類行為最浩瀚無垠的議題，我家人只讓我接收到最基本的指導。我記得有一晚我們一家四口——當時大家還活得好好的，腦筋清楚，沒有人會手抖，也沒人頭上有傷口——開車在溫尼伯市區閒晃，應該是欣賞家家戶戶璀璨耀眼的耶誕燈飾吧，當時我才剛學會認字，所以看到路牌，就會清楚地將它唸出來，當我看到「公雞巷」時，我大聲說道「公」、「雞」、「巷」。然後問，這幾個字是什麼意思啊？當時，愛芙也才十一、二歲吧，結果她說，這個「雞」也太多性暗示了吧？我媽坐在前座，連連噓了好幾聲，我們根本不敢看我爸，他雙手緊緊抓著方向盤，用銳利如狙擊手的眼神掃視擋風玻璃。爸有兩個話題從來不討論，一是性，二是俄羅斯。

那是我第一次聽到人們說「性」這個字，我對它尚懵懂未知，以為它與醫院有關。不過更重要的是，我至今仍記得愛芙的神情。她沾沾自喜，微笑哼歌，雙眼盯著窗外，看來蓄勢待發，準備征服世界，當然，那時她早已撼動我們小小門諾社區的保護罩，常常引起人們騷動。我媽過去也從未對她發出噓聲，那可是人生第一遭！從那天起，我明確體會到愛芙的新生力量，而我想要變成她。從此，我總是恭恭敬敬地扶著她的腳踏車，在第一街的人行道上來回踱步，我可是連龍頭都還抓不到喔！更別說騎腳踏車了。當然，我也會捧著她的諸多課本走在街上，艱困地將它們從一隻手換到另一隻手，這是多麼沉重的學業負擔啊！我還在自己老氣的牛仔褲畫了一片片斑點，只為了仿效她的穿衣風格，更將自己的瀏海蓋住額頭，希望讓自己看來更有靈氣。我會站在廁所鏡子前，學習用假想的手槍射中自己的腦袋，因為每次愛芙覺得自己受不了某件事時，就會開玩笑做這個動作。當年的我覺得這實在是酷斃了。因為我必須精確掌握時機、節奏，以及歪頭中彈的動作。經過無數次的練習後，我終於能表演給她看我學會的招牌手勢，愛芙大笑，鼓掌叫好，但她說她早就換另一個手勢啦。妳看，這是新的喔，她流暢地假裝拉了一個繩結，然後脖子一斷，人頭滾地。但我已經沒興趣再學，就讓她繼續吧。

我說，有，我有避孕。她告訴我，如果我不小心，還是可能懷孕，因為我還不太老。我說，是啊，這樣妳就可以再當阿姨了。

威爾與諾拉還很小的時候，她常常當他們的保姆，唸書給他們聽，陪他們畫畫，帶他們搭公車，教他們當英雄，幫著他們開創炫目好玩又充滿可能的世界，而我則忙著兼差打工，努力想「放眼未來」，卻又得「降低標準」。她到現在還會寫卡片或信給他們，至少不久之前仍是如此。愛芙喜歡用不同顏色的簽字筆，粉紅色、綠色、橘色，她獨特的字跡讓我想起奮力跑到終點線的馬兒，她鼓勵孩子們要勇敢，享受人生，要知道她非常以他們為榮，以及她有多愛他們。

我問她如果我又懷孕，她會不會很開心，這問題實在很荒謬，但我想知道答案，如果她說是，如果她能因此想要好好活下來，我會立刻找人上床生小孩。然而，她只送給了我一個哀傷的微笑，光看那眼神，我就懂了。

我問她昨天晚上是否與尼克聊得愉快，問她吃了沒，她淋浴了沒有，她有沒有到餐廳跟大家一起吃飯，她有沒有吃早餐，或者跟其他人互動。她求我不要再質問她，我向她道歉，她求我不要再說抱歉。但表達歉意才算文明人啊，我說。她告訴我，妳錯了，根本不是這樣，道歉讓人輕率展現暴行，就拿天主教的告解而言，這種暴行就這麼被抹殺，還有——

夠了，我懂了，我說。

妳知道奈莉·麥克朗[11]怎麼說的嗎？她問我。

我不知道，我說，妳說吧。

永不解釋、絕不退縮、不再道歉，唯有貫徹執行，讓雜聲消失於無形。

很不錯，我說，但她都是為要爭取女性投票權，才說這些話的吧？但我是因為怕妳覺得我很

11 Nellie McClung，加拿大女權運動者。

煩，才向妳道歉的。

尤莉，她說，我是想告訴妳，道歉不算是文明社會的基礎。好啦！好啦！我回答，我知道了啦，但文明社會的基礎**到底**是什麼嘛？圖書館，愛芙回答。

我知道在她血管竄流的正是她遺傳自父親的孤傲，或許它能撼動她，或者更能摧毀她，我真的不知道。但我想起帕韋澤[12]最後一篇日記，他瞧不起自己，因為他沒膽量自殺，因為就連軟弱的女人（哎呦，你去放放風箏嘛，帕韋澤，我想我媽應該會這樣說）都敢自取性命。最後，帕韋澤的結論是，自殺需要的並非高傲，而是謙遜。

圖書館？我問，妳最近有看什麼書嗎？

沒有，動腦太累了。

但妳唯一在做的，只有思考而已。

我才剛開始看一本書，書名叫做《我是多餘的嗎？》。

愛芙，我說，別這樣嘛。

妳覺得人之所以存在，只因為對自己的生存還有記憶嗎？她問。

我不這麼認為。

但說真的，尤莉……妳回答得這麼快，好像不喜歡我問這種問題，妳就不能好好考慮個一兩分鐘嗎？

怎麼了？我不懂妳的問題。我不回憶自己。我會夢想。我會有所盼望。我不記得我的過往。但我努力想達到眾人對我的期望。我要讓媽滿意。我想符合妳對我的要求。妳想要我怎麼樣呢？人不是就該好好活著，直到蓋棺論定的那一天嗎？妳想要我變成什麼樣子？

我也不知道，愛芙說，告訴我妳在多倫多的生活吧。

我寫書，我說，我買日常雜貨，我付停車費，我看諾拉跳舞。一天之內，我會問自己許多問題。我常常到處走動，想跟人們聊天，但都不太成功，人人都覺得我是瘋子。有一天，我在公園看見一個人在彈吉他，附近的路人開始隨著音樂打拍子唱歌，那畫面好美。我停下腳步，駐足聽了一會兒。

是什麼曲子？愛芙問。

我不知道，我說，我只記得有一句歌詞是「我們的心靈都有殘破的洞」。或者是「人生」？「我們的人生都有殘破的洞」。總之，公園的即興合唱團跟著吉他手唱，重複那一句「我們的人生都有殘破的洞……我們的人生都有殘破的洞……」。

我拉起愛芙的手，像一位紳士般親吻著它。

人們喜歡討論自己的痛苦與寂寞，卻總是言不及義、閃躲規避，再怎麼說也只是零碎片段。

12 Pavese，義大利詩人。

當我想跟路人或雜貨店的陌生人攀談時，或許對方認為我在表達自己的寂寞，但我的方式不對，會讓人緊張。但當我聽到公園的即興合唱團不斷重複那一句「人生殘破的洞」，當下的氣氛平和坦然，歡欣鼓舞，我才知道還有其他的方式可以敞開心靈，我的做法算是粗糙，甚至無禮了。

所以，妳不會再隨便找陌生人聊天了嗎？愛芙問。

大概吧，我說，妳真幸運，妳有鋼琴可以抒發。

愛芙笑了。妳還是要找陌生人聊天啊。妳跟爸一樣喜歡找陌生人聊天。記得每次我們在餐廳，他總會凝視其他人，猜想這些人背後的故事。接下來他就會走過去找人攀談了。

對耶，我說，現在想起來實在是尷尬。我記得我還曾經把爸拉開，跟他說不要這樣啦，爸，沒關係，你不用一定要找他們說話。諾拉和威爾就覺得我很莫名其妙。

那可不一定，愛芙說，他們是青少年。妳在多倫多還觀察到什麼？

有一天我在家附近散步，看見一對老夫婦似乎是想取下車庫門上方的什麼東西，等到我再走近些，才發現他們是想塗掉車庫門的塗鴉，但是我看不清楚塗鴉的內容。老先生站在一張只離地面六、七吋的小矮凳上，老太太就站在他後面，小心翼翼地扶著他，免得他摔倒。當時的我真想大哭。他們年紀很大了，卻如此關心彼此，想讓自家車庫保持乾淨。他們相互扶持，其實矮凳離地面很近，就算真的跌倒，也不會造成太大的傷害。

真好，愛芙說，她眼睛閉了起來，希望他們的車庫能永遠保持乾淨。

不會的，很快又會有人去塗鴉了。

喔。

比較讓我有所感是老夫婦想清理它的心願，我想他們一定常做這件事，希望車庫終究能乾淨如昔。

尤莉，愛芙說，這是某種寓言嗎？妳希望讓我**帶走**的某種隱喻？

比方說，再怎麼樣都不要放棄嗎？我問。

沒錯，我就是這個意思，愛芙說。

沒有，我說，老實說，我覺得老夫婦故事唯一能讓人**帶走**的，就是別為了一個乾淨的車庫冒生命危險。

愛芙重嘆了一口氣，伸出雙手，彷彿一位歡迎浪子回頭的父親，**不用再提了，過去的就讓它過去吧**。此時我的手機響起，是愛芙的經紀人克勞歐。她十七歲在奧斯陸學鋼琴時，就認識他了。他去聽她在羅馬的獨奏，會後當她走到音樂廳後巷抽菸，一面啜泣顫抖時（每次表演完她都會這樣），他上前伸出手，告訴她他很榮幸終於能與她見面，他早已久仰她大名。他告訴她，他想要「代表」她，愛芙問，你的意思是，你可以把自己裝作是我？克勞歐耐心解釋未來的相關安排，問愛芙能否會見她的爸媽。他還問她需不需要幫忙叫計程車，買東西給她吃。當時她在黑色晚禮服外披了那件軍裝夾克，也已踢開高跟鞋，赤足坐在地上。她立刻擰熄菸蒂，恢復心緒，聽著這位風采翩翩又冷靜自持的義大利男人，對她述說未來的無限可能。我喜歡聽愛芙回憶這段往事。妳當時就決定要讓他當妳的經紀人嗎？我問。沒有，愛芙說，他堅持要先飛到曼尼托巴，尋求爸媽的同意，真是太有格調了。我想他是第一個走進我們小鎮的義大利人吧。後來克勞歐告訴我，我們家附近某位太太，我猜是古森太太，還特地跑到我們家看他。她告訴他，她從來沒有離開過小鎮。她兩眼大睜瞪著他，說自己無法相信竟然跟真正的義大利人面對面了！這是個人的一小步，卻是人類的一大步。愛芙完全不瞭解克勞歐的私生活，只知道他每個月會到馬爾菲探視他生病的父親，還有他喜歡長泳。他可以横渡海峽、峽灣，因此他的臉也經常被水母螫傷。他已經拯救愛芙不下百萬次了。

我走到走廊，克勞歐連聲對不起，說不好意思打擾我，但他找不到愛芙或尼克，兩人電話、手機和email都不回，但他真的必須開始跟愛芙討論音樂會的細節了，另外還有一份合約得簽。

妳知道她在哪裡嗎？克勞歐問。

不太確定，我回答。呃，你不是在歐洲嗎？

是啊，我在巴黎。尤蘭莉，她又在進行四天的冥想課程，還是陪尼克去泛舟了？

……也許是吧……

冥想？

對。

尤蘭莉，拜託告訴她一切都會沒事的。我知道愛芙每次演出前，情緒就會不穩。她還好嗎？她還撐得住嗎？如果妳知道什麼，妳可以跟我談的。

嗯，也許吧，我說，我不是很確定。

妳不確定？他說，那，尼克知道她最近的狀況嗎？尤蘭莉，這個巡迴演出籌畫了好幾個月，她不到三星期就得準備就緒了。

也許尼克比較清楚吧，我說。此時一位護士過來告訴我病房區不得接聽手機。我對她做手勢表示我馬上要掛電話了，抱歉，對不起。

妳在多倫多？克勞歐問。愛芙說妳搬家了。

是啊，我搬家了，我說，這樣諾拉才能繼續跳她的舞。

啊，太好了！妳喜歡多倫多嗎？

還好啦。

威爾呢？妳上次說他去哪裡念大學了？

紐約。

太厲害了！克勞歐說，幫我向他們問好。

我會的，我說，謝謝。不過我得掛電話了，抱歉。

沒問題，愛芙應該是八號會在多倫多演出，克勞歐說。或許她有時間跟妳吃晚餐。

喔，那太好了！我說，到時再見了。護士從她的書桌前瞪我，我轉身背對她。這樣好了，克勞歐，我會替你找到愛芙，讓她打電話給你。我媽也許知道她在哪裡，也許啦。

拜託，謝謝妳了，尤蘭莉。我一定得趕緊找到她。真不好意思還來打擾妳。

不會的……不用抱歉。

妳也知道之前發生過什麼事，他說，我對愛芙達的緊繃情緒很敏感……是啊，我們很感激你，謝謝了。

不用謝我，他說。喔，不要忘記提醒她首演會前兩天還得預演……

護士大步朝我走來。知道了，我說，你剛說你人在哪裡？

巴黎，克勞歐回答。

巴黎啊，我答。有那麼一秒，我沉浸在浪漫憧憬中。

我掛上電話，回到愛芙的病房。

煩人的電話？她問。

哈，是啊……我說。喂，那妳到底有沒有思念妳的鋼琴啊？

愛芙看向窗外。這件事尼克會處理。我已經告訴妳我不能——

妳只剩三星期，也許……

尤蘭莉，妳為什麼……

我又沒怎樣，愛芙達。

那位討厭手機的護士走進愛芙的病房，大聲說道，有兩件事要說：第一，病房區不能講電話，我之前就告訴妳們了。第二，不能帶外食。我注意到妳買了三明治給她。我們希望愛芙達能跟其他病人一起到餐廳用餐。

愛芙和我盯著她看。

愛芙達，護士說話了，妳能不能答應我今天晚上會到餐廳用餐？

呃，我想，愛芙說，我是說我應該可以……我會試試看，至於妳能不能得到我的承諾，我就不知道了，愛芙大笑。

這麼說，護士回答，妳是在找我麻煩囉？

什麼？不是啦，愛芙答，不是，我只是……

她只是在開玩笑啦，我說。

好吧，那就好，護士回答，我們喜歡笑話，妳能說笑話，表示妳好多了，對嗎？

我和愛芙都沒說話。我們甚至無法直視對方。

如果妳好到可以開玩笑，我想妳就可以來跟大家用餐，對吧？護士說。大家都這樣，知道嗎？

我……呃……愛芙開口，也許吧。

應該可以，我說。

我不確定耶，愛芙說。我實在不瞭解用餐跟這……

好了，好了，我說，晚餐。我瞄向愛芙。

很好，護士說，那手機的事情也搞定了？她看著我問，還有外帶食物？

沒問題，我說，我對她豎起兩手大拇指，對她開心微笑。

護士離開後，我與愛芙在她身後拿起假想的M-16，對她開槍。小時候每次教會執事到家裡抱怨我們是多麼離經叛道，我們也會這麼做。我們停止開槍後望著彼此。

妳記得妳來臥室救了我那一次嗎？我全身沒穿衣服，卡在床鋪和衣櫃中間？

愛芙點頭。妳在練習翻筋斗。

妳記得我們到醫院迴廊練習滑雪板，結果那群狗屁男生把我鎖在停屍間，我失蹤了六個小時，最後還是妳找到我的，那時我已經瑟縮在解剖屍體的鋼床下了。

愛芙微笑回答，哎呦，別提了。

為什麼？我喜歡回想，愛芙，我喜歡回憶妳拯救我的那些日子。

尤莉，愛芙呻吟，談談現在吧，跟我討論多倫多，她眼底有淚。

我告訴她我準備磨掉身上的刺青。丹恩與我有相同的刺青，當時我們剛陷入愛河，跑到溫尼伯北邊找一位機車騎士替我們刺青。我萬萬沒想到去除刺青比想像中還要痛，但其實我很享受整個過程，感覺有點像在贖罪。當年為我們刺青的騎士是「曼尼托巴戰士幫」黑道成員，住在一棟有鋼條大門的屋子，而且只能從屋內開門。不過，這傢伙該怎麼進家門啊？我也不知道，我說。我告訴愛芙，當年為了刺青，我付給對方二十塊和一包大麻，結果現在去除刺青得花掉我一千塊，還得用上一年半的時間，因為每一次只能磨掉一些圖案，才不會在皮膚留下凹洞。我告訴她雷射打在皮膚就像橡皮筋用力彈上皮膚。我還得帶護目鏡。結束後，他們替我塗消炎軟膏，貼上OK繃，給我一片薄荷，要我兩天都不能沐浴或運動，而且軟膏與OK繃一天還得換兩次，持續一星期。但我根本沒照做。

我在椅子轉身，將T恤掀起來，給愛芙看我褪色的刺青。那是一位小丑，傳統的馬戲團小丑。我依稀記得，我們選擇這個圖案，因為丹恩和我想要扼殺世間虛偽，用笑話與魔力與世界共處。她微笑閉上雙眼。她說，她聽了覺得好難過。我回答，我覺得又悲又喜。我繼續說著自己在多倫多的生活，我的孩子，每件事都彷彿在我心中架起了馬戲團的大篷。我提到自己悲慘的愛情生活，還有那位大律師芬巴寫給我的email。他說他想放我走了，因為我過度緊繃，問題太多，我的家人全是瘋子，而且我也太情緒化了。他要退出，或說放我自由，差不多就是這樣。我記得他還提到與水有關的文字。喔，對了，將我放回水中，就像那些只為了娛樂而釣魚的釣客。

而後，愛芙突然問我能否帶她去瑞士，對我而言，這問題就像龐貝火山爆發一樣震撼突兀。

6

「我猜想，瑪麗的人生正如其人，直率犀利，不顧一切地往前衝，宛若狂放的水瀑。這是我站在巴黎街頭之所見。」

理查．福爾摩斯[13]如此描述在巴黎「報導」法國大革命的瑪麗．沃斯通可夫[14]。在這本《旅行的邀約：一個傳記作家的浪漫冒險》中，他追隨史上文人騷客的腳步——在這些人離世許久之後——設法釐清當年這些歷史人物的壯志豪情，同時闡述自己的文采。我正努力想看懂這本書，將它視為前往地獄的出口。我爸與我姊總是央求我與媽多看點書，在字裡行間尋求人生的答案，用它撫慰我們的痛楚折磨。每當我哭著找我爸，控訴上帝的不公時，他會說，把它全寫下來；而當我找上我姊，問她，人生是在跟我開玩笑嗎？她會丟一本書給我，說道，這本妳拿去看。

不可能，愛芙，我不會帶妳去瑞士。

拜託，尤莉，我只要求妳幫我做這最後一件事。我求妳。

不行。妳也不要說**最後一件事**。這樣說太不健康了。

妳愛我嗎？

當然！所以我才不答應！

不要這樣，小尤，如果妳真的愛我……

一定得這樣做嗎？妳又不是得了絕症。

我是得了絕症。

妳沒有。

我有。

沒有，妳沒有。

尤蘭莉。

愛芙達！妳要我帶妳去瑞士找死。妳他媽的是瘋了嗎？

尤莉，愛芙低語，她用嘴唇說**拜託**，我將眼神別開。

愛芙真得了絕症？她是否天生便受到詛咒，讓她一出生就想自殺？她的快樂人生、她的微笑、她的演奏、她的擁抱、她的笑聲，她的少年得志與成就，這難道全是她尋求遺忘與解脫的歧路？

13 Richard Holmes，英國傳記作家。

14 Mary Wollstonecraft：十八世紀英國著名女權主義作家，著有《女權辯護》。其女則是寫下科學怪人的瑪莉·雪萊。

我記得我爸自殺後，我看到一段話，那出現在艾爾．艾佛瑞茲（Al Alvarez）的《野蠻的上帝：自殺的人文研究》。內容探討某些作家與藝術家，在俄羅斯獨裁政權下自殺的緣由：「我們向他們的天賦致敬，他們留給我們絕美的回憶，但同時，我們也應對他們的磨難感同身受。」

我問愛芙，她有沒有想過可以活下來的理由，或者她只是想尋求生命出路。她沒有正面回答我的問題。我問她，我的問題是否在她內心拉鋸，她說如果是的話，那麼這場拉鋸戰絕對是一面倒。我問她，她知不知道我會有多麼想她。她望著我，眼裡閃著淚光。我搖搖頭，她還是不說話。我離開了病房，她在那時叫住我，我停下腳步說，怎樣？

妳不是蕩婦，她說，世界上沒有這種人，我沒教過妳嗎？

我走到護理站想找珍妮思。她從一間小辦公室出來，手裡拿著水彩和白紙。藝術治療，她說，大家都很喜歡。真的嗎？我問。我們很多病人都靠它表達情緒——她揮動水彩——比逼他們開口說話簡單多了。

她帶我走進一個小房間，裡面有張推床，牆壁掛了月曆，還有一張完好的椅子。她指著椅子要我坐下，將手放在我肩頭。我深吸了幾口氣。她問我，妳還好嗎？我搖頭。有好一會兒，我就坐在原處，食指按著嘴唇，不知從何說起，這模樣令我想起我爸。我瞪著月曆，現在已經是四月了，但月曆還是三月。我納悶珍妮思是否也準備拿水彩跟畫筆給我，但她的手依舊沒離開我的肩膀。最後，我問珍妮思關於藥的問題。我問她，那些藥到底成分是什麼？它們會讓她瞭解人生還有意義？或者直接讓她喪志，就此不再在乎身旁的一切？要不就是它們有正面加強的作用，讓愛芙某天早上會突然從床上跳起說道，萬歲！沒錯！人生就是毫無意義嘛。但是，沒關係，現在我懂了，我確定自己再也不想尋尋覓覓，我只想好好活下來！

珍妮思說她也不知道，總之也沒差了，因為愛芙不肯吃藥。也對，我回答，她每次不是一次吞一堆藥，要不就是完全拒吃。珍妮思還想安撫我，她拍拍我，要我回家睡覺。

我說，我還得跟愛芙說再見，但珍妮思要我直接離開，她說她會告訴愛芙我很快就會回來。我瞪著月曆，珍妮思隨著我的視線望過去，將三月撕下來。現在月分正確了。

她說，這樣就好了。我回答，是啊，謝謝。

我不小心走到地下室了——兩階、四階、六階、八階——最後把自己反鎖在一處迴廊。我走了幾步，用力推幾扇門，但它們全都打不開。我開始懷疑自己何時才會被人發現。我掏出黑莓機，完全沒訊號。我看見水泥地板有腳印，沿著它走幾步，結果被領到另一扇鎖死的門。我坐在地上，將塑膠袋放在大腿，抬頭瞪著天花板的管線。然後我掏出手稿，彈彈上面的橡皮筋，又將稿子放回去。不知道會不會在這裡餓死？真是太諷刺了。愛芙會為我難過嗎？不會的。或者，她會嫉妒我？因為這才是她最想要的下場？

我站起來，朝腳印的反方向走，發現了另一扇門，它還是鎖死的。我走回剛剛坐著的位置，再次沿著腳印前進，結果走到了一處叉路。我往右轉繼續前進一小段後，推一推另一扇門，這次，它打開了。我似乎在一間廚房，要不就是停屍間。我被不鏽鋼牆壁環繞，房間還有嗡嗡聲響，閃閃發光。我走過房間，穿過另一扇門，結果直直闖進急診室的候診大廳。有位警察似乎在監督某種狀況，他要我去洗手，我告訴他我的手又不髒，他說他負責叫大家洗手。他指著一處臨時洗手槽，我請他替我拿塑膠袋，他點頭接過去。我徹底緩慢地清洗雙手，一面看著那位拿了我手稿的警察。手稿交給他，我感覺十分放心，真想就這樣留給他。但我還是擦乾了手，接過我的塑膠袋，向他道謝，然後走錯了停車場，根本找不到媽的車。

✧

偶爾我會呆坐在媽的車裡，使勁抓緊方向盤，直到指關節發白，今天我還從齒縫間擠出**愛芙**——兩個字。如果我不在意自己的手，或許我還會用力打破擋風玻璃。就算保險不能理賠，就算冬夜開車會令人冷得受不了，那又如何？小時候我曾經騎在停妥的腳踏車上，一面踩踏板，一面罵髒話。我會輕聲地說出口，一次又一次，直到它聽來荒謬如愛芙對愛情的宣示。坐在車子裡，彷彿身處我的憤怒實驗室。假使我能一次次將心裡的話說出口，也許它就會失去意義，忿恨也會消失無形。愛芙，妳他媽的究竟在搞什麼鬼？坐在車內雖然孤單，卻彷彿有保護罩般，安全無虞。我能看見停車場來來去去的人群，但他們都看不到我。也許可以啦，不過他們應該把我當瘋子，所以遠遠避開，我對這些人而言是隱形的。

我約了尼克下班找地方喝一杯。他告訴我他找不到看護團隊，除了一名社工。對方也說她不確定這種團隊是否有政府補助。尼克告訴她錢不是問題，但社工也不確定這樣行不行。尼克問她，怎樣才行得通？尼克還討論了他的獨木舟進度。他得從明尼蘇達請人寄某一種特定螺栓，五月一定可以下水。但是，我告訴尼克，請人二十四小時每分每秒盯緊她可能也沒用。他也這麼認為，但我們還能怎麼幫她呢？

我們喝光了啤酒。他告訴我愛芙訂的書寄來了，書名是《最後的出口》，教人如何用塑膠袋自殺。我的天啊！我告訴他，快把書丟了！但他回答我，不行，這是在侵犯她的隱私、權利與自由。我不可以就這樣丟掉別人的包裹。我們吵了起來，後來他說，或許他可以將書藏起來，等到她沒有自殺傾向時再還她。然後呢？我問，拿來當她的生日大驚喜？把那東西丟到垃圾桶啦！我不能丟書，任何書都不行，他告訴我。那好，我告訴他，你把它退給亞馬遜吧。可是，那不是我的書，他說。很好，那就讓我來丟，我說。他說他不能讓我做這種事，這是不對的。

喔，天啊，尼克和我有了爭執，但我們不能吵架，或也許我們應該好好爭論一次，才會感覺事情有進展，我們在解決問題。尼克和我從兩種完全不同的出發點照顧愛芙，他從一間無菌實驗室，而我是從月球最黑暗的表面。他凡事講究實際，注重科學方法，對醫生與處方藥物的功能深信不疑。

我想到能拯救愛芙的最新做法，就是將她送到蠻荒落後的國度，例如摩加迪休或北韓，在這種地區，她非得自力救濟才能存活。當然，這做法風險極高，她有可能隨便遇上一個少年兵，立刻遭對方槍殺身亡，但也有可能扭轉她對人生的既定看法，瞭解生命意義。她的腎上腺素會加速分泌，她將振作精神，蓄積能量，努力打敗攻擊她的人，一切只為了生存。在這種情境下，她會全然孤獨——我還打算在她頭上裝個小攝影機，讓我隨時監看她的進度。一旦我相信她對人生有嶄新的看法，知道她找到了生命契機——我爸結束自己生命前幾天，也這樣說——確信她準備接受人生挑戰，越挫越勇，只要我意識到她的生命出現轉捩點，她也許能像正常人般，心甘情願踏實過日，不再尋死，我便會派一架直升機把她載走，我們可以像從前那樣開懷大笑、攜手散步、一起呼吸、找人修指甲，計劃下星期或今年耶誕節或明年春天或我們的銀髮人生。但是，尼克偏好藥物治療與固定的運動習慣，而他又是她的主要照顧者、她的丈夫、她最親近的人，因此，短期內愛芙不會只帶一件襯衫和相機，就跳上飛機飛往摩加迪休的。

尼克和我瞪著餐廳的紅長凳，喝著我們的啤酒，一面思考。我們不再意見相左。我告訴尼克，稍早在醫院時，克勞歐打電話給我，他已經察覺到不對勁。我跟尼克說，我或他一定得回電向克勞歐解釋。尼克嘆了一口氣說道，是啊，他都知道，但萬一愛芙臨時改變心意呢？我提醒尼克，她已經講了好幾百萬次自己不想辦這次音樂會。尼克說，她總是這樣說，結果，她還是照常上場了，自覺有如站在世界頂端。但她得熬過這一關才算數，我回答。不久後，她也許又會意識到自己根本不想被救。我總覺得一旦她不想再彈琴，她的人生就算是結束了。

好吧，尼克回答，克勞歐也一直打電話找我，但我沒接，我很內疚。

這間餐廳真安靜。我問尼克他能否感覺地球正沿著軸線自轉。他提醒我，我們在加拿大曼尼托巴省溫尼伯市蓋瑞堡區的一間旋轉餐廳。我謝謝他，也針對剛才書與電話的事情向他道歉，他揮揮手，不會的，不會啦。我真想好好抱他。謝謝他如此深愛我姊，給予她空間、自由與權利。我問他服務生能否讓餐廳停下來，好讓我們離開，他說，可以吧，這東西一定有個開關的。要不我們也可以高舉雙手，大喊，再轉快一點！我說。後來，我和他搶著付錢。我來付。不行，我來付。看來，我們走進戶外的暴風雨——草原風又開始吹襲——尼克告訴我，我回多倫多後，過了幾星期，愛芙又發明了新的咒語。

是什麼？我問。

尤蘭莉，他說。

我？你是說，是我的名字？

她開玩笑說，也許這樣她就可以將妳召喚回來。

我只不過是回多倫多，又不是死了。而且，她告訴我她的咒語總是會慢慢喪失意義，這讓她覺得很可怕。說著說著，我又想哭了。我向尼克道歉。他告訴我，愛芙對人生、時光也有同樣的看法，每天日復一日，太陽升起，鳥兒輕唱，似乎在剎那間，萬物皆有其可能，讓人滿懷希望，但最終，一切又結束了，黑暗再度降臨，時光只不過是在嘲弄我們，讓人無法擺脫它隨之而來的折磨。難道是這周而復始的循環，令她想尋死？我問。尼克嘆氣，他也不知道。我在不平的人行道絆了一跤，咒罵了一句，他抓住我的手肘。就在此時，兩名男孩頭頂著一艘獨木舟從我們面前走過。年紀應該不大，不過我們只看得見毛茸茸的小腿、破舊的球鞋、過大的籃球短褲與光禿禿的背部。沒看見臉，也沒瞧見手臂。從他們的腿毛和肌肉及精實細瘦的腰部看來，我想應該是十四、五歲的青少年。

我不會現在下水，尼克大聲對他們叫，太危險了。

男孩們停下腳步，頂著獨木舟，笨拙轉身聽尼克說話。

不會的，其中之一的男孩說道。乍看之下，獨木舟是桌面，四條曬得古銅的腿就是桌腳，真像一張設計師創作的奇特桌子。

真的，尼克告訴他們，河水的流速現在快得驚人，一秒鐘三百八十立方公尺，裡面還夾雜著碎冰。

男孩們沒說話，但是獨木舟移動了，我們聽見他們倆在獨木舟下方嘰哩呱啦交換意見。

不要下水啦，尼克勸道。也許再等一星期。接著突然間，男孩們以流暢優雅的動作將獨木舟卸下，跟翻煎餅一樣，將它擺在人行道旁的草地上。

喔，嗨，尼克打招呼。我也揮手微笑。男孩們不好意思地笑了，他們看來年輕又疲憊。

下游怎麼樣？其中之一問，尼克很嚴肅地搖頭。

不，不行，只要往那個方向都不行。最近先不要下水，你們急什麼？

男孩們告訴我們，他們想去若梭河川保護區。

那還離這裡好幾哩遠，尼克說，已經快到美國邊界了，不是嗎？

我們知道，男孩之一說，我們就是那裡的人。

男孩告訴我們，他們想要回家見親生母親。他們都住在寄養家庭，但是一點也不喜歡那裡，寄養爸媽會打他們，不讓他們吃飯，「曼尼托巴戰士幫」甚至打算徵召他們當黑道小弟，所以他們很想回家，故事就是這樣。

有狀況了，我猜，警方大概都是這樣說吧。我和尼克當場無言以對，也不知道該怎麼做。男孩們聳聳肩，自己聊了起來，然後彎身拾起獨木舟，將它豎起來搬上肩頭。

你們都沒有救生衣，我說。他們不理我。

是啊，尼克阻止，等一等。男孩們已經準備走開了，他們再次停下腳步，但這回沒將獨木舟擺在地上。尼克和我走過去站在他們前面，獨木舟就杵在我們之間，彷彿告解亭的屋頂。

你們不可以下水，尼克對著船艏說話。他的聲音低沉嚴厲。沒人回答。男孩們靜靜呼吸。獨木舟也在他們頭頂緩緩上下起伏。尼克問男孩們若梭河那裡是否真有親人在等待他們。

有啊，那裡全是我們的親人——我想這次是年紀較小的男孩回答的。我們就住在那裡。

好吧，這樣好了，尼克說。我給你們錢，讓你們搭車回若梭河，把獨木舟留給我。我會將它綁在我車上帶回我家，幫你們保管，等到你們有機會回來城裡時，就把它拿走。我把我的地址給你們。到若梭河的公車大概多少錢？

獨木舟下方沒有人應答。

這樣吧，尼克又說。我現在去開車過來，你們就在這裡等我。尤莉，請妳把我家地址寫給他們。大概二十塊吧，其中之一說。一個人二十塊錢。尼克離開去開車，男孩們又將獨木舟放在草地上，坐在上面等待。

若梭河是什麼樣子？我問。男孩們只是瞪著河面。我在一張紙寫了尼克的地址，他停完車，將錢遞給男孩們，讓他們可以搭公車回家。

還是我們開車帶你們去公車總站？尼克問。年紀小的那一位立刻說，好啊，但另一個男孩說，不用了啦，我們可以自己去。他靠過來接過尼克手上的現金，然後兩人朝波特街和梅因街走，遠離河流。

嘿，等一下，我叫道，你們還沒拿地址。我跑過去，將那張紙交給其中一位男孩。他看了它幾秒，然後將它放進口袋，對另一個男孩說，走吧，然後就離開了，朝著他們記憶中的故鄉前進。

你覺得他們會去買公車票嗎？我問尼克。此時我們已經帶著獨木舟，在駛向他家的路上了。

誰知道呢？尼克說，但是他們絕對不可以帶著這東西下水。

你覺得他們會回來拿獨木舟嗎？

也許不會了，尼克說，但我希望他們會回來。搞不好，這也是他們「借來」的，妳懂吧？

你救了他們一命耶，我說，尼克揮揮手，就像剛才我們搶付錢時他的模樣，彷彿這在他的實驗室都是稀鬆平常的事情。我的手機響了，諾拉傳簡訊給我：溫拿家不准我去了，因為我跟梅瑟迪吵架。威爾得將紗窗拆了才能進家門。忘了鑰匙。愛妳XXXXOOOO。

我在跟一位警察說話。我在雪布克街被他攔下，因為我一面開車，一面打簡訊。我正準備到茱莉家喝咖啡，然後要去機場接我媽。誰值得妳這樣拿罰單、掏腰包冒生命危險？警察問。掏腰包？我重複，喔，是啦，是我女兒。我剛才在發簡訊給她。好啦，沒事，抱歉，我知道規定，要罰多少錢？

警察說，我們只希望駕駛能學得教訓，知道自己行為的嚴重性。罰款不多，但妳的行為非常危險。

你說的都對，我說……嗯……到底是多少錢？

他要我拿行照，當我交給他時——車子是我媽的——他拍了一下車頂大叫，不會吧！我跟蘿蒂都在威佛麗俱樂部玩拼字遊戲耶。妳是她女兒？我微笑說，是啊，我是其中一個女兒。結果呢，這位警察滔滔不絕講了十分鐘，說他有多迷戀蘿蒂——她真厲害，老天，每一次都把我打得落花流水。妳知道她字彙有多強嗎？——然後他拿出平板，開了一張罰單給我。我也只是盡忠職守，他說，妳知道的。你真可惡耶。我說。

警察靠近車窗，妳不應該罵警察可惡喔，他語帶遺憾。最後我們說好，他只需給我一次警告，我答應他下一次發簡訊時會停車，還有，我不會告訴我媽其實他是混蛋。

我覺得她因為我是警察，已經瞧不起我了。她真的很討厭權威，妳知道嗎？

當天稍晚我會到機場接我媽。她搭了船、火車、飛機、計程車，然後又是另一架飛機，再坐上我的車，才能抵達家門。我想像所有的畫面，她這趟旅程的舟車勞頓，想到她花這麼大工夫只為了回到我們身邊，我安心了。

茱莉和我坐在她家後院台階，看著她家小狗小影耍寶。茱莉從花園摘了薄荷，做了冰沙，在擺了單車和吉他的雜亂廚房中，迅速變出一盤沙拉。之前她曾經在一個叫做「兒子與情人」的樂團擔任貝斯手。她剛買下這棟小屋，還在整理中。並且給我看了她在浴室櫥櫃後發現的電動陽具。

我要抽雪茄，她說，別告訴賈森。賈森是她與前夫分手後，偶爾約會的男人。他說，我們交往的關鍵就是我不能抽菸，她說。

我們都笑了。我們好累，累到才不管什麼關鍵。

小影很老了，還有關節炎，根本跑不動，但又躍躍欲試。所以茱莉發明一個叫做「小影快跑」的遊戲，只要她說**小棚**或**籬笆**，然後自己跑過去，小影就會興奮大叫。茱莉跑累了，走過來靠在我身邊，抽完她的雪茄。

妳對於祖父母在俄羅斯被屠殺，還會有陰影嗎？我問她。

我會不會有陰影？她問。只有我祖母啊。她跑不動，因為那時她懷孕九個月了。我祖父跟其他小孩全都逃走了。

妳覺得那些歷史到現在還會影響我們嗎？

她聳聳肩，然後深深吸了一口她被男友禁止的雪茄。

7

在機場深長的擁抱。我們非常想念彼此。其中一人稍微曬黑了，身上有椰子的香氣，還穿了一件有拼字遊戲P字磚的T恤。我們不知道明天會如何。我聞到恐懼，才意識到原來是我散發出來的氣息。覺得自己彷彿少了一部分的皮膚，該被覆蓋的部位卻裸露在外。我們緊擁彼此，時間比平常還要久。回家的路上，我們在尼克的住處暫停，時間已經太晚，來不及到醫院探視愛芙，媽跟我們聊了她郵輪之旅的有趣探險，大家都笑了，也許笑得太過頭了，尼克坐在愛芙的鋼琴長凳，偶爾在談話間轉身彈琴，演奏不成調的曲子。接著，我們各自返家睡覺。但那一晚相當奇特：我夢到愛芙，她出院了，卻沒人找得到她。她不在家。我們無法聯繫到她。接著，我又夢到我家裡長了絲綢般的翠綠青草，到處都有，草地甚至延伸上樓，讓我憂心忡忡，不知該如何處理。後來我在夢中悟出了答案：我什麼也不必做。剎那間，憂慮消失了，我恢復了平靜。除此之外，我還夢到我擁有瑪格麗特．勞倫斯[15]書中那尊石天使，我得悉心照顧它，替它保暖。在我的夢裡，天使陪我躺在床上，被子拉上它下巴，它的眼神永恆不變地凝視天花板。

我驚醒後立刻打電話到醫院，問愛芙是否還在病房。她們告訴我她還在。我躺在床上，無法入睡，聽著河面冰塊碎裂的噪音，我媽在客廳走動。我起來看她，當她看見我時，她說應該是因為時差睡不好。她坐在餐桌旁，與蘇格蘭的某個陌生人玩線上拼字遊戲。我說我遇到了她的警察朋友。她皺了眉頭。他很有野心，她說。在我媽看來，野心，就是人類最為沉淪的特質。我聽見喇叭聲，原來另一場遊戲又開始了。詹姆斯王欽定本聖經就在她電腦旁。我問，她最近在看聖經嗎？她說，是啊，唉呦，妳也知道這些……她做了個不以為然的手勢。我知道，她說的是自己的人生。她告訴我，本來想好好唸〈詩篇〉第一章的，但怎麼樣都不喜歡。她不喜歡〈詩篇〉將不信神的一群人當風中殘枝，任他們飄零迷失，所以她改唸〈箴言〉第一章，但她也不欣賞〈箴言〉命令大家尋求知識與智慧的口氣，因為……妳知道的嘛！

她告訴我，她之所以在看聖經，是因為她一直在跟她死去的姊姊瑪麗溝通，瑪麗從墳墓中指示我媽應該多多唸聖經。我點點頭，告訴我媽，下一次她跟瑪麗阿姨說話時，請代我向她問好。我非常懷疑那是她讀聖經的真正原因。也許今晚媽需要希望與安慰，而她只能找上她最老的好朋友，也就是她的信仰。

我問她要不要玩幾場「荷蘭閃電戰」，這可是門諾教會唯一認同的撲克牌遊戲，因為撲克牌的圖案不是黑桃、紅心、梅花或鑽石，而是鐵鋤、水桶、馬車與幫浦，也因為這遊戲講求反應力

15 Margaret Laurence，加拿大當代小說家。

與專注，並不要人投機取巧，當她對我微笑時，我感覺整個房間都亮了。

媽坐在破爛的橘色椅子，我坐在愛芙床角，愛芙躺在床上微笑，頭上的縫線快消失了，她洗了臉，也梳了頭髮。據珍妮思的說法，一切似乎有了轉機。珍妮思告訴我們，那天早上她與愛芙長談，愛芙的狀況很有改善，我媽問，所謂的改善是指哪方面？珍妮思告訴她，愛芙有吃早餐，而且也乖乖吃了藥。過去聽到這些小小的斬獲，媽都會很開心，但今天，媽只是點點頭，嘴裡說，嗯，所以她乖乖聽話了。我知道媽並不因此滿足。她認為充滿火藥味的激烈爭執才會發生效用，溫和順從的屈服完全沒有意義。但就另一方面而言，她也想要我姊乖乖進食吃藥，卻又想要愛芙心甘情願。

我不知道自己怎麼了，愛芙對著我們說，今天一起床，我覺得煥然一新、脫胎換骨，變成完全不一樣的人。我想我可以巡演了。我要打電話給克勞歐。而且我還想打網球。我和尼克可以考慮搬去巴黎。

如果說，歲月也有所謂的延遲反應，那麼就是我眼前的這一幕了：媽與我的反應比照愛芙剛才說的字字句句，彷彿隔了一大片荒蕪惡地，一片草木不生的無人地帶。我媽和我姊對著彼此微笑，像是在參加笑容比賽。我僵住了。這是一場贏不了的鬥爭。我瞪向窗外，想到寫作與拯救人命的相似點，想到我用罄的想像力，以及我創造小說人物的企圖心，還有我是多麼想救我姊一命。人生猶如寫作，永遠在創造、追求成功，實踐自己的靈感。

真的？我問，巴黎？太好了，愛芙，我不相信妳耶。

愛芙室友梅蕾妮的聲音從簾子後方傳來，說，我也不信。

愛芙對著簾子說，妳少管閒事好嗎？梅蕾妮說，她可不是來這裡管「閒事」的。

我離開病房，像上了枷鎖的囚犯躲到小房間，這裡已經成了我最愛的避難所，讓我能獨自凝視停車場與遠處的農田。我們是有選擇的，我想，我們可以接受眼前的她，正如醫護人員所說，然後抱持希望；或者我們可以組織那所謂的團隊，馬上找好專業人員，因為愛芙似乎已經準備好要回家了。我知道，她就要出院了。我很清楚，如果她乖乖遵守醫院規則，告訴醫生護士她覺得很不錯，充滿正面的想法，再也不想自殺，完全不想自殺（真的假的？她當真可以跟這偉大的目標告別？）她最快今晚就能回家與我們共進晚餐。

我打電話給尼克，他沒接。我走到護理站，他們說珍妮思正在午休。我問愛芙是否今天就能出院，護士問我誰是愛芙，我說愛芙達・馮・力森，護士說她不認識這位病人，也沒聽到病人準備出院的通知。

我回到愛芙病房，發現我媽正用低地德語唱歌給她聽。歌名是「汝」，也就是「你」的意思。愛芙也握著媽的手。歌詞內容是永恆的愛，儘管愛可能帶來痛苦。這首歌我們小時候聽過無數次了。

接下來事情發生得很快。珍妮思走回愛芙房間，面帶微笑，與大家打招呼，告訴我們愛芙也許今天就能回家，只要醫生說可以就放行。我想到醫生打扮成黑武士，遞給愛芙一把光劍。我媽和我異口同聲說，哇，好棒。愛芙對珍妮思感激地微笑。

珍妮思坐到愛芙身邊，問她是否覺得自己可以回家了。我們都懂她的意思。愛芙回答，是啊，當然囉，她想回到尼克身邊，想要好好過日子，一面用手指梳頭髮。愛芙說她願意吃藥，也會按時與心理醫生約診，她全都準備好了。她感謝這段時間醫院上上下下對她的照顧。在我聽來，真像是奧斯卡頒獎典禮上，領獎人背誦自己練習許久的謝詞。我親吻愛芙的臉，真是太好了，我說，太棒了。我媽手放在胸前，眼睛睜得很大。

我很慌亂。珍妮思要我們獨處，愛芙也可以順便收拾東西。我跟著珍妮思走出走廊。我問，真的可以讓愛芙回家了嗎？她說，我覺得她可以了，而且我們也沒有選擇，因為愛芙是自願住院，並非強制入院，如果病人覺得可以，隨時能走出醫院大門。我問，難道不會太快嗎？珍妮思說，病人需要感覺自己能掌控情勢，這很重要，他們必須知道自己能做出重大的決定。

好吧，我回答，她最重大的決定，就是自殺，但沒人希望她這麼做，不是嗎？珍妮思也同意我的說法，但她說，她這一科的病人很多，醫院也很缺床位。所以，讓她自行解決心中的疑問，順其自然吧。珍妮思還補充，她其實很看好愛芙。她告訴我，愛芙說等到天氣暖和點，還想找我打網球，真讓我不知該如何回答。

我一直打電話找尼克，他終於接了。我告訴他，愛芙今天就能回家了，他非常驚訝。他還沒聽說。接下來該怎麼做？我問。他說，他會打電話問醫療團隊，他今天會提早下班，去超市買點東西，大家回頭見。

我回到愛芙病房，發現她已經起床找衣服。我幫她將衣物收進塑膠袋，才發現自己放手稿的塑膠袋不見了，但我卻異常冷靜，我想，沒事的，沒關係。

但媽在這時候說，嘿，尤莉，這是妳的嗎？原來她正坐在我的手稿上。她瞄了一眼問我，新的作品嗎？我回答，是啊。媽問我寫幾個字了？不知為何，這問題讓我笑出聲來。我搖搖頭。愛芙告訴她，書的第一個字母美極了。我媽還在微笑等我的回答。其實，我沒什麼好說的。媽要我陪她到病房外，她的手摸著我的肩窩。她如此嬌小，聞起來好舒服，是椰奶的味道。她緊緊擁住我，告訴我一切都會沒事。我真愛她總是一次次這樣安撫我，但我確實納悶她是否把我當傻瓜。當然囉，她是我媽，媽媽們總是會這樣安慰小孩。巴布．馬利[16]也是這麼說的，但他是說一切**小事**終會變得無關緊要，我覺得這說法比較合適，雖然他多加「小事」兩個字，只是為了配合音樂的節奏。我記得自己不斷哼唱這一段，然後緩緩入睡。這都是在我爸跪在鐵軌中間，與疾駛而來的火車面對面之前的往事了。

16 Bob Marley，饒舌歌手。

當晚我們吃超辛辣的印度料理，慶祝愛芙回家，喝下了幾杯好酒，還有我媽兩年前送給尼克的耶誕節禮物——阿瑪涅克白蘭地——愛芙從頭到尾都在微笑，她有點羞怯，看來平靜而美麗，彷彿全宇宙只有她知道冥河的祕密。她的手微微顫抖，脖子圍了一條淡粉紅圍巾，還在眼睛的疤痕上稍微打了粉底。她的褲子似乎太大了，但尼克找了一條時髦的草繩腰帶給她。尼克很興奮她終於能回家，不斷叫她「親愛的」及「寶貝」。我媽則叫她「小心肝」。我很想寫一張紙條提醒愛芙，告訴她，我們曾經許下的承諾，但我手邊沒有簽字筆能寫下我的心情。尼克正在討論中國文學與中文字，愛芙則翻閱他從圖書館借來給她看的小說。沒人提到巴黎或網球。

妳給我聽好，我很想對她大吼，如果有人要自殺，那也應該是我。我是糟糕的媽媽，我離開小孩的父親。我是可惡的老婆，找別的男人上床。還有，我的寫作生涯根本岌岌可危。妳看看妳可愛的家，還有深愛妳的男人！世界各大城市砸重金請妳舉辦獨奏會，看過妳的男人都會無可救藥地愛上妳，終生對妳難以忘懷。難道因為妳的人生太早就這麼完美，才會讓妳想拋棄它？只因為妳不知道接下來還能追求什麼，是嗎？可是，我發現自己無法直視愛芙。她也沒有在看我。她幾乎沒有從尼克給她的小說抬起頭來。

媽因長途旅行，體力早已不支，但看到愛芙回家她放鬆多了。媽總會仰躺在海面，享受陽光與海浪，結果老是飄到遠方等人救援，她卻一點也不慌張，她就是想要緩緩漂離海岸，等著被人發現，或被人想起來。她最喜歡在大海平靜時隨波蕩漾，沐浴在沉靜的月夜，這是她人生最極致的享受。我家人似乎總是在逃離：例如重力，例如海岸線。我們甚至不知道自己在逃什麼。也許我們就是無法歇息，是天生的冒險家。或可說我們慌了，或可說我們瘋了。也有可能地球不是我們真正的家鄉。那一次在牙買加，我媽笑著被三名光著上身的漁夫拖回陸地，因為她從香蕉船掉入大海，怎樣也游不回去。

尼克走進廚房拿飲料，我跟在他後面，嘴裡低語問他，團隊呢？他們會來嗎？他和我假裝到地下室冰箱拿啤酒，但尼克告訴我，那組團隊簡直難以捉摸。顯然，政策改變了，預算刪減了……他嘴唇還在動，但我的心思早已飄到地上的《羅馬帝國興衰史》，它應該是被人匆忙地丟到樓下……尼克說，他還會尋求其他可能的解決方案。我走到書旁邊，將它拿起來交給尼克。可能？我問。我們是在討論什麼啊？他接過書，呼吸沉重地說，我懂，我真的懂。他說，他還找了他們的朋友瑪格莉特每天陪愛芙幾小時，而媽一定也會每天過來。我知道，我告訴他，但是，愛芙再兩星期就要到五座城市巡迴演出，你好好看她，你覺得她辦得到嗎？你到底找到克勞歐了沒？

老天，尼克說，他還沒跟克勞歐談，他只知道巡迴演出把她嚇壞了，但是等到她真的上台，她整個人又雀躍不已。我告訴尼克，我很快就得回多倫多了，威爾要回學校考試，丹恩還在婆羅洲，我不可能把諾拉一個人留在家裡沒人照顧。只要學期結束，我會立刻帶她回來這裡過暑假。如果愛芙不用演出，我每天都會來找她。尼克很體諒這一點，他告訴我他會處理好，而且飛機一搭就來了，更不用說我們還能打電話。

我們回到樓上，媽正在告訴愛芙她的拼字遊戲等級。她平均一千三百分，愛芙點頭讚許，假裝自己從沒聽過這件事。我媽告訴愛芙，有一天她在俱樂部拼出**雞巴**的英文，竟然過關了！媽說。沒人找妳麻煩？才沒有勒，我媽回答，跟我一起玩的年輕人超尷尬的，完全不敢看我的眼睛，他大概想不到我這老太婆也能拼出這麼髒的字眼。愛芙笑了，她的話不多，但她還能說什麼呢？她的感覺嗎？今晚這臨時拼湊的團圓飯，在愛芙眼中是否虛假荒誕？她是否納悶我們究竟在慶祝什麼？慶祝她失敗的尋死計畫嗎？或者她真心覺得跟我們在一起很快樂？

拜託喔，愛芙！我想，手不要再抖了，說點話吧！告訴妳的臣民，讓我們知道未來還是有希望的！沒錯，還有飛機和電話。

我想問愛芙害不害怕。但我又喘不過氣來了。我一面微笑，一面想掩飾自己的恐慌，謹慎地讓肺部填滿氧氣。我想帶愛芙回多倫多。我想要我們大家，我媽、我姊、小孩、尼克、茱莉、她的孩子——甚至丹恩與芬巴和瑞岱——全都住在地球某個偏遠角落的孤立社區。在那裡，我們只有彼此，人與人的距離只有幾公尺遠。就像西伯利亞的門諾老社區，只是，在我的社區，人們快樂多了。

✧

最後我們都走了。愛芙坐在鋼琴旁，雙手在鍵盤上無聲地移動。當她從長凳站起來，向我與媽道別時，她的臉上湧出了淚水。我媽只住在幾條街外，她想走回去，她說她需要運動。愛芙和我望著她安全地過馬路，把她當個孩子。

我告訴愛芙，我愛她，我會想她，我很快就會回溫尼伯。如果她在多倫多演奏，我能去看她嗎？也許吧，她說。但是她應該只會待十六個小時。她要預演、睡覺、吃飯、表演、回到飯店、睡覺、早起搭飛機。克勞歐的助理羅絲蒙這一次會陪她巡迴。她告訴我她也愛我。她想更認識多倫多，瞭解我在那裡的生活。她要我寫信給她，不要email，她要的是老式的書信，一定要有信封、信紙和郵票。我答應她，我一定會寫，但她會回信嗎？她說她會的，一定會。口氣非常堅決。

我握著她的手腕，手指圈住她纖瘦的手骨，我用力捏它們，直到她說好痛喔，我連聲抱歉，然後放了手。我們沒提到人生的意義、疤痕、縫線或是我們講過的話，或是我們許久前對彼此的承諾。

離開後，我開車繞著城市外圍，彷彿準備界定勢力範圍的狗兒，我開過大橋，鑽過橋下，當年的我也是這樣沿著我居住的小鎮走了一圈又一圈。這些全是我的。如果我像個發狂巡視接到的衛兵，這裡不會發生任何事情。歡迎來到溫尼伯，它的人口永遠不會有變化。我跑到茱莉家，告訴她我明天一大早就要離開，我答應一到多倫多就會打電話給她，接著我去找瑞岱，跟他說再見，謝謝他煮東西給我吃，讓我渡過暴風雨。他抓抓頭說，是啊，可是……我聳肩微笑，往後退了一步，嘴裡感謝著他的貼心、氣度以及時間。

我開著我媽的車，將它當成德國坦克，街道就是我的死敵。我覺得很糟，覺得自己又笨又壞。我想，回家以後也許輪到我該看心理醫生了吧？但是我告訴自己，我付不起醫藥費，我只需要加把勁工作就好了。此外，我該跟心理醫生說什麼呢？我爸自殺後，我的確找了一名心理醫生，他建議我寫信給我爸。他沒說我該寫什麼。我謝謝他之後就離開了，心想，我爸人都死了，根本收不到我的信。這有什麼意義？我可以要求他退我一百五十塊，讓我去買白酒和一包大麻嗎？

回到我媽的公寓時，她已經熟睡了，鼾聲如雷，電視上她愛看的影集《火線》不知道演到第幾季了，河面仍然傳來冰塊的碎裂聲。我站在媽床邊，凝視她許久，不確定她是否總是睡得深沉，是否這就是她唯一的解脫方式。我走到客房，衣服還沒脫就躺下來，沒必要換睡衣了，因為我一大早就要起床去機場。我睡著了，不久後卻被客廳的騷動吵醒。我媽起床了，在跟一個男人說話。

事情是這樣的：我媽醒來走到陽台欣賞夜空，卻發現這位叫薛比的男士正在停車場停卡車。她突然靈機一動：對著樓下呼喊薛比，問他能不能幫忙搬家裡的老電子琴到茱莉家，好讓她小孩練習彈琴。她真的很需要有卡車的人。而且她會付錢給他。他說，當然好。結果他們就這麼在大半夜講起話來，而她還跟茱麗葉的奶媽一樣，身穿睡袍站在陽台上。現在，薛比正在客廳評估電子琴的尺寸，不確定自己該怎麼將它搬下樓。

我媽說，喔，太好，小尤，妳起來了。

因此呢，薛比和我將電子琴搬上車，我媽替我們扶著公寓門，她的睡袍隨風猛烈拍動。天空開始下雨，而且雨越下越大。我媽跑上樓拿了個垃圾袋要蓋住電子琴。我問我媽，茱莉知不知道我們要送琴過去？她回答，不知道，到了再說囉。

薛比和媽與我鑽進卡車，將電子琴送到茱莉家。她和孩子們睡得很熟，沒有來開門，因此我們將琴搬到院子的小棚，在她家門上留了一張字條，告訴她我們送了一架電子琴到她家，琴就在工具棚內。我們回到公寓，媽給了薛比五十塊，謝謝他幫忙。我們跟薛比說了晚安，站在公寓裡。廚房地板都被我們身上的雨水滴溼了，浴室也全是水，天氣預報說明天河水將漫過河岸，夜空中，閃電依舊肆虐。

好了，我媽說，至少這件事完成了。

我瞭解她想完成某件事的心情，不管這任務有多奇特，至少它動機明確，結局完美。她說，在我離開前，她打算再睡一下，但我一定要叫她起床。我已經睡不著了，所以我到樓下的健身房，走上跑步機，按了啟動鍵，開始跑步。我穿著笨重的靴子與緊身牛仔褲，我的溼髮將地板和跑步機灑得都是水滴。我看著外面空盪的游泳池，牆壁有泳池使用須知，地平面已經出現一道嫣紅。我跑步跑到全身是汗，氣喘如牛，最後我按了**緩步**鍵，我慢慢在跑步機上走著，用力抓著手把。

8

親愛的愛芙：

我遵守承諾，按照妳的指令，寫了這封信給妳。我們最近被螞蟻攻擊得厲害。整件事發生時我在溫尼伯。房東深信這與我家的髒亂有關，但我認為這完全是宇宙自然的腐朽過程。我們不髒，只是亂而已。我在家裡到處擺了有殺蟻藥的小盤。威爾已經回紐約了。他等著今年暑假與妳和尼克見面。他勉強照顧諾拉，可是家裡被搞得亂七八糟。顯然小孩的眼睛看不到「亂」這個字。諾拉交了個男朋友，是她班上的同學，是拿獎學金的瑞典人。我這次回家時，廚房有個男生在煎蛋捲。流理台都是「全食超市」的紙袋，這可是很貴的一間有機超市，我從來不去那裡買家用品的，我只會固定去「美廉」超市。廚房這位陌生人不會說英文，我也不知道他在那裡做什麼，我還得等到當天傍晚諾拉出現時，才瞭解狀況。那一天我只外出散步幾次，跟他微笑點點頭，比手畫腳。

我的臥室外有個小房間，我打算坐在那裡工作，卻從來沒真的進去過，太冷了。所以我都是在餐桌或床上寫作。我喜歡在早起時，聽哀鴿啼叫。牠們能讓我同時感到悲傷與喜悅，回憶我的童年，我們的童年，那一片大草原，以及早上起來什麼也不用做，只需要玩樂一整天的感覺。妳知道我九或十歲時，會自己起來唱歌嗎？妳那時睡在有木頭牆壁的那間臥室，上面貼了米凱爾・巴瑞辛尼克夫那張「最後關頭」的海報。那傢伙現在究竟在幹什麼啊？妳到底是愛他跳舞，或他的身材，或他放棄一切，為了追求藝術成就，離開俄羅斯，也不知道自己哪天才能返回故鄉的決心？總之，這年頭把哀鴿殺來吃似乎成了一種風潮。妳相信嗎？當我聽到報導時，彷彿回到了喬・史楚默[17]死去的那一天。那是我青春年少時的音樂。人十五歲時，早上起床就一定得聽哀鴿和「衝擊合唱團」的歌聲，這樣才感覺自己彷彿置身天堂，對吧？如今，喬・史楚默不在了，哀鴿也被吃光了，童年還剩什麼？還有什麼能引我們走出這片蠻荒？我在這裡沒認識任何人。我唯一接過的電話是一通語音來電：您好！您債台高築難以解決嗎？最近一次我接到電話時，我低語說，是的，是的，沒錯，然後迅速切斷，感覺真像是偷偷打電話給救援小組的人質。我早就花光了爸多年前從註冊退休儲蓄計畫撥給我們的現金，而我賣老家的錢，也花去一大半拿到這裡租房子住。昨天我房東甚至還告訴我要漲房租，我可從來沒聽過那種天文數字。

大律師芬巴又發簡訊給我了。他說他在釐清某些私人事務，他認為，雖然我的生活風格逍遙放任，他覺得我們的感情還是可以嘗試再繼續的。他喜歡我的後膝窩。對了，我現在長了第六根

17 Joe Strummer，衝擊合唱團主唱。

腳趾耶。好啦，其實是拇指外翻。有時候若走太多路，它會像迷你陰莖般從我腳掌側邊突出來，我的後腳跟也長了高爾夫球大小的奇怪肉瘤，我想它叫「哈格蘭氏變形」。我們家的狗也有這毛病，記得嗎？瑞安叔叔讓牠吃了痲醉馬兒的藥，用一把屠刀替牠切掉肉瘤，想起來了沒？我只記得，之後好幾星期，妳都抱著狗走來走去，因為牠根本不能走，還把牠放在小推車四處逛。如果我的腳跟變形得太嚴重，妳也會這樣照顧我嗎？還有，前幾天我出了一場車禍，我有告訴妳嗎？只不過是小小的擦撞意外，但是安大略省的保險很貴，所以我現在還是曼尼托巴的保險（喔——喔，不妙）所以我根本不知道我的保險內容，能否賠償對方那輛幾乎完好無缺的ＢＭＷ休旅車。那女駕駛還真的下了車，拿起手機，對著她毫無損傷的汽車保險桿拍照，我站在那裡（穿著我的綠色大外套，手裡拎了六罐海尼根）說道，不會吧！妳玩真的喔！諾拉和我正在進行一項實驗。我們計劃與多倫多市民眼神接觸，結果相當令人沮喪。當我們望向人群時，他們總是迅速閃避，甚至不再朝我們這邊看。我們注意到有人甚至刻意別過頭，連肩膀也都轉開，免得不小心又看到我們。今天諾拉和我在家附近散步（小馬爾他區），我們在人行道與六十八個人擦身而過，只有七個人回視我們，其中只有一個人對我們微笑。而且，我覺得那根本算不上笑容，只不過是撇嘴，也許是肚子脹氣不舒服吧！諾拉和我假裝不在意，但真的很讓人傷心。不知道是我們的穿著打扮，或是散發了什麼訊息，人們完全不想與我們互動，難道我們看起來絕望、危險或奇特嗎？好吧，我得出門接諾拉了，她正在預演，接著要帶她去看牙醫。我很想妳，我每天都在想妳不知道在做什麼……我還會作白日夢。

妳謙卑順從的僕人小尤敬上

（妳看，我有讀妳那些詩人男友的書信喔）

愛芙沒有接我電話。我打給我媽，她說，對，沒錯，她沒接。其實有時候她會接起來啦，老實說，沒有啦，我想她是不會接電話的。大部分時間，她都不接電話。只有偶爾心血來潮，說真的，她不接電話的。

我無法忍受聽到媽這樣在希望與絕望間搖擺不定。媽告訴我，每次她在愛芙家時，只要電話一響起來，她都會鼓勵愛芙接電話，卻每次都是拉鋸戰，多半時間，愛芙贏了，到最後，電話就不會有人接。

我聽見媽電腦響起喇叭聲，顯然另一場拼字遊戲又開始了。

親愛的愛芙：

今天我出去散步很久，最後停在高地公園的葛拿迪爾池塘邊，望著鴨子潛水。我不知道牠們能憋氣多久，所以我站在那裡計算時間，結果過了七十八秒後，才冒出第一隻鴨子浮上水面呼吸。人類呢？只有一分鐘嗎？早上我在電車聽到一段有趣的對話：有個先生上車後，滿嘴髒話咒罵某人，例如幹他媽的婊子如果他媽的她覺得可以這樣，乾脆來吸我的屌……電車駕駛阻止他，嘿，老兄，夠了喔，你不能在車上亂講髒話，那位先生立刻閉嘴看著駕駛，然後說抱歉，對不起，他瞭解了，此人隨即在下一站下車，踏上人行道的那一秒，他又開始罵人了。

我很想妳。昨天，諾拉與我登上加拿大電視塔。我們想要鳥瞰這座陌生的城市。我們在其中一支高倍數望遠鏡丟了銅板，結果還是看不見妳。我們到公園凱悅酒店的屋頂酒吧喝飲料，我喝了一杯二十塊的白酒，我和她一起吃橄欖和杏仁。我和她努力朝西方眺望，我們很想妳，諾拉問我是否後悔生小孩，我嚇了一跳，心想我一定是個很失敗的母親，才會讓她覺得她正逐漸摧毀我的人生。但接著她又說，她永遠都不想懷孕，因為她無法忍受肚子住了一個陌生人，身材變得圓滾臃腫。我希望她沒得厭食症。我不知在哪裡看過，厭食症患者都有個傲慢自大的母親，但我又很自卑內向，嚴重到連我自己都覺得可悲了。也許，她想像自己有個傲慢自大的媽媽，以補償我的不足，而這位想像中的媽媽讓她得了厭食症吧？其實沒有，她並不厭食，我也不該譴責一個根本不存在的女人。我想起來了，妳在她這年紀時也非常瘦小。而且妳到現在還是這麼瘦！

我們還在喝飲料時，一位古銅膚色的長者走了過來，他戴了一只大聯盟的冠軍戒指，腳上蹬著白皮鞋，而且沒穿襪子，他告訴諾拉她很漂亮，還問我是不是她姊姊。哈哈哈，這是老男人搭訕的方式啊！他還說諾拉應該去當模特兒。我回答，實在不敢當，不過她現在在學舞——我的眼神應該已經能殺死人，我差點脫口而出，你給我滾遠一點，怪老頭！後來，我與諾拉散步回家，一路哼著我們都認識的老歌。這孩子說話真可愛，還會說，什麼！妳也聽過〈情人間左右為難〉？而且她甚至讓我牽了她的手一兩分鐘之久。她告訴我，我長得算有吸引力了，聽來真讓我想放聲大笑，甚至想鞠躬感激她。諾拉就像所有的十四歲女孩，不會吝惜讚美他人。她的雙腳因為跳舞而傷痕累累，看來跟偉納爺爺的腳一模一樣。妳記得他會用腳操縱木偶，我們看到時都放聲大叫嗎？我替她按摩腳時，都因為不斷撫摸她腳上的繭而刮傷。我問她瑞典小男友的事情（她難得能好好告訴我，他的名字叫安德），還問她與他都用什麼語言溝通。諾拉語帶夢幻地回答，我們沒有怎麼說話啊，彷彿那就是全世界最完美的語言了。我很想問她，妳跟他上床了嗎？但我不敢。她才十五歲不到，我無法應付她給我的答案。我真是個沒用的媽媽，天啊。

昨晚我也打電話給威爾，他告訴我公寓也有老鼠，還問我妳好不好。他也很想妳！提到老鼠，我想，除了螞蟻，我家只有小老鼠，我猜這樣比較好吧。在多倫多，人們說如果妳家有小老鼠，大老鼠就不會出現，反之亦然，因為大老鼠是小老鼠的剋星。不曉得大老鼠是否也吃哀鴿？最近我常做一個夢，有隻大老鼠鑽進我的襯衫下，但我怎麼樣都抓不到牠，最後我還得用力敲打胸口，直到牠掛了，牠的鮮血流得滿地都是，而我早已虛脫，沒有力氣了。我超想妳的。

如果妳還懷疑自己，如果妳不開心，妳千萬要記得，世界上最被人喜愛的人類，就是妳了。

小尤敬上

（史泰爾夫人在某封信的最後，就是寫給某個叫做沙瓦力爾的人這一段話，而現在，我將這段話獻給我的愛芙達）

回信給我！AMPS！

P．S．要不妳就接可惡的電話吧。

P．P．S我前幾天跟媽連絡。她說妳一直在聽葛瑞茲基的《第三號交響曲》？那是什麼？

接不接電話成了愛芙能否應付人生的象徵。愛芙告訴我媽，她覺得電話鈴聲就像是希區考克的電影，大家在話筒的另一端都會說啊，哦……呃……好啊，嗯………。今天下午我跟我媽講了電話，她告訴我她姊姊提娜準備出發到溫尼伯陪愛芙。我阿姨準備從溫哥華開廂型車橫越加拿大，協助我那早已疲憊不堪卻不肯承認的老媽。我問媽，這樣不好嗎？她回答，不會，但也不太好。我問媽，愛芙究竟如何？她說，唉啊，妳也知道的，老樣子。

沒有不好，但也不太好，我說。

差不多就是這樣，媽回答，她不巡迴了。

什麼？真的嗎？

她今天說的。

我問她愛芙到底有沒有收到我的信，媽說她不知道，她會問問看。我打到尼克上班的地方，留言請他回電。我打給住在布魯克林的威爾，問他最近如何，他低聲說，還好，還好啦。原來他人在圖書館。他不是在圖書館，就是在佔領華爾街。他問最近大家好不好，我告訴他還不錯，還行。他低語問，那愛芙呢？我回他，不錯，還好啦。

有人把我家餐廳外那棵大樹的枝幹樹葉全都砍光了。我喜歡穿著T恤和內褲坐在餐桌旁吃早餐，一面聽哀鴿啼叫，一面寫作。原本樹枝幾乎遮住了整片窗戶，鄰居看不見我穿內衣褲的模樣。但現在光禿禿的樹幹讓鄰居把我看得一清二楚，彷彿一幅即將完工的拼圖。

✦

親愛的愛芙：

妳到底什麼時候才要回信？我注意到一點：如果跟男人做完愛，妳自顧自地哭了好幾小時，他們會非常不安，甚至惱怒，因為妳不告訴他們妳哪裡不開心。

芬巴和我一點也不合。我跟他上床，只因為他想要，也因為他很帥——我很悲哀，我知道。我是廢物。我還是壞榜樣——特別是對一個未來將成為母親，性活躍的女兒。老實說，誰會想要一個從販賣機買香味保險套的老媽？（我只是臨時起意，而且機器只賣那種牌子。）當然，諾拉並不真的知道有芬巴這個人，因為我們可悲的會面都極為短暫，而且次數不多。此時此刻，就現在這一秒，讓妳知道我這些私密行為，讓我又想大哭。我想，就乾脆哭了吧！我好想再戀愛一次。我希望丹恩和我不要這麼常吵架——他對諾拉真的很好。妳很幸福，有尼克在妳身邊，而他也很幸運，能夠擁有妳。請記得向他問好。他的獨木舟進度如何？

安德（諾拉的小男友）剛告訴我，馬桶塞住了，他還把洗衣機給弄壞了，因為他想一次洗完全部的衣服——他怎麼會在我家洗衣服呢？——所以現在他的衣服全卡在洗衣槽，機器開始漏水，滴到他鋪在地上的大毛巾。以上他全用畫圖跟我溝通，因為我們語言不通。

現在是傍晚，諾拉和安德去參加朋友的生日派對。他們離開前，我逼兩人跳一段在學校學的舞步給我看。一開始他們不太情願，最後終於同意迅速表演一小段，天啊，太強了，這兩個半大不小的孩子，突然間搖身成為老練世故的戀人，原本熱烈愛戀，卻瀕臨死亡，最後終於永恆廝守。他們的神情嚴肅內斂，動作卻奔放自在。妳一定要來看他們跳舞！結束時，兩人身軀交纏扭曲，停駐許久，最後他們起身，很可愛地對我鞠躬致意，我用力鼓掌——努力不要讓自己哭出來——他們轉眼又變回平凡扭捏的青少年了，兩人急急忙忙出門，撞來撞去的，連聲對彼此道歉，緊張微笑，羞怯地牽手，但在一秒前，他們的表現卻猶如熱情與優雅的發明家。我們這一輩已經失去優勢了。

我想關燈改手稿，但在黑暗中，唯一沒按錯的鍵就是刪除。也許這是個徵兆？還有，我在維基百科查到葛瑞茲基《第三號交響曲》叫做「悲怨之歌」，與母子情有關。妳最近有看到媽媽？她有沒有告訴妳，她終於在烘衣機裡找到助聽器了？

我該出門辦事了，希伯家的小孩（記得他們家的廂型車和裝了大麻的垃圾袋嗎？）曾經這樣形容自己出門賣大麻的行為。我把馬桶清乾淨了，還沒想好該如何處理洗衣機，再不解決，它的水就要淹過地下室，將我們沖進安大略湖了。

我早已不再參加舞會，但我要著裝準備吃晚餐了（這是珍・奧斯汀寫給她姊姊卡姍卓的）。

小尤

P・S・多倫多市區有座小山丘，這很酷吧？如果要朝北走，妳得爬上去，如果往南，就要走下坡。安大略湖的湖岸以前更高，大約在一萬三千年前，湖水幾乎淹到我家公寓的三樓。當時的它叫做易洛魁湖，冰壩融化後，湖水後退，成了今天的安大略湖，相較之前的規模，現在的湖泊面積縮小很多。北多倫多有一條戴文波路，沿著原住民之前開闢的湖濱古道拓建而成。我確定過去這條路肯定不是叫做戴文波路，也許第一批先民在夢中夢到這名字吧？他們懶得枯坐在岩石或獨木舟上，替道路取名字了。妳知道地球板塊朝彼此移動的速度就跟我們指甲生長的速度一樣嗎？或者那是遠離彼此的速度？我想不起來了，我對速度很感興趣。但它相對於人們的悲傷，到底是快或慢？

P．P．S．有時我寫書時會閉上雙眼，想像我與妳在溫尼伯某處小餐館相會，大概是愛莉絲路的「黑羊」餐館吧。當我走上街頭時，我能遠遠看見妳的微笑，妳替我們找了窗邊的座位，身邊放了一疊圖書館借來的法文書，妳替我叫了一杯白咖啡，穿了一件迷你短裙，嘴裡咬著一支綠色簽字筆，妳對我微笑，似乎有話跟我說，內容足以讓我開懷大笑。今天我把大門打開工作，因為太熱了。對街正在蓋一棟公寓大樓，每五分鐘就有個傢伙大喊「小心頭頂！」幾秒後便會傳來巨大聲響，接著是濛濛沙霧。我想妳，愛芙。

自從在溫尼伯我姊家門口與她道別，已經兩星期了，我答應她，我會寫信。現在來到五月，今天是愛芙達與溫尼伯交響樂團音樂會的開幕式。她的音樂會重新舉辦，顯然她又改變心意了。尼克昨天打電話給我，告訴我預演非常順利，愛芙很興奮首演之夜即將來臨，儘管她似乎有點體力透支。

今天，我在湖邊某處泥濘公園散步時，媽打電話給我。手機響起時，我瞪了它一秒，而後接起電話。

又來了，媽說。

我在泥地蹲下，然後開口，告訴我。

媽說她與提娜阿姨到了愛芙家，想跟她打招呼，儘管愛芙曾經客氣提醒兩位老太太不要吵她，因為她得準備音樂會。敲門時，愛芙沒有應門。大門鎖上了，不過我媽有鑰匙，所以她將門打開。她發現愛芙躺在浴室地板，她割腕自殺，同時喝下大量的漂白水。浴室全是漂白水的味道，愛芙的呼吸與皮膚也散發漂白水的氣味。愛芙躺在血泊中，但神智清楚。她對我媽伸出雙手，求我媽帶她到鐵軌上。我媽抱起她，提娜立刻報警，救護車將愛芙帶回醫院，現在她已經插管住進加護病房，因為她喝了漂白水，喉嚨都灼傷了。不過她的手腕會沒事的。

我人在機場，等飛機帶我回家見我媽與我姊。我在 Lush 買了要給愛芙用的乳液。以一個快五十歲的女人而言，愛芙的肌膚完美堅實，她小腿纖細，大腿結實，微笑更能迷惑所有人。她能開心大笑，至少能讓我開心大笑。當她驚訝時，眼睛大睜猶如卡通人物。她的肌膚毫無瑕疵，細滑柔順，烏黑秀髮與碧綠雙眼更是楚楚動人。她沒有什麼駭人的雀斑、黑痣或汗毛，我就有。她的身材玲瓏有致，女性魅力十足，光采奪目如法國女星。她很愛我。她會嘲弄理智，助我保持冷靜。她的雙手不因歲月起皺，胸部堅挺，如少女小巧可愛。她的雙眼是美麗的翡翠。她的睫毛實在太長了，冬天時，雪花還會停駐其上，她曾經要我拿媽的剪刀替她修剪，免得它們擋住她的視線。在店裡，我打翻了一堆鮮黃如網球的沐浴球，不知道該如何收拾，店員連忙說沒關係。我也不記得我付錢了沒。總之，我要回家了。

9

愛芙在歐洲時，我媽決定也要解放自己，她到大學上課，成了一位社工，最後擔任心理治療師。此時，教會長老早已放棄馮．力森家的女人。媽畢業後將多出來的臥室改成辦公室，一群悲傷憤怒的門諾教徒經常偷偷登門造訪，因為心理治療比獸慾更低下，因為在孤立的農村社區，獸慾是可以理解的。偶爾我媽的病人不會付錢。他們大都是農夫、處境可憐的工人或沒有收入的家庭主婦。因此我和愛芙達回家時，偶爾會在門口發現冷凍牛肉，車庫有母雞走來走去，門廊上也放了好幾打雞蛋。我家車道還會有人躺在車子下修排檔，或是不認識的女人替我家修剪草坪與澆花，後面還跟了一群嗷嗷待哺的小孩。

我媽覺得跟病人要求付費很不可思議，因為他們身無分文，但這些人堅持多少要有回饋。有一天愛芙和我回家時，發現廚房餐桌有兩顆大型子彈。我們問媽，這東西怎麼會出現在家裡？她說她的病人請她保管，免得病人用子彈射穿自己的腦袋。但是她要如何開兩槍打死自己？愛芙問。另一顆子彈是給她女兒的，我媽說。這樣她女兒才不會孤單一個人。

愛芙和我到院子，坐在生鏽的鞦韆上。愛芙對我解釋情況。那女人為何不帶女兒逃走？我問愛芙。她沒有回答。我又問了一次，那女人為什麼不——愛芙打斷了我，事情不是這樣的，她說。在監獄自殺的犯人，比逃獄的犯人還多。如果我們真的遇到危險，妳要自殺前，會先把我殺死嗎？我問她。這個嘛，我不知道耶，她說，得看是什麼危險，妳想要我殺死妳嗎？

我媽和她姐提娜童年時，有一次決定騎單車比賽，只要有大卡車擋路，她們會騎車溜到車體下方，再從另一邊爬出來，毫髮無傷，開懷大笑。

在愛芙十六歲而我十歲那年的一個冬夜，她安排了一次政黨候選人的辯論會。她用紙箱當講台，拿派對彩帶裝飾它，再用我媽的拼字遊戲計時器，控制演說時間。我爸是保守黨候選人，我媽是自由黨候選人，愛芙是民主新黨候選人，我則代表共產黨。我當然不能說自己是共產黨，因為我爸媽一點都不想與俄羅斯有所牽連。有天吃晚餐時，愛芙宣布自己迷戀溫尼伯共產黨領袖喬依．祖科，我媽立刻替我爸施行哈姆立克急救法，因為一聽到愛芙的話，他立刻嗆到食物了。媽救了爸一命後，他還說真希望她沒把他救回來，因為如果愛芙打算嫁給這傢伙（一提到迷戀就立刻聯想到婚姻？）我爸就打算離開這卑俗的人世。總之，我必須說自己是獨立黨員。我們那一次討論賦予女性權利的優劣，還有安樂死。愛芙得到壓倒性的勝利。她做了萬全準備，狂熱認真，甚至用許多統計資料支持她的論點，語氣更是充滿說服力，卻又尊重對手。她辯才無礙，詼諧幽默，總而言之，她贏了。

請注意了，當時的裁判全是她在溫尼伯音樂學院認識的朋友，她偷偷用啤酒收買了他們，其中一位更是她的愛人，我看得出來，此人繫了一條草繩腰帶，T恤撒滿油漆，盤腿赤腳窩在我爸的閱讀椅。愛芙更確定她胸罩的一條蕾絲淡藍肩帶，在她的V領毛衣下若隱若現。他的眼神從頭到尾沒離開她，直到我爸大聲清清喉嚨說，嗯，我說這位坐在綠色躺椅的裁判，你到底有沒有聽到我們其他人說了什麼啊？

飛機降落了。我媽和提娜阿姨正等著我。她們站在電扶梯下方，手挽著手，望著我緩緩接近。我覺得她們看起來就像雙胞胎，眼神犀利，表情陰沉，準備背起另一個十字架。她們對我微笑，低語幾句低地德語，然後用堅定的臂彎擁抱我。我們擁抱彼此，什麼話也沒說。我沒有行李，這樣就不用等待，然後我們快步走向車子。

我媽跟平常一樣開得很快，這次我沒要她放慢速度。提娜阿姨坐後座，瞪著窗外。我一隻手按著我媽的肩膀，另一隻手伸到後座牽住阿姨的手，我們成了人體鎖鏈。門諾教徒當真如此失落憂鬱，或者只有我家人？提娜阿姨七年前死了女兒，我的表姊蕾妮也是自殺，那是在我父親自殺三年後。我們又回到原點。同樣的場景不斷重複。

尼克在醫院，他正在講手機，我們對他輕輕揮手點頭。茱莉也來了，我抱住她，在她耳邊說謝謝，她用力抱緊我。我們一次兩個人進去探望愛芙。我媽和阿姨先進去。我打手機給威爾，他要我跟愛芙說話，但我不知道他想跟她說什麼，他聲音太小了。威爾？我問。等等，他說。我在電話這一端等待，他那邊則安靜無聲。威爾？我聽見他在哭。告訴她我愛她，他最後終於擠出這些字，然後掛上電話。我媽走出來時，表情平靜，她現在是不會哭的。媽聳肩搖搖頭，尼克擁住她，她靠在他身上，頭依在他胸前，他領她在一張椅子坐下，她瞪著不遠處自言自語，或者是在祈禱吧。我能看到她手臂被狗咬到的疤痕。兩個凹洞，猶如吸血鬼的咬痕。提娜阿姨去買咖啡。

茱莉和我進了病房，我們拉椅子坐在我姊病床兩旁，握住她的手，什麼也沒說，因為沒什麼好說。愛芙喉嚨插了一根管子，連接一台助她呼吸的機器。我們望著她，她看著我們，像我媽一樣聳了肩。我們還剩多少話可講？她閉上眼睛，然後又張開眼睛，抽開她的手，用手指拍拍她的前額。我不知道這是什麼意思。表示她瘋了？她忘了什麼？她頭痛？我親吻她臉頰。加護病房的音響唱起尼爾．楊的歌。他不打算停止尋找金心。

愛芙拍她的鼻樑，在眼睛兩旁畫圈圈。茱莉說她想要眼鏡，就是這個意思。對嗎？愛芙的下巴微微下垂，點了頭。我起身去找眼鏡。我走出病房，問護士有沒有看到愛芙的眼鏡，護士說沒有。茱莉告訴我，不然她去找找看，問尼克或媽。她親親愛芙的臉，低聲對她說話，愛芙的眼眶瞬間盈淚，也許茱莉是說，愛芙，妳是最棒的，然後，她便離開了。

只剩我們姊妹倆了。知道愛芙還想要眼鏡讓我鬆了口氣。她手腕的繃帶很像運動腕帶。只差沒有Nike的招牌勾勾，管子貼在她臉上。我用襯衫袖口擦去滑落她臉頰的淚水，我告訴她我愛她。她一邊嘴角被扯開，因為有管子。我記得她有一次上呼吸課，所謂的「亞歷山大呼吸法」，我還一面笑她。連呼吸也要學？她說，沒錯，呼吸也有正確和錯誤的方式。她教我從橫膈膜深處呼吸，但我很快就沒興趣了。她也試圖當我的鋼琴老師，那次簡直是場大災難。她還想教我西班牙文，結果當我該說「我餓了」時，我卻說成「我有個小男人」。

我離開急診室找我媽和阿姨，她們在餐廳喝黑咖啡。阿姨比我媽年長幾歲，除此之外，兩人簡直長得一模一樣。她們都已白髮蒼蒼，眼神犀利如貓，還有數不盡的皺紋，及堅定的腕力。她們都不到五呎高，兩人看到我時，叫了我的名字，挪出位子，讓我坐在她們中間。她們伸手抱住我，阿姨告訴我她愛我，我媽告訴我她也愛我，我告訴她們我愛她們。我幾乎無法呼吸。我嫉妒我媽。在這種時候，她還能有姊姊陪著她。當我爸死時，提娜阿姨也來陪我媽、我姊和我，替我們買了好幾件內褲，讓我們在準備葬禮時，無須費心處理洗衣服這類世俗雜務。那一次我媽開心手術，提娜阿姨也來了，她帶我去好市多，我們推著大推車，買了一年分的番茄醬、衛生紙和凡士林強效乳液，最近它似乎改名為凡士林強效修護乳液了，或許「修護」二字能反映地球人類對生活的急切感吧。在復原期間，提娜悉心替我媽洗澡，兩人拋開一切，開懷歡笑。那一次我姊想把自己餓死時，我也是這樣照顧虛弱的她。我媽就像魯本斯畫作人物[18]，栩栩如生，充滿生命力，我姊卻猶如幽魂。這兩人怎麼會有骨肉血緣呢？

尼克在跟醫生說話。我從愛芙病房門的玻璃窗看得見。他穿了一件藍色襯衫，今天他沒穿牛仔褲，腳上是一雙黑色球鞋。他說話時，一手摸著額頭，另一隻手靠在牆上，手指攤開如風扇。我也想聽醫生講了什麼，我告訴愛芙我馬上回來，但當我走到尼克身邊時，醫生已經離開了，尼克就這麼靠在玻璃窗邊，看見我時，他將手從前額拿下，問我好不好。他告訴我，醫生說愛芙應該不會有事的，明天早上就能確定了。她的喉嚨受傷了，尼克說，也許再也不能說話，或說得不清楚，此外，還得判斷器官有沒有受損，但是，她會活下來的。

✧

我十四歲時，愛芙回家過耶誕節。她才剛結束在茱莉亞學院的研習課程，而且她是拿了獎學金去唸的。此時的她前途光明燦爛，有一位頂尖的經紀人，世界各地的音樂廳競相邀請她演出。但那晚，愛芙和我卻坐在浴室地板。她哭得很厲害，難以安撫，我努力想讓她停下來，讓她吃晚餐。餐桌已經擺好，我爸家的親戚全都到齊就位。桌上點了蠟燭，還有一隻大火雞，大家還在唱歌，慶祝我當年仍相深信不疑的彌賽亞生日。愛芙告訴我她辦不到，她真的做不到。什麼？我問。她無法忍受這種表面裝出來的快樂，刻意表現的熱忱，這全是虛情假意。如果耶穌為了拯救人類，被人釘上十字架，我們應該心存感激祂的奉獻犧牲，而不是在冬天夜裡大吃火雞，對嗎？她想要我大笑，助她做出誇張之舉——她要我扳開浴室窗戶，推她出去，放她自由。我們可以過耶誕節啊，就妳跟我，我們可以去打撞球，她說。我求她擦乾眼淚，把臉洗乾淨，跟大家一起吃晚餐。我告訴她每個人都在等她。她告訴我她才不管，她就是做不到，她要我去告訴他們，她不會跟大家用餐了。我告訴她她一定得去，畢竟這是耶誕節啊！她大笑之後，又開始大哭，說我實在很有意思，但她不要，她就是不要出去。

我繼續懇求她，拜託，拜託，拜託妳站起來洗臉，塗上妳的唇膏，跟大家用餐。此時媽走到門邊，輕輕敲門，問道，寶貝們？妳們在嗎？我們要吃大餐囉。愛芙用頭使勁撞上浴室牆壁，把我嚇到了。不要這樣，我低語，結果她又撞了一次。寶貝女兒？媽問，妳們在做什麼？還好嗎？我說，還好，我們還好，我們馬上出去了。我用手臂使勁夾住愛芙的頭，她想掙脫，但我不肯放。我不要我姊用頭撞瓷磚，我要她出去吃耶誕大餐，我想要看見她獨一無二的雙眼閃耀喜悅，聽她敘說那些有趣的見聞，偶爾穿插法文或義大利文，描述她去過的城市與音樂廳，還有它們代表的異國風情。我想看我年幼的表弟妹毫不掩飾對她的傾慕與嫉妒，我希望她圈住我的肩膀，我要她展現迷人犀利的自我，我要坐在她身邊，感受她散發的熱力，這位大無畏的魅力人物，雲遊

18 Peter Paul Rubens，巴洛克派畫家，擅繪豐滿圓潤的女子。

四海，無處而不自得的年輕女孩，我心愛的姊姊。

我等著媽離開。腋下還夾著愛芙。她不斷飛踢雙腳，發出動物般的噪音。我告訴她，如果她不出去，我會把自己給殺了。她再也不呻吟，直直瞪著我，眉頭深皺，這一秒，我們就是舞台劇演員，我剛才脫稿演出，毀了她精心擘畫的一幕。

我爸曾想要賣腳墊給休息站的餐廳。那是他自己創作設計的腳墊，他印了好幾千份，它們旨在教育休息站用餐的旅客，吃丹佛三明治時，一面認識加拿大歷史。腳墊圖案以卡通形式呈現，全是爸親手畫的，加上許多笑話與謎題。原本他想藉此吸引大人小孩的目光。最重要的是，他想教育他眼裡那些無知漠然的民眾。加拿大的歷史最有意義了，爸宣稱。當爸看見自己的同胞對歷史碑文視而不見，公民考試一塌糊塗，甚至看曲棍球比賽時連國歌都唱不好，他非常心痛。我們腳底下踩的是一塊有豐富歷史的土地，爸曾經這麼說。

有一年耶誕節與新年假期間的空檔，爸搭火車到渥太華研究政府檔案，參加萊斯特．皮爾遜[19]的葬禮。當年他三十七歲，是一位來自鄉下小鎮的小學老師。他與數千名民眾，站在寒風中向皮爾遜致敬。當時他與身旁的一個人聊了起來，對方還請爸參加除夕派對，那是爸這輩子第一次參加除夕派對。那人住在富麗堂皇的豪宅，我爸形容，位於頂級高檔的葛列柏區。陌生人的心意令他感動。後來，當他回家告訴我們這段經歷時，大家全都靜默無聲。我記得自己當時好怕他會哭出來。我的心得是爸失去了他心目中的偉大領袖，他需要朋友扶持。爸一向深信自己會與自己最崇敬的偉大英雄皮爾遜見面，他們會共同討論加拿大的未來。我媽問他那天派對有沒有喝香檳，爸說，當然沒有啊，蘿蒂。當年我才七、八歲吧。愛芙和我和我媽帶著敬畏的心情，聽爸敘說他參加的國葬與除夕派對。那時的我有種難以形容的不安感。我從來沒看過爸哭，他也沒哭，但我知道他想哭，每次我想起那晚，這段往事總是最先浮現我心頭。

大概是九歲那年夏天吧，爸問我要不要陪他開車到曼尼托巴與安大略公路休息站兜售腳墊。我當然說好，於是就出發了。記得我只穿了一件橘色毛巾布T恤、一條五分褲和北星球鞋上路。我帶了我的《五小冒險》系列。從頭到尾，我都沒刷牙，每天都吃煎餅和巧克力棒。晚上我爸和我會住在便宜的汽車旅館，我將冰桶裝滿，一面吃冰塊一面看電視，爸則在旁鼾聲大作。我累到想睡時，就會拴上大門鍊條，慢慢開開關關好幾次，確定門有關好。

他一張腳墊也沒賣出去。當我坐在車上無聊時，他會給我腳墊，讓我在上面畫畫。他失落時，我便唱愚蠢的童謠逗他開心，例如，〈黃鼠狼爆了〉，還有〈牆上的九十九瓶啤酒〉。我再也不想陪他進餐廳，因為太丟臉了。他太友善，太誠懇，只想讓人們更認識加拿大。一開始他賣出一箱腳墊，只收了一點工本費，最後他甚至開始大放送，但連餐廳經理或加油站老闆都會瞪著腳墊一兩分鐘，然後搖頭說，不用了，我想我們不需要。

19 Lester Pearson，前加拿大總理。

我的牙齒開始覺得麻麻的，橘色T恤髒得不得了。爸垂頭喪氣，我們回家了。我們離開了一星期，當我們回家時，媽正跟幾位朋友在廚房，愛芙在練琴。這是很家常的畫面。爸簡短對媽與她朋友解釋，但他的眼神與肩膀已經表達了一切。他走回他的臥室。

我坐下陪我媽和她朋友聊天，口沫橫飛地描述我們這趟旅程。我把她們全都逗笑了。愛芙也不再練習，走到廚房看大家在做什麼。我告訴她經過，但她連笑都沒笑，反而說，喔，不，太糟了，他還好嗎？

誰？我問。

爸啊！

她也進了臥室，關上房門。等她出來時，天都黑了，因為消防隊警笛已經響了第二次，通常第一次通知小孩六點回家吃晚餐，第二次要他們九點上床睡覺。我不確定我爸在房裡待了多久。

我爸逼小鎮當局給他經費，讓他開圖書館。官員根本不支持，他們覺得浪費錢又很危險，更不用說我爸竟然這麼沒男子氣概，一直纏著他們。爸努力要說服他們掏錢。外面零下四十度的晚餐時間，我問媽：嘿，爸呢？她告訴我他出去挨家挨戶敲門，想要大家簽名連署辦圖書館。有好幾個星期，爸拿著寫字板與原子筆在東村鎮街頭走動，懇求支持。他總是在晚餐時間出門，因為大家都會在家。天色暗黑。他一家都沒錯過。有時我媽也會幫忙。當他一踏進家門時，眼鏡便立刻起霧。我媽想說服他套上羊毛長內褲，因為那年冬天是有史以來最冷的一次，但他拒絕了。爸回家後，她得努力用手敲打他的腿，幫助它們血液循環。你為什麼這麼討厭穿羊毛長內褲？

最後他終於取得足夠人數的連署，他將請願書交給官員，他們說，好吧，你就去開你的小圖書館吧。他們給爸某間廢棄學校的發霉教室，給他經費去買二手書架和書。爸當時成了全世界最心滿意足的男人。他雇用我姊當圖書館員，她很仔細。她為每本書做了索引卡，寫上各種資訊，當時她是留著長髮的少女，戴著厚重的近視眼鏡，一切整理得有條不紊。他們兩人合作無間。對未來充滿無數願景。

我透過加護病房的玻璃牆看著愛芙。她望著我與尼克，我們在討論她的器官。她身上穿了一件「鬧鈴」T恤，那是許多年前當我們都住在倫敦時，我送給她的。當時我的宿舍全是一群龐克族，而她與一位外交官在諾丁罕丘同居，那人不是義大利人，但總愛將威尼斯說成威尼西亞，將那不勒斯叫成拿坡里。

所以她會活下來的，我告訴尼克。他點頭深吸一口氣，那口氣彷彿充滿了所有我們需要問的問題。

我坐在醫院外的水泥階梯，跟小孩講電話，告訴他們愛芙的最新狀況。威爾已經沒課了，他答應我要回多倫多陪諾拉，她學校有場大型表演就快開始，但我人還在溫尼伯。不過他再兩星期就要到皇后區工作，那是他爸朋友的景觀園藝公司，所以他沒法一直待在多倫多。但他說沒問題，只是他問我：可以請妳先告訴諾拉不要過得跟豬一樣嗎？

茱莉回去工作了。她留給我兩根包著錫箔的煙草。就在此時，我接到丹恩從婆羅洲發的簡訊。我需要妳。我立刻回他。怎麼了？你還好嗎？丹？他回我了。抱歉，我太快按「傳送」了。我需要妳簽離婚協議書。

我刪了他的簡訊，點燃茱莉給我的煙，輕輕吸了一口，專注在呼吸上，專注在煙霧上。我告訴自己要思考，要專心。我考慮發簡訊給瑞岱，但是我不知道該說什麼，或該怎麼說。我起身望向河面，冰塊消失了，河面一片安靜。如果只能靠獨木舟回家，現在將它放下河不會有什麼問題吧？

我跟著媽和阿姨坐在家屬休息室。尼克去買東西吃了。媽正在向阿姨推薦一本書。我知道那本書。媽的口氣愉快，還問我有沒有聽過。我回答，有啊，但我不想看。媽說那是撫慰心靈的好書，人偶爾需要看這種書，但我沒有回答。那妳在看什麼，尤莉？我阿姨問。塞利納的《長夜行》，我告訴她。一個死掉的法國作家，不是魁北克那個歌手喔。妳的書呢？我媽問。我問，我的心靈小書嗎？她說，不是啦，妳的書稿。妳還把它放在超市塑膠袋嗎？我點頭翻了白眼。阿姨問我寫了多少字，我告訴她不知道，沒數過。我不想討論我的書。媽告訴提娜，她不喜歡在書的第一頁就看到即將悲慘度日的主角。好嘛，我們知道她過得很糟！我們都懂，我們知道什麼是悲傷，但是整本書用成千上萬的方式描述主角的哀傷。拜託喔！提娜睿智點頭，嘴裡連連稱是，又用低地德語回答，就是說啊，有誰比我們更瞭解呢？深深埋藏在我們骨子裡的，就是哀愁。此時我的手機震動起來，我檢查簡訊。尼克說他人在餐廳，才跟克勞歐講完電話。克勞歐會處理一切的，場地、保險，總而言之他會取消巡演。提娜繼續滔滔不絕詮釋悲傷。我回了尼克簡訊，好，他生氣嗎？尼克回，沒有，很擔心，想幫忙，也許壓力很大吧，他要從布達佩斯飛來溫尼伯看她。

我媽說，她看我的牛仔小說時，她接收到悲傷的訊號，她那時就覺得我太憂鬱了，果然我這些少年主角的下場也很慘。為什麼他們都拿不到冠軍彩帶？媽問。我告訴她，妳錯了，人人都會哀傷憂鬱，不只是我，我的小說只是有組織地展現這種情緒，沒什麼大不了。我回簡訊給尼克：何時？他回我，馬上吧，明天。克勞歐要發新聞稿，解釋愛芙體力不勝負荷，要求外界給予隱私。我媽回答，原來如此，好吧，可是……我還在想妳那揮之不去的哀愁，到底是哪來的……我終於瞭解她想要聽我說什麼了，我知道她不只是在說我，她還想解釋愛芙的行為。我告訴媽，我的鬱悶不是她造成的，我的童年非常愉快，猶如燦爛陽光下的小島，她的母愛無懈可擊，這一切都不是她的錯。

✧

我與愛芙達獨處，陽光緩緩消逝。爸自殺的前兩天，他曾經握住我的手說，尤莉，我感覺所有的光亮都不見了。當時是正午，我與他坐在公園的噴泉旁。

尼克陪愛芙坐了好幾小時，他先回家去了。他很火大，因為有位鄰居看見愛芙全身是血被抬進救護車，結果一傳十，十傳百，接著尼克就接到一位記者來電，詢問愛芙的現狀。我媽和阿姨也已經回家休息了。我告訴愛芙我們約在競技場餐廳吃晚餐，真希望她能跟我們一起。她喉嚨還插著管，所以沒法回答我，但如果她能說話，她想說什麼？我問她可否想像美好的人生。我問她是否心碎。還是她感覺人生正在凌遲她。我告訴她，如果我辦得到，我會盡全力幫她，但是我沒辦法。我不想坐牢。我不想殺她。我雙手摀住臉，坐在昏暗的病房。我好害怕，當我想到自己的恐懼時，我的膝蓋開始顫抖，但她呼吸器的聲響很能撫慰人心，有著固定的節奏。我提議唱歌，她嘴角移動了，就那麼一點點。我不知道該唱什麼。我想了一分鐘，愛芙望著我，像是在問，怎麼？妳想唱什麼呢？我唱了《萬世巨星》的〈我不知道該如何愛祂〉。我快死於恐懼了。愛芙和我之前常常一起哼唱這首歌，這是抹大拉馬利亞的熱情表述，因為她愛上了耶穌。她是身心俱疲的妓女，完全不敢相信這位光腳留著大鬍子的男人竟然甘願為她驅逐心中的魔鬼。她想要祂，想跟祂約會，藉此說服自己，祂不過是個平凡男人。我靜靜唱這首歌，白晝逐漸褪去，愛芙的身軀消逝在昏暗的玻璃病房，最後房間終於陷入一片漆黑，我不再唱歌，室內唯一的聲響就是那台呼吸器。愛芙拿起放在她肚子的寫字板，寫了什麼交給我。接下來該怎麼做？她寫。我瞇眼看了那些字一兩分鐘，將板子拿起來對著呼吸器的紅燈，把字看得更清楚。我將板子還給她，她搖搖頭，我將板子放回她肚子。我們閉上眼睛，時間一分一秒過去。五分鐘？還是半小時？

愛芙，我叫她，妳醒著嗎？她的眼睛沒有打開。愛芙，我說。她沒有反應。我看著我的手機，沒有簡訊。我透過玻璃望著護士。她們在光線明亮的護理站談天說笑，但我聽不見她們在說什麼。愛芙，我說，睜開眼睛。還是沒有反應。我將頭輕輕放在她腹部，那玻璃鋼琴的所在。愛芙，我低語。我不知道該怎麼做。

我們都沒說話。

愛芙，我輕聲說，妳覺得尼克會有什麼感受？妳知道自己做了什麼嗎？妳正在謀殺大家。

愛芙終於移動了一下，將她的手放在我頭上。我坐起來看著她。她眼睛打開了。那幾秒鐘，她看來很緊繃。她搖頭，不對，不對，不對。

讓尼克或媽發現妳的屍體讓妳很開心嗎？我還在低語。我成了虐待者，我覺得很羞愧，但我好生氣，又很害怕。我不想要護士聽見。愛芙用力掐著我的手，痛極了。她的手因為練琴，依舊強壯。我用力捏回去，細微的聲音透過她喉頭的管子傳出來。

一位護士走進病房，說道，喔，抱歉，她沒看見我坐在黑暗中。她是新來的，我們彼此自我介紹。她打開燈，看見愛芙和我都在哭，馬上對我們道歉，又將燈關上。我對這貼心的舉動相當感動。護士說她等會再進來。

沒關係，不用，沒事了。

我沒有看愛芙。我能感覺她在求我不要走，我收拾東西說道，好吧，晚點見，我也不知道我什麼時候會過來。我沒有看她，她不能說話，也不能抗議，因為她插了管。我走出病房。

我走到停車場，又立刻跑回愛芙的病房。我衝進去向她道歉，她用手圈住我，擁抱我，我一時無法呼吸。過了一兩分鐘後，我坐起來，她輕拍胸口。妳愛我嗎？我問。她點頭，但她不只想說這些。我拿起掉在地上的寫字板，她寫道，她也很抱歉，除了她自己，她不想謀殺任何人。我知道，我說，我點頭。我怕獨自死去，她繼續寫，我又點頭。接著她寫了**瑞士**，還將它圈起來交給我。我微笑，將紙條折成藥丸大小，塞進包包。我想一想，我告訴她，給我一點時間。

10

我開車沿著科里登大道，準備到餐廳跟尼克、提娜和我媽吃晚餐。我忘了約在哪裡見面，希望餐廳招牌可以喚起我的記憶，所以我開得很慢，就像慶典花車，尋找所有可能的會面點。但我的腦子還在思考死亡。如果我可以拿到巴比妥？或是西可巴比妥？我記得它還可以跟牛奶一起喝……還是不能配牛奶？我想不起死亡食譜。多年前我還是特約記者時，我曾經到奧勒岡州波特蘭，為一間雜誌報導加工自殺的議題。當時我表姊蕾妮的屍體被人發現在佛瑞瑟河，她不顧一切投入那片未知之域。她死前吃了許多藥，到底有什麼成分？餐廳訂位是六點還是七點？我有指名要坐露台嗎？是西可巴比妥嗎？我得找找我在波特蘭做的筆記，如果還找得到的話。

尼克在醫藥界工作，也許他可以偷偷拿到辦公室的藥品。嘿，尼克，你可以找些藥回家，讓她一次斃命嗎？或者有沒有醫生肯幫我們在醫院偷藥？醫生拿藥，應該不能算是偷竊吧？或是藥師也行？也許找個黑道？混混？溫尼伯到處都有賣毒品、非法藥物的混混或黑道，還有人賣槍。

所以，大腦算是為了解決問題而存在的器官吧？如果問題的癥結在於人生，在於無法延續的生命，那麼理性正常的大腦也會選擇結束人生，不是嗎？我真的束手無策。彷彿有人每五秒朝我腦袋擲標槍。回想我說「妳必須活下來，妳一定得想要活下來」，我覺得自己口氣天真自私，更充滿恐懼。我家族曾經面臨類似的危機，出現一個私生子（好啦，兩個私生子），也曾有人幻想殺死彼此。現在的我無法思考或寫作。我的手指排斥我，我很怕自己一覺醒來時，會發現它們纏著我的脖子。

我將媽的車停在餐廳附近小巷，打電話給芬巴留言：如果我協助我姊自殺，會被控謀殺嗎？我掛了電話。接著我又打了一次電話：我並不打算殺死我姊，我只是猜想，這其間會牽扯的法律問題，你能幫我嗎？那時我才發現自己連他的專長領域是什麼都搞不清楚。應該跟娛樂界有關。

我閉上眼睛想好好思考。愛是什麼？我有多愛她？我跟爸一樣緊抓著方向盤，彷彿他車後正拖著一個新近發現的星球，能解開宇宙所有的奧祕。

一定是西可巴比妥！就是它！人得吃一百顆才足以致命。我知道可以將藥粉倒進比較好吞的食物，例如優格，然後吃下肚。另一種選擇就是戊巴比妥，它比較貴，卻也比較容易吞嚥，因為它是液體。只需要喝下一杯戊巴比妥，就可以等著上西天了，提娜阿姨都是這樣講的。我不確定自己的心臟會不會因為恐懼而驟停。為何醫生都治不好徬徨無助？如果我被人逮到，被控謀殺呢？我在監獄能做什麼？諾拉要住哪兒？婆羅洲嗎？萬一愛芙不是真的想尋死呢？我媽又會怎麼說？此時，手機突然響了，我嚇了一大跳。是諾拉傳來的簡訊。如果威爾回來，問他安德能否住我們家，好嗎？我回：當然不行！諾拉又說：妳說如果我們練習太晚，地鐵休息了就可以啊。

我回：好，但是他得睡沙發。諾拉：妳發簡訊告訴威爾不要叫安德去睡洗衣間。我：睡那裡也好啊！裡面有張舊沙發，還有一堆髒衣服可以墊底。諾拉：媽！我：諾拉，妳才十四歲。諾拉：拜託！我快十五了！記得我的生日嗎？妳是老年癡呆了嗎？

✧

晚餐宛若布紐爾[20]的電影場景。我盯著我媽，她的臉龐、雙手，感覺眼珠就要被人切開，血流成河。我們坐在一間生意極好的義大利餐廳露台，我媽就像一幅〈聖殤圖〉，她是米開朗基羅作品的聖母，我卻滿腦子都是殺人念頭。尼克神情疲憊，替大家倒水果紅酒，我覺得他喝好幾千杯了，阿姨用力抓住我們的手，話講得很快，突然間她問，什麼是推特啊？

阿姨問了尼克去年冬天的露營之旅，後來不知為何，我們開始討論傑克．倫敦的《生火》。大家對於傑克．倫敦在故事結尾讓狗兒棄垂死男人不顧，各有詮釋。對某些人而言，「離棄」並非最精確的說法。我媽和阿姨沒看過那篇故事，但她們想了一下後，異口同聲表示狗兒一定是去找人幫忙了。尼克深信狗知道男人即將凍死，很需要獨處，動物都是這樣，在面臨大限時希望獨處。因此，尼克認為狗是出自尊重而離去，給予男人空間。我才不相信這些論調。那是狗耶，我

20 Buñuel，西班牙名導，擅長超現實主義表現。

說，牠知道那人要死或快死了，牠還能怎麼做？什麼也不能做。全都結束了，所以狗也就這麼離開了。牠還是得覓食避寒，為了生存，這才是牠最重要的任務，這是牠的本能。不是……傑克・倫敦最後也是自殺身亡？我遺憾地看著大家。

尼克掛著奇特的微笑。他哭了。他的手蓋住雙眼。他的手錶太大了，錶帶滑下手肘，有時候他的手得固定在某個角度，錶才不會不斷滑落。

✧

那晚我做了很多事，但對於要不要殺死我姊則毫無結論。媽與阿姨帶著凱絲・萊克斯與瑞蒙・錢德勒[21]上床去睡了。她們已經埋葬了十四位兄弟姊妹，兩人出身大家庭，人數足以組織兩支棒球隊。但如今，十六位手足就只剩她們兩人相依為命。她們埋葬了女兒、夫婿與爸媽。她們的世界觀就是死亡，她們的親人曾經葬身在玻利維亞叢林與外蒙古。阿姨用低地德語對我輕聲說話，我謝謝她。**小太陽**。我和蕾妮睡覺前，她都會這麼叫我們，當時我們年幼，對新鮮的世界充滿好奇，多年後，我表姊將公寓漆成鮮明的黃綠色，然後一頭跳入冰冷的佛瑞瑟河。

我走到陽台打電話給瑞岱，在他的答錄機留言。對不起，我是個大混蛋，我說。你可以把我寫進你劇本，讓我當壞蛋。我在想你常說的捷克話，但我現在記不起來。所以……總而言之……

我真的真的非常抱歉。我深呼吸，想再說些什麼，但還是把電話掛上了。

我開車到尼克家，但沒有下車。他在屋頂掛了幾條草繩，它們的尾端用沙包固定，繩子緊繃如貝斯弦。我猜他大概準備種什麼植物吧？也許是直達天際的豌豆樹，或甚至啤酒花，啤酒花會一路攀爬往上長嗎？

我開車到茱莉家，在門廊與她會面。我不知道該怎麼辦，我說。但她會沒事的，對嗎？茱莉問。是啊，我想是吧。妳有酒嗎？

我們把紅酒喝光，一直聊到深夜。她的小孩都睡了。我們走了半個街區到河邊，看見河面有東西跳上跳下，應該是魚吧，看牠們的動作彷彿河水很燙，大夥兒全都給嚇壞了。妳看，我指著遠處聖歐迪利醫院的塔樓、病房與巨大的霓虹十字架。不知道她在哪一扇窗戶，我說。我們走回茱莉家察看孩子。他們還在床上熟睡。

妳不能這麼做，我們回到門廊時，茱莉說。我知道，我回答，真的不行嗎？不行，她說，不可以，不行。因為我會被逮到？就是啊，她告訴我，不只如此。因為我這輩子都會後悔？我不知道耶，她說，我不確定。妳會找尼克和妳媽一起動手嗎？

是啊，我猜會吧，我回答，但是……

21 Kathy Reichs和Raymond Chandlers：萊克斯以自身經驗為靈感撰寫法醫小說，著有《人骨密碼》等書。錢德勒則為知名推理作家。

妳們會共聚一堂，看她吃藥死去……

大概吧……

妳在波特蘭時，就是在研究這些？

對……

到時妳要怎麼跟警方解釋？

我不知道，我說。她自己也會把藥吃下去的。

對，茱莉說，妳們也不會**阻止**她自己動手。

我知道……

更不用說，藥物也許還是妳提供的。

是啊，我知道……

所以妳就像是共犯。

嗯，對，我說，我知道……茱莉又倒了一些酒，我們靜靜坐了一會兒。

我知道尼克和我媽會跟她說再見，然後兀自離開，讓我把藥交給她，所以，看來我會是唯一得負責的人……他們完全無罪。我不知道……

但是，我的直覺告訴我，妳不應該這麼做。

對，但她還是會自己動手。這也是**我的**直覺。

也許不會啊，她也許……也許變了。

大概吧。

茱莉進去接電話。我坐在門廊等她。我努力驅趕我爸殘破的血肉散落鐵軌的畫面，我用力瞪著茱莉家的門廊。大門、斑駁黃漆、裂開的紗門、腳踏車、直排輪鞋、一包土壤、小瓷象。我不知道什麼是所謂的徵兆，能給予我方向的徵兆。我決定，如果接下來十秒，沒有人走過我面前的人行道，也許帶愛芙去瑞士不是個好主意。不過現在很晚了，天氣又冷，有誰會在外面走動呢？我默默數了十秒，一隻貓走了過去。這下我難以決定了。我檢查手機，丹恩發了email給我，標題是「悔恨」。我的大拇指在手機鍵盤上移動，最後我按下刪除鍵，再次數到十，但在我能數完之前，茱莉已經回來，又為我倒了酒。

✧

現在很晚了。鄰居紛紛熄燈就寢。後巷傳來摔酒瓶的聲音。我們決定進屋彈電子琴，就是我媽好幾星期前，在下大雨的深夜中，突然說要送來的那架電子琴。彈大衛．鮑伊的〈自由節的回憶〉。

我們隨著旋律哼唱，但不太記得歌詞了。電子琴搭配哀傷的旋律非常適切。我們很清楚這首歌，就是不太記得歌詞，所以我們心不在焉，我們很想投入，就像當年大衛那樣，但時間已經很晚，小孩都睡了，我們累了，也晚了。

我在聖歐迪利醫院的地下停車場，對著一個男人尖叫。他旁邊站著他妻子，妻子手裡還抱著小孩。剛才我讓媽和阿姨在加護病房區入口下車後，準備停進一個很窄的停車格。就在此時，我聽見一個傢伙說，喂，妳什麼毛病啊？我下車問他什麼意思。他說我的車貼太近了，如果我刮到他的車，或是開門時後照鏡什麼的碰到他的車，就等著花大錢賠他吧。

花大錢？你還真以為碰到你他媽的車子，我還需要花大錢賠你？

男人旁邊站著老婆小孩，他們三人全都瞪著我。我開始大聲說話，雖然不是尖叫，但我已經抓狂了。我告訴他，我正準備上樓看我姊是死是活，停車位很窄，他懂了嗎？而且我有真的刮到他那輛蠢車嗎？沒有，根本沒有，我的車剛好停在格線內，你看，你看，而且你比較愛你的車，勝過老婆小孩，對吧？

我轉向他的妻子，問她怎麼會嫁給這種人，她怎麼可能跟這隻怪物同床共枕，替他生兒育女，例如她現在抱著的那個孩子。我告訴她我媽正在樓上，努力想理解她的大女兒為什麼一直想尋死，有時候，人生是有一些比車子還值得思考的事。

我站得離這家人很近，我堅持自己狂亂的質詢。妳怎麼會嫁給這個男人？你們難道看不出來我根本沒刮到嗎？

他們全瞪著我。女人抱著孩子往後退了一步，對她丈夫不知說了什麼，她丈夫終於猛然甩頭，彷彿耳朵進水，然後大步走遠加入他的妻兒。

我看著他們離開。蹲在自己的車子旁邊，離他車子遠遠的，設法恢復呼吸。然後我走進室內，按了電梯按鈕，它會帶我去找愛芙與其他人。結果剛才那傢伙的妻子正好就在電梯裡，但不見她丈夫與孩子。

對不起，我對她說，剛才很抱歉。我揮揮手。我確定你們來醫院也有自己的原因。真的很對不起，真的。

她瞪著發亮的樓層面板。我想要她說，沒關係的，她會原諒我，沒事了。我又告訴她，我真的很抱歉，我壓力太大了，我低聲說。她依舊瞪著數字。我們正在上樓，最後她終於走了出去，一句話也沒說。我看著她走遠，她將沉重的背包從一肩挪到另一肩，然後電梯門關上了。

我阿姨就站在加護病房旁邊的小門廊，身上穿著她的粉紫運動服與閃亮的銳跑球鞋。她的腳跟小朋友一樣嬌小，手裡拿著一枝鉛筆在做數獨。當她看見我時，立刻將報紙放在一旁，給我一個擁抱。她告訴我媽正跟愛芙達一起，尼克拉斯剛才來過了，但臨時得去辦公室處理什麼瓣膜的問題，還有，愛芙已經清醒，呼吸器也拿掉了。阿姨說她要去買咖啡，問我要不要一杯？她還問我好不好。我告訴她剛才的遭遇，我告訴一個無辜的女人她小孩的爸爸是可怕的怪物，我阿姨說沒事了，大家都能理解的。

但我也想要那女人這樣跟我說，我說。

我阿姨點點頭，告訴我那女人會這樣跟我說的，但可能要過一陣子，或許多年之後，當我走在街上時，我會突然體會一種輕鬆，彷彿我可以繼續再走好幾哩。當停車場那女人頓悟時，她終於能理解我內心激烈的情緒起伏，跟她、她丈夫或孩子全然無關，沒關係的。

這就是所謂的寬容。懂了嗎？我阿姨問。

好吧，我說，所以當我感到一陣輕鬆，在街上散步時……

是的，我阿姨說，加奶不加糖，對嗎？

她匆匆離開去找咖啡了，我從玻璃牆看著我媽和我姊。愛芙沒有睜開眼睛，我媽正在大聲讀書給她聽。我聽不出來是哪本書。媽穿了一件新的毛衣，上面還有飛翔的加拿大野雁，一定是阿姨借她的。我姊如此纖瘦，我覺得自己幾乎快看到她心臟的輪廓了。我回到家屬休息室，拿了我阿姨的數獨想把它做完。我對自己說，這鬼東西他媽的是要怎麼玩啊？但我聲音太大了，惹了旁邊另一個男人側目，他也快要笑出來了。後來，我睡著了，當我醒過來時，阿姨和我媽都離開了。

我走進病房看愛芙，她瞪著天花板，我牽起她的手。它好乾燥，我提醒自己下次要記得帶護手霜。房間有燒焦頭髮的味道。我將頭垂得很低，非常低，彷彿想避免自己暈車。我什麼話也沒說。此時，愛芙說我們就像一幅畫。

妳能說話了！我說。

她告訴我她的喉嚨慢慢復原了。她問我有沒有看過孟克的〈病童〉。我不知道，我告訴她，但我們很像那幅畫嗎？她說，是啊，孟克的創作靈感就是來自他垂死的姊姊。我告訴她，妳並不會死，妳看妳，妳已經開始說話了。她問我，為什麼我們要當人？我再次低下我的頭。

好嘛，好嘛，她說。妳不要這樣嘛，妳看起來很挫敗耶。

我說，拜託，妳幫幫忙，愛芙，不然妳覺得我看起來該是什麼樣子？

我需要妳沒事，她說。我需要妳——

妳他媽的是在開玩笑嗎？我問。妳需要**我**沒事？我的天啊，妳看看妳自己！好了，愛芙說，噓——拜託。我們不要再說了。對不起。

妳有沒有想過也許**我真正**需要的是什麼？我問。妳有沒有花過一秒鐘的時間想過，也許在妳的人生中，我才是那個搞砸一切的人，可能我偶爾也會需要有個姊姊陪伴我，支持我？妳會在我感覺糟糕透頂想自殺時，每兩星期跳上飛機，衝到我身邊嗎？妳有沒有想過其實我**並不是**沒事，我生活種種都難以對人啟齒，我找了兩個不同的男人上床，離過兩次婚，有過兩次外遇——這根本不只是惡夢，根本就是俗爆了，我還幾乎破產，寫了一本沒人想出版的小說，到處找男人上床，抽菸抽到他們床上，看起來就跟——

什麼？愛芙問。

妳有沒有想過爸自殺身亡，對我來說也是很艱困的關卡？我也設法在我可悲愚蠢的人生找出意義，經常覺得這一切都是荒謬的鬧劇，最聰明的回應就是，乾脆我也去自殺好了！但我總能掙脫這個結論，因為這會是沒有結局的惡性循環，不是嗎？就像妳那他媽的維吉尼亞・吳爾芙跟其他上流社會人士，全都過度憤世嫉俗，瞧不起人生，或過於聰明，無法應付悲劇，隨便怎樣都好啦，所以妳才決定創造自己的狗屎傳奇，自以為一切都是命定——

尤蘭莉，愛芙說。我告訴過妳——

妳有一個那麼愛妳的男人，全心全意對待妳，妳的事業如日中天，全世界都敬仰妳，給妳一卡車的現金求妳演奏，妳還可以說停就停，只要給妳掛上神祕古怪的標籤，妳就可以隨心所欲，住到巴黎瑪黑區或該死其他的什麼……鬼……區——不要，妳不要給我說話！不要用妳那了不起的法文糾正我的發音！妳天生麗質，他媽的美得不得了，有一棟能自己清掃的大房子——

我有找清潔婦，小尤，愛芙說。還有，妳對萬念俱灰的理解程度太低了。

妳的清潔婦也太稱職了，我說，對吧？還有，妳媽把妳當成熱力四射的太陽。

尤莉，愛芙說。

好嘛，爸是死了。隨便他嘛！他愛妳！妳也……妳他媽的到底有什麼問題啦！

還有，愛芙說，我有一位稱職的妹妹，但妳可以……噓……

我才不要閉嘴！我說，我是人生失敗組！妳還不懂嗎？妳還不懂我才需要妳幫忙嗎！也許妳的存在也是有理由的，因為妳是我可惡的姊姊。

尤莉，她說，一面在床上坐了起來，對我憤怒低語，妳他媽的什麼都不懂，好嗎？妳一路上都有可惡的我幫忙，我總得表現得無懈可擊，所以妳再怎樣搞砸人生也無所謂，反正妳也沒放過任何可以搞砸的機會，對吧？我們總有人得更有「同理心」，妳懂嗎？這很好用，妳應該學著點，我們他媽的必須對爸的悲傷更有共鳴，更有同理心，不是嗎？難道是妳？或媽？不！是我！就只因為妳可以像花蝴蝶——

我一點也不知道妳在講什麼，我說。所以妳是把自己當耶穌了？妳根本不用當任何人，是妳自己選擇要步上爸的後塵。

因為沒人想陪他，愛芙說。

這不表示我們沒有同理心，我說。這只表示我們選擇了人生，選擇與它相關的事物。妳只是剛好跟他很**像**——但不表示我們就不在乎他。

喔，所以妳說，這是我的宿命。

我沒有這樣說！妳自己說的！我只是說，妳不用刻意想要跟他一樣。妳也會說髒話？

沒有，我一定得有所表現，愛芙說。妳有沒有聽過家庭動力[22]？妳難道不覺得我也嚇得屁滾

22 family dynamics：心理學專有名詞，指家庭如何影響個人的行為以及偏好。

尿流嗎？

很好，那這是在做什麼？妳又為什麼在這裡？所謂先發制人？做出妳最害怕的行為，只為了克服自己的恐懼？我很怕殺死我自己，所以我先自殺，就可以毫無恐懼地活下去……喔，等等，這次不太一樣，這次的後勤準備還包括了——

尤莉，我是想要解釋我所感受到的強大壓力……

那妳放棄啊！不要去追求完美！白癡，這不表示妳要找死啊！妳不能就跟我們其他人一樣，平凡、哀傷、失敗，悔恨，但又好好活著？讓自己越吃越胖，開始抽菸，亂彈鋼琴。隨便嘛！至少妳知道人生最終你會得到什麼——

最終我會得到什麼？

死亡！

尤莉……

妳為什麼就不能好好等它降臨，用點耐心，妳的夢想就會成真。死亡百分百保證會來。至於我，我人生的願望根本難以實現，大家都知道。

是什麼？愛芙問，讓大麻合法？

真愛，我說，但我還是像無頭蒼蠅一樣追求它，想要爭取它微乎極微的可能性，因為，誰知道呢？我也想知道最後的結局。我活著，而且**充滿希望**。

是嗎？尤莉，妳的邏輯偏了，妳自我矛盾。妳確定自己的真愛美夢永遠無法實現，卻又想追求那微不足道的機率，希望它**或許**能成真，妳甘願等著它發生。但是我**知道**我所謂的死亡美夢終將成真，因此，以妳的論調而言，我就是應該自在離世，沒什麼好留戀。因為人生再也不會有多餘的驚喜，也不用抱任何希望了。

我不是這樣說的！

我覺得就是。

妳聽好，我說，妳不覺得媽已經承受過多的痛苦，爸的自殺，加上這些狗屁事情，怎樣？妳這變態，老是忍不住也來最後一首他媽的安可曲嗎？

尤莉，妳這樣說太殘忍。這根本不是——

妳就渴望簾幕再一次為妳拉開對吧？

我並不完美，愛芙說，我不是要——

是啦！我說。如果妳完美，妳就會留下來。看看人生最後的結局，小孩有什麼發展，妳有沒有想過威爾和諾拉，這對他們有什麼——

尤蘭莉，妳給我閉嘴，愛芙說。當然我想過，我無時無刻都想到他們。

鬼扯！我說，如果妳真有想過，就算是——

尤蘭莉，夠了。

什麼夠了？我問，不要再說教嗎？不要再說實話嗎？妳快要抓狂了？

妳說呢？愛芙問。

我們許久不再交談。時間過去，護士進進出出拆解繃帶與管子。不說話的這段時間，大概有幾十萬名寶寶出生了吧。而板塊也持續以指甲生長的速度，漸行漸遠。

尤莉，好了，她終於開口，妳能跟我說說話嗎？

說什麼？我問她。

什麼都好，她說。

當然好，我說，但妳似乎要我配合妳的某一部劇本，想要我跟著妳演出，一旦我脫稿——因為我壓根不知道內容——妳就說，不行，不行，別說了。妳不要我提到過去，因為回憶太痛，因為我們曾經快樂無比，但那就是人生，妳怕自己被說服。然後，妳也不要我提到未來，因為妳看不到未來，所以呢？——好吧，那我就討論此時此刻這一秒。我吸進一口氣。太陽挪到烏雲後面了。我吐了一口氣。妳躺在床上。過了一秒鐘。另一秒。喔……另一秒又過了。我又開始吸了一口氣……

她伸出手，我緊握住它，彷彿我們剛贏了某種荒謬艱困的比賽，也許是吹口哨大賽吧，不過，我們得到的可是世界冠軍。此時，克勞歐出現了，他手捧一束燦爛綻放的鮮花。大家好！他脖子上有一條色彩豐富的深藍色圍巾，工整地塞入羊毛大衣。他的黑皮鞋閃閃發亮。尤蘭莉，妳看起來真美！（我愛克勞歐）他親吻我臉頰。愛芙達，我的達令，然後他親吻她的額頭，恰好避開她最新的傷疤。克勞歐，我真的好抱歉，愛芙說。他用義大利文問她，**妳究竟是怎麼了啊，我的小寶貝？**她搖頭，我不行，似乎無法開口說出心底的話，要不就是它們令她聯想到世上的美、愛情與歡笑，但這些美好如今全成了她惡夢中的子彈、尖牙或玻璃碎片，甚至是妳半夜會踩到的塑膠玩具。

愛芙達，我們都在這裡陪妳，這才是最重要的。他將花放在床頭櫃，握住她的手。妳把我從布達佩斯拯救出來了，克勞歐說，他欣賞布達佩斯的優雅淒美與頹圮古蹟，但每次在那裡待太久，周遭一切反而讓他更沮喪。他說，他不斷開會、吃午餐、吃晚餐，自己也快崩壞了，越發憂愁。他告訴我們，有一天，他坐在一處溫泉旁，身旁有新古典建築圍繞，彷彿置身哥德風的大教堂。粉紅色的天空搭配四周的紫丁香味，到處卻只見胖嘟嘟的俄羅斯黑道大哥穿著小不拉嘰的泳褲玩西洋棋，他們蒼白的金髮妻子掛滿了金銀珠寶。真是一群野蠻人！

克勞歐英文講得很好，偶爾才會露出一點義大利腔。這些俄羅斯人就是屠殺門諾教徒的後代，我想。結果他們穿著比基尼和泳褲在異國渡假。然後克勞歐告訴我，當他站在多瑙河上某座橋樑望下看時，瞥見河邊有個男人。河水是藍的嗎？我問。才不是，它超髒的，一點也不藍。美嗎？我問。嗯，算是吧，算美的了。

這倒是真的，愛芙說。

所以呢，這位混混——還是**遊民**（**hobo**）——？

妳知道**遊民**也是《浮游之民》（*Homeward Bound*）的簡稱嗎？我問愛芙。

對了，她說。伍迪．蓋瑟瑞也唱過，妳竟然知道耶。[23]

我還知道俄亥俄的布理特有一間遊民博物館，我說。我喜歡看他們的每月新聞，特別是「飄浪男」和「瘋瑪莉」的文章，只要有人死，他們就說他「上西天」了。

愛芙笑了，好玩喔，她說。

呃，總而言之，克勞歐繼續，我低頭看到那傢伙坐在河邊瞪著水面，然後又抬頭看向天空，接著東張西望。他手裡拿著一罐啤酒。然後他站起來，撿起他旁邊的空酒瓶，然後走下水泥堤防，褲管都溼了，他再四處張望，確保沒人在看。我還以為他準備跳進多瑙河溺死自己，但他沒有再往下走，他彎身將酒瓶裝滿河水，然後走回剛才坐的地方。我鬆了一口氣，心跳好快。然後我想，喔，天啊，他要把那瓶水喝了——但他沒有。他又坐了一會兒，東看西看，接著慢慢拿起酒瓶，將河水倒進他的啤酒罐，再對著嘴喝下啤酒。我心想，很可怕耶，不要喝下去啊。當然他還是喝了，看到這一幕讓我心情很低沉，只想立刻離開布達佩斯。

他喝了河水？愛芙問。

是的，他將髒兮兮的河水加進他的啤酒，讓自己能再多喝點酒，克勞歐說。

你覺得很悲哀？愛芙問。

沒錯，太讓人沮喪了。

他可以把自己溺死啊，我說。你沒想過喝河水也許是比較好的選擇嗎？

那是當然，但我也不想看他喝河水。

好吧，愛芙說，我想他——

是啊，這是他的選擇，我說。我懂了。他也可以不喝河水的。

要我我也不會想喝河水，愛芙說。

我寧可喝水也不要溺死，我說。

我懂，愛芙說。

我想妳的意思是，妳有尊嚴，而我沒有，也因此，個性鮮明正直的好人就該投河自盡，也不要喝那河水？那勇氣呢？妳也需要鼓起勇氣，誠實面對自己還是需要一點啤酒啊。另外，那虛心接受人生大禮的優雅氣度呢？

克勞歐對我們說對不起，他說他不想讓我們吵架，他只是在講自己看見的小故事罷了。

愛芙說，她讓大家失望了。

23 Woddy Guthrie：美傳奇民謠歌手，曾演唱一曲〈*Hobo's Lullaby*〉，描寫美內戰後歸家的士兵，宛如遊民不得安居。

一點也不會，克勞歐說。音樂家們都有其他的——怎麼說呢？——演出，大家也都想跟妳問好……安塔娜、奧圖、艾可、布琪和菲德烈。

菲德烈好嗎？

喔，差不多囉，搞不定女人和金錢……克勞歐笑了起來，但我感覺他並不開心。

大家都在生我的氣？

當然沒有！我都處理好了，愛芙達。妳不要想太多。我們有保險，妳也知道，這只是小插曲而已，不會影響大局。克勞歐做了一個不以為然的手勢。他還繼續口頭保證，說他該回機場了。當他彎身親吻愛芙達時，她緊緊擁住他。

我陪你走出去。

再見了，克勞歐，愛芙說。但那為何聽起來像是一聲嗚咽？再見。再見。

克勞歐和我站在走廊，旁邊是個大型洗衣袋，裡面似乎有沾了血跡的床單。

我們再走一下吧？我問。他圈住我的肩膀問我，老實說，妳到底好不好？

別問了，我告訴他，否則我真的要哭了。但還是謝謝你。你呢？我們去一樓吧？

哎，想到……真的很遺憾，尤蘭莉，我好難過。

是啊……她應該沒事的，我說，雖然不能巡迴，但是——

是啊，我想也是，克勞歐說，好可惜，對她，還有大家。

是啊。

但是，尤蘭莉，妳不要擔心。妳也知道，愛芙達和我經歷許多考驗，這次並不例外，這沒什麼。

Si, Va bene……（是啊，沒問題……）

啊，妳也會說義大利文？

嗯，沒有啦，我會講，但是……

不會啦，我懂。

我們慢慢走過病房，一位老太太抱了一個大圓鐘站在病房門口。她穿了睡衣，腋下夾了綠色包包。現在幾點了？她問我們。

什麼？克勞歐問。

現在幾點了？她問，一面把鐘給我們看。

快四點半了，克勞歐說。

什麼？她問，什麼？

現在四點半，我說。

四點半？她問。四點半了！

對。

這是妳老公？她問我，指著克勞歐。
不是，我回答。
妳爸？
不是。
妳哥？
不是，我說。他是我朋友。克勞歐自我介紹，想跟老太太握手，但是她緊緊用雙手抱住時鐘，無法伸出手。
你們最好不要偷我的皮包，她說，一面退後到病房。
不，不會，當然不會，克勞歐說。我抓住他的手，將他帶離那老女人。
我家的鑰匙在我皮包！我們聽見老太婆大叫。她又回到走廊了，手裡還抱著時鐘。克勞歐和我轉身點頭微笑，繼續往前走。一位護士要老太太安靜，米莉，小聲點。
她再也不會回家了，我告訴克勞歐。
不會嗎？為什麼？他問。
因為房子賣了，我說。她外甥告訴我的。她要去安養院了。
但是她還有家裡的鑰匙，克勞歐說。
皮包只剩這樣東西了，我說。她不願將它丟了，還有時鐘，她連睡覺時也抱著。

尤莉，克勞歐說，我們會找時間再辦音樂會的，總有時間，妳一定要告訴愛芙達不用擔心。要她什麼都別想。克勞歐停下腳步，手放在我肩膀，告訴我他很遺憾。尤蘭莉，他說，妳姊姊是獨一無二的。我沒見過像她這種女孩。妳一定要讓她好好活著，妳要用盡一切辦法。真的。我……我會的……我們……克勞歐擦拭眼角的淚水。我拍拍他肩膀。沒關係……她會沒事的，我說。我真的覺得她會沒事的。我努力擠出微笑。

克勞歐抱抱我。他說他得走了，外面還有車子在等他，但我們會再見面的。他手機響了。一路順風，克勞歐，我說。還有，謝謝你，謝謝你漂亮的花。

我回到病房時，愛芙說，我知道妳要說什麼。妳別生氣，也拜託不要說教，好嗎？「人生大禮」？妳聽起來就像個門諾長老，那傢伙我忘記叫什麼名字了。

我沒有生氣，我說。我是個老門諾，妳也是。妳憤世嫉俗。

這倒是真的，愛芙說，這是真話。

是啊，但到底為什麼啊？

愛芙說，沒什麼。

嘿，我說，我有一次夢到我離開了大家，在某個晴空萬里的午後，所有我認識的人齊聚一堂，揮手向我道別。我很不想走，因為我看到大家就想起他們對我的愛，但我一定得離開。

愛芙問，夢裡有我嗎？我回答，當然有妳，妳微笑對我揮手。愛芙問我有沒有看過《查泰萊夫人的情人》？我說沒有。它的第一句是這樣的，她複誦：「這是個悲劇年代，所以，我們拒絕用悲情的眼光看待它。」

很好，我說，很有意思，接下來呢？

妳自己去看吧，她說，妳竟然沒看過這本書，妳不要再看什麼遊民博物館的新聞稿，去看點經典小說吧。

我告訴她，我們的對話很像電影《小子難纏》（*The Karate Kid*）的場景，她在傳授自己的智慧。妳還能指示我該看什麼書耶，我說，這樣很好。愛芙告訴我，她喉嚨痛，她不能再說下去了。好吧，我說。

妳不相信我，她輕聲說。

我當然相信妳。

我們很安靜。愛芙游移在睡眠或某種類似睡眠的行為間。我坐在她身邊的椅子。我想一頭衝破玻璃牆，將它撞成碎片。我爸死的前一晚，他夢到自己像個小男孩般翻筋斗，穿越許多水泥牆。一次一次又一次，最後，終於翻出去了！

我帶了我的書稿，它還裝在超市塑膠袋裡。我將它從塑膠袋拿出來，在上面寫了**《悔恨人生》**。然後我又將它劃掉，寫上**《忠於哀傷》**（夏多布里昂在《基督教真諦》表示，這就是「文明最崇高的成就」，那群門諾教徒用平板的臉孔，一唱一和地指責我爸的自殺是**惡魔纏身**），接著我還寫了**《碎裂》**，而後是**《無題》**。然後是**《天賦》**。最終，我全劃掉了，開始為床上的愛芙素描。

我望著愛芙熟睡，望著外面走動說笑的護士。我知道她們無法忍受愛芙的存在。自殺未遂。瘋子。她們對她很冷漠，更沒有醫生來找我們談。我走到護理站，問她們哪裡可以找到愛芙的心理醫生。她們告訴我，他去急診室了。我下樓找我媽和阿姨，順便發簡訊給諾拉。我在餐廳找不到人，諾拉也沒回我簡訊。我回到加護病房，看見了愛芙的醫生。他就站在護理站，他戴了護目鏡，看起來很像珠寶師。他穿了及踝的短襪，原來這就是那位心理醫生。我走過去自我介紹，問他最近有沒有跟愛芙談過。

我有設法跟她談，他說，但她不開口。

有時候她會這樣沒錯，但她可以寫在紙上。

我沒時間看，他說。他微笑了，旁邊兩位護士開始偷偷竊笑，彷彿自己站在貓王身旁。

是啦，我說，但我的意思是——

小姐，他告訴我，我沒興趣跟她交換筆記，站在那裡等她寫完她要說的話。這樣太誇張了。

我知道，我說，我瞭解，這會造成你的麻煩，但是，你是心理醫生，不是嗎？你之前也遇過這種人吧？

當然我懂，他回答，我只是沒時間。

完全沒有？我問。

小姐，他說，如果她想要復原，她就得靠自己的力量，用正常管道溝通。這是我的重點。

我知道，我說，那是……但她精神有問題，本來就會有點難搞。她不能——難道這對你不是挑戰嗎？就心理治療的層面，你不會想把握機會，學以致用？

很抱歉，妳究竟是病人的哪位家屬？他問。

我告訴你了，我是她妹妹尤蘭莉。我相信她沉默是因為無法融入現實，你懂嗎？我無意冒犯，但她就是——

我當然瞭解，醫生說，但我不確定自己能否百分百同意，我只是告訴妳，我沒時間玩那種寫來寫去的蠢——

蠢？我問，什麼？你說什麼蠢？

他準備轉身離開。等等！我叫住他，等一下，蠢？心理醫生停下來看我。你只看了她一次，不願意幫她？我問。還說你是備受尊崇的心理醫生呢！你他媽的根本拒她於千里之外吧？我姊姊很脆弱，受了很多折磨。她是你的病人耶！她懇求幫忙，只想掌握人生。就連心理系的大一新生也看得出其中的徵兆吧？結果你竟然……你連一點專業興趣都沒有？你到底還是不是人啊？

請妳小聲一點，櫃台後面某位護士開口了，我感覺她拿了機關槍對準我的頭。心理醫生張開腿站穩，雙手交疊，瞪著怒氣沖沖、破口大罵的我。他對護士微笑聳肩，顯然很自得其樂，彷彿我是難以抵禦的巨大浪潮，他非常期待拿衝浪板挑戰我，但首先他得先跟自己的狐群狗黨灌下一杯瑪格莉特。

你就這麼充滿敵意、沒有耐性，又自以為是，不讓她寫字與你溝通嗎？我問。你連份內的工作都做不好！我不想找人吵架，但你剛才是在告訴我，你不願聽她說話嗎？

妳聽好了，心理醫生說，妳不是第一位找我發洩的家屬。好嗎？妳說完了嗎？很抱歉。他轉身走進一個房間。

因為，我在他身後大叫，如果你不幫她，還有誰肯幫呢？

我為自己脫序的行為向護士們道歉。我太生氣了，我說，我很絕望害怕，不知道該怎麼辦。我不斷重複這些話。護士們點頭，其中一位還說，這能理解的，妳姊又不配合——

我打斷她，我說，拜託，不要再怪我姊了，我現在聽不進去，她也沒那麼可惡，我低語。我逼自己不要提高音量。我現在不能聽這些話。我沒有說她可惡，護士還在辯解，我只是說她不——我將手摀住頭，將手當成自己的新耳機，我快瘋了。我謝謝她們，然後離開加護病房。

我走了六階樓梯，但還沒走完時，電話響了，我說，喂？嘿，尤蘭莉，對方說，我是喬娜（管絃樂團），我們大家都很難過，不知道該怎麼表示。我想送點東西過去。不知道該送什麼。送花好嗎？

想像心理醫生跟一位身心俱疲的人坐著聊天，醫生說，我就在這裡陪妳，我專門照顧妳，我會讓妳安心，我想要幫妳找回人生的喜悅，我不知道該怎麼做，但我會找到辦法的，我會用我的知識、學養與訓練，加上同情心與好奇心，讓妳重拾健康——讓妳好轉，讓妳快樂。我會在這裡陪妳，我會努力幫助妳。如果我失敗了，那完全是我的錯，不是妳的。我是專家，這是我的工作。妳現在正經歷巨大的痛苦，而我的任務就是治療妳，讓妳不再難過。我會全心投入。（此時我聽見喬娜呼喚，「尤蘭莉？尤蘭莉？」）我知道妳很哀傷，我知道妳很害怕，我愛妳。我要把妳治好，不會輕易放棄妳。妳是我的病人，我是妳的醫生。如果有醫生不斷打電話給妳，說他／她找到新方法能幫妳，如果有醫生在重要會議時打電話來，說很抱歉必須打斷妳，但是他／她認真思考了妳的問題，還想嘗試一種全新的做法，需要立刻見到妳，還保證自己絕對是全心投入要幫助妳，這可能會幫妳大忙，他／她完全不會放棄妳。

尤蘭莉？喬娜問。妳還好嗎？

抱歉，我說，嗨，抱歉，很抱歉。

妳還——

是啊，花很好，很謝謝妳們。

11

我打了媽的手機，她沒接。我看見一位工友，他曾是這裡的龐克樂團主唱。他將餐盤堆好，嘴裡一面哼歌，身旁有張海報宣導壞死性筋膜炎的嚴重性。

我走進陽光，想沿著河岸走回我媽公寓。走回去的時候一群年輕人擋住了路，他們忙著在公寓區堆沙包。因為河面又開始升高了，他們說。年輕人把整件事當成開派對，因為不用上學。

我媽和提娜阿姨不在公寓，只留了一張字條說她們去東村鎮找貝托魯奇夫人了（真名是阿佳塔．瓦肯定），除了愛芙，大家都叫她恩思特．瓦肯定太太。東村鎮連訃文也總是省略婦女的名字，確保人們永遠記得她是她夫婿的妻子。兩人開走了阿姨的廂型車，此時我想起媽的車還停在醫院地下室停車場。我走回醫院，這回我沒有沿著河岸，而是穿越泥濘的馬路回去。

我上樓看愛芙，但尼克在裡面，兩人深深凝視彼此，簾幕半掩，護士假裝沒看到我，或許她們忙著報警，只想驅離我，所以我離開了。我直接到地下室，開車回我媽公寓。部分的我希望剛才被我大吼大叫的女人，會在髒兮兮的後車窗寫她原諒我了，但她沒有這麼做。

我媽和阿姨還沒回來。我用媽的電腦搜尋。我想找那些藥物的用法，西可巴比妥和戊巴比妥。我拉下谷歌的頁面，一面擔心警方抓走我時，還會搜尋這台電腦。我繼續尋找。當我看到：**可以用魔法助人自殺嗎？**我停了一秒。沒有點進去深入研究，我蠻得意的，我想愛芙應該也會恭喜我吧！理智點，尤蘭莉！然後電話響了，是我媽。她在醫院。我問她愛芙狀況如何。她告訴我愛芙抽了血。為什麼？她也不知道。但還有別的狀況，阿姨暈倒了。

在醫院？我問。

嗯，不是，她在東村鎮時昏了一次，就在恩思特．瓦肯定太太家，但她很快就清醒過來，我讓她躺了一下，她也吃了點東西，後來就好多了。但現在……

妳們都在醫院？我又問。

是啊，我們直接開車來看愛芙，結果到了迪肯路口，提娜又暈了過去。

什麼？怎麼會這麼奇怪？

就是啊。我趕緊開車到這裡的急診室，現在他們讓她入院，替她打了石膏，剛才她昏倒時骨折了。

提娜阿姨？

對，她說胸痛。她現在在心臟重症科，五樓。

真的？

對，所以……

我知道了，我說。

我掛上電話。然後立刻回撥道歉。我是要說，我知道了，我馬上過去。我媽笑了。我也笑了。我知道她忍住淚水不哭。我又說一次我會立刻過去，她低聲說了什麼我聽不清楚。難道她是說「有差嗎？」我媽因為心臟和呼吸不順進出急診室上千次了，但就我知道，這是我阿姨第一次進急診室。

回醫院的路上，我回想自己在停車場的大暴走。那都是過去的事了，我大聲對無人的車子說話。我想通了。我是佛洛依德。領口緊扣的門諾教友指控我行為乖張，譴責我將受地獄惡火焚身，但我其實什麼也沒做。我是無辜的。愛芙是無辜的。我爸也是無辜的，我表姊也是無辜的。他們不能站在教堂門口公然威脅平民，只因我的家族曾經在俄羅斯遭逢大屠殺，我父親年幼時還曾為了逃命而躲進牛糞堆裡。這些事說出來只會被路人視為瘋言瘋語，他們更不能四處恫嚇，蔑視對方的存在，令對方自卑，最後，在對方尋求解脫時還稱人**惡魔**。這樣如何讓人覺得輕鬆自在？這樣人們永遠無法展翅翱翔。

心臟病突發源自回憶的疼痛，我不知道這說法是在哪裡看到的，或許是遊民博物館的新聞稿，它的每一份訃聞最後一句都是「我們遲早要相見！」難道，愛芙是回應阿姨女兒的自殺？那件事前的苦惱加上事後的恐慌？還是，心臟病由阻塞動脈與腰部的脂肪造成，還有一天抽兩包煙的惡習，更加上不願放棄食用反式脂肪？也許它與回憶的痛苦恐慌及難以忍受的哀愁根本毫無關連？搞不好有因果關係。老實說，心臟科醫生與心理醫生應該合開一間新醫院，我也該學爸想要辦圖書館的精神，開始發起請願活動，愛芙不也曾經為了證明史提維．雷．范（Stevie Ray Vaughan）是世界上最好的吉他手，發起連署活動嗎？我敢確定在心臟科醫生與心理醫生合作之前，大陸板塊早都會合了。

提娜的石膏已寫了字。電話號碼。還有一段聖經的話語。護士拿了針頭和管子在我阿姨身上忙碌。我問她我阿姨是否心臟病發，護士說不是，是冠狀動脈的問題。她畫給我看阿姨的動脈。其中兩條已經嚴重阻塞了。我阿姨說她很需要一杯樓下的星巴克。護士說，可以，但要等一下，不是現在。

我告訴媽與阿姨我會去看愛芙，回來時會替她們帶咖啡。兩人爽快地同意，太乾脆了，彷彿我買咖啡的行為相當於攻佔巴士底監獄的壯舉。我到六樓通知愛芙，告訴她提娜阿姨也因為心血管毛病在樓下住院。愛芙的眼睛睜大了，她用手指點點喉嚨。

還不能說話嗎？我問。

我不太開心，既憤怒，又抓狂，沒有掩飾得很好。她搖頭。我問尼克人在哪裡，她又搖頭。

我出去問護士，為什麼她還不能說話？護士說，出現了一些併發症，但希望過兩天就好了。

跟漂白水有關嗎？我問。護士低頭看著自己的寫字板。她不想要我說漂白水三個字。我們也不確定，她說。不然還有什麼可能？我問。是她自己選擇不說話的嗎？妳可能得找醫生談，她告訴我。我會的，我回答，但我想他可能已經申請禁制令了吧，不准我接近他。護士不願看我。在她眼裡，我們是污點家族，心緒紊亂的一群人。

我回到愛芙的房間，站在她床腳。有那麼一秒鐘，我感覺自己像是她的劊子手，替她送上最後一餐，給她最後一根煙。這世界變得有點黑暗了，對嗎？她眨眼。妳覺得呢？我問，她又眨眨眼。

我坐下來看了我的手稿。我自己讀了一頁，並不覺得開心，然後將它一頁頁放在愛芙平坦的腹部。我繼續慢慢看，將稿紙放在愛芙的身體上，她動也不動，幾乎沒有呼吸，不讓書稿掉落。最後我告訴她，我要到五樓看提娜阿姨，拿星巴克的咖啡給她們喝。她點點頭，卻也翻了白眼，因為我提到星巴克。這裡就只有星巴克啊，我說。我收拾自己的書稿。愛芙微笑，碰碰我的手，然後握住它好幾秒。我才注意到自己忘掉護手霜了。我知道，她想要我告訴阿姨她愛她，她希望阿姨不會有事。我告訴愛芙，我會告訴阿姨她的心意，她點點頭。我想要說：想像媽若失去她姊姊，這很可怕，對不對？但其實沒麼嚴重，因為只是血管的小問題罷了，此外，我也沒力氣了，我今天已經經歷了精神科、心臟科，**還有**門諾人長篇大論的傳道。

下樓到星巴克的路上，我接到芬巴的電話。他問我到底在搞什麼鬼。妳想殺妳姊？他問。拜託，我是律師耶，妳不可以告訴我這些事情。沒有，我沒有，我說。但我認真考慮自己有沒有必要這麼做。尤蘭莉，他說，妳很累，壓力很大，但妳不能殺了妳姊，除了現在替她做的事情，妳什麼也不能做。我告訴他，我現在什麼忙也幫不上，他說我在陪她，這就是最重要的了。他能不能幫我做些什麼？我請他開車到我多倫多的公寓，看威爾和諾拉是否還活著，如果可能的話，請他敲敲門，問他們好不好，還有問諾拉為何不肯接我電話。雖然我早就知道為什麼了。一定是因為她對威爾下了藥，將他的屍體拖進衣櫃，然後跟十五歲的瑞典舞者男友在屋子的每一個角落做愛，而且完全沒有避孕，所以她根本沒時間打電話給凡事與她唱反調的老媽。沒問題，他答應我晚點會打電話給她。

結果我竟然在心臟科病房家屬休息室遇見東村鎮的舊識，他們正在看電視。他們問我在這裡做什麼。我告訴他們我阿姨來住院。他們問，是提娜．洛文嗎？但她不是住在溫哥華？我說，是啊，她來這裡玩。因為心血管的小毛病。他們沒有笑。

我們閒聊了一會兒。他們告訴我女主人的弟弟到這裡換瓣膜，哇，還有，他出院後就可以一次慢跑三哩路了。

他們對醫生和醫學很有信心。他們相信祈雨，還有活人獻祭。女主人弟弟的外科醫生是地方上最厲害的醫生，他們都很崇拜他。他們告訴我，他家那位與我同年的大兒子，已經在牛津大學拿到經濟學博士。很酷耶，哇，我說。我記得那男生，他叫蓋哈，他在我一年級尿溼褲子時，曾經無情譏笑我。他還說我和茱莉一定是蕾絲邊，因為我們下課時都手牽手出去玩。他在牛仔褲和筆記本上畫滿納粹的十字標幟。他媽說現在他住倫敦擔任政策分析師。基本上，他只要花花腦筋，就有錢賺了！她說，妳想想看，每一次他只要發表演說，就會有大學給他獎學金，很吸引人吧？她笑了。當然他還得考慮老婆小孩。他老婆也很忙，擔任泰德美術館館長，還是盧安達大使，小孩上的都是貴族學校——同學都是皇親國戚——我看他們也離不開倫敦吧。

呃……我只能發出這聲音。

妳知道嗎？我兒子在倫敦看過愛芙達與倫敦愛樂交響樂團的音樂會，他說那是他聽過最美的天籟。還好教會同意我們能擁有樂器。我們一直很支持她彈琴。妳媽和我偶爾會在郵局碰面，我們還會討論當年被藏起來的鋼琴，我總是告訴妳媽要堅持，要支持愛芙達，因為她真的有天賦耶！就算長老不同意，神也會贊同的。妳看看，我多少也跟愛芙的成就沾到邊喔！我記得蓋哈以前也很迷她。不是嗎？老公？她轉頭問她丈夫。

什麼？他問。

她翻白眼。那妳都在做什麼？那位太太問。

喔，我也不太確定耶，我說。沒什麼。學著如何當好一個魯蛇。

此時我媽滿臉倦容走進休息室，看來猶如行屍走肉。她友善地跟老友打招呼，用低地德語聊天。他們告訴她很遺憾聽到提娜的事情。謝謝，我媽說，她會沒事的，他們說她可能不用開刀，頂多吃點藥就好。

然後尼克也來了。他才剛聽到提娜的消息。他穿了一件混紡襯衫，腋下都是汗漬。下巴似乎沾到了番茄醬或血。他的領子翻了一半，看起來就像個堅持要自己穿衣服上學的小男孩。

天啊，他說，抱了抱我與媽。她還好嗎？我媽又解釋了一次。真是的，怎麼會這樣。愛芙還在加護病房，我媽說。是啊，尼克說，我剛還在那裡。等等，東村鎮老友說，愛芙達在加護病房？她怎麼回事？

她割腕又喝了毒藥，我媽回答。我和尼克瞪著媽。她的喉嚨都腫了，但她不會死的，我媽說，這一次不會死，也會復原，反正大家終究都會活下來的。你們今天來這裡做什麼？

尼克和我忍了一兩分鐘，才決定中止眼前的鬧劇。走吧，媽，我們該回家了，妳需要休息。我知道，我話一說出口，她就準備反駁。她正蓄勢待發準備迎戰，無視所有的憐憫與良善。我又不累，該休息的是**妳**吧？真不知道她是準備找人吵架，還是想挑釁。

尼克說他會去跟提娜打招呼，然後再去陪愛芙，也許唸書或是彈吉他都好。醫生怎麼說？他問。問倒我了，我媽回答。我很想打給他，但是我想奎力歐高球俱樂部應該收不到訊號吧？

她喉嚨不對勁，我說。尼克說，是啊。他也知道，還問我覺得會是什麼問題。我不確定，我回答，也許是感染讓她痛得說不出話。我們需要打電話給提娜的小孩，我媽說。對，我們先去吃晚餐，回家再打電話，我告訴她。她很穩定，不是嗎？護士說的？對，我媽回答。他們留她住一晚觀察看看。尼克說晚點若愛芙有什麼狀況，他會再打電話給我。我拉拉媽的袖子，彷彿我才四歲。走啦，我們走吧，我說。好，她說。

我們跟人生勝利組的老友道別，請他們代向那位成功的兒子問好。他們在我媽後面喊道，希望提娜與愛芙都會沒事。

她沒聽見他們說了什麼，回頭說，我們再見囉！

諾拉從多倫多發簡訊給我：今天有個穿西裝的傢伙敲門問我好不好。他說他是妳朋友。妳現在是耶和華見證人嗎？愛芙如何？

我們開車回到我媽公寓。妳都好嗎？媽問我。很好，我說。我想告訴她我快氣死了，我覺得一切都是我的錯，還有，小時候每天早上起床，我都會哼歌，我等不及衝出屋子，走進魔力國度，想像那就是我的世界，陽光下的飛灰走石能給我真正的喜悅，我那輛鮮黃座墊的腳踏車與它高高的龍頭把手更讓我無法呼吸，它好漂亮，而且完全屬於我自己。當年才九歲的我，就是地球上最自由自在的靈魂，但如今的我每天早上起來，只能不斷提醒自己，控制不過是幻覺，我總是努力深呼吸數到十，想藉此趕走恐慌，並希望我的雙手不會在睡夢中將自己掐死。諾拉又發簡訊了：現在家裡出現了木匠蟻。我回：很好啊，看牠們會不會幫我們修門。

我媽拍拍我的腿，不要一面開車一面發簡訊，寶貝，她說。我沒說話，她又說了類似「這一切都會過去」的話，讓我只想直直衝入反向的車陣。妳接著要說什麼？我問，人只能越挫越勇？

對啊，她大笑，我知道妳的意識形態根本反對這些陳腔濫調，但我說得很對，不是嗎？

才不是，我說。船到橋頭自然直，所以如果沒到橋頭，根本不會直。

這也算嗎？她問。

是啊，但妳說我意識形態反對這些廢話是什麼意思？我可是很有創意的，這跟意識形態完全無關。

好啦，好啦，人還是要相信創意，不是嗎？

大概是吧。妳知道人們如果不再追求快樂，反倒會比較快樂嗎？有研究證明喔。

是嗎？搞不好我也有告訴過妳這點，我媽說。

我的手機不斷震動，一定是來自三千公里外那一位想離婚的男人以及想要我同意她發生性關係的少女，還有木匠蟻。

妳的牛仔女孩怎麼樣？她問我，還是……幾歲啊，十四嗎？

不，這次是真的文學作品，貨真價實的小說。

喔，對嘛，我就說。內容到底是什麼？

喔，我不知道耶，我回答。妳不用假裝有興趣啦——妳累了。

錯，尤莉，我很想知道，只要能讓我分心一兩分鐘，不去想現在發生的事都很好。

跟港口領航員有關。

什麼？什麼來著？我媽問，不是在寫姊妹關係嗎？

也是，但最主要的人物是領航員。這個男人——也許也有女性領航員啦——但我的小說裡，這位男性領航員——平日工作就是引導大船出港，然後在大船順利出海後，爬下一串小繩梯，回到他的小船，然後開船回到陸地，回到家鄉。但在我的故事中，天候惡劣，讓他無法回到自己的小船，大船船長又不准他爬危險脆弱的繩梯，因為他們不巧遇上原本預計還要兩天才會抵達的劇烈暴風，所以領航員跟著大船到了第一個停泊港鹿特丹。

哦？我媽說，滿有意思的。

是嗎？其實沒那麼有趣，我回答。我只是想寫一本結局不是牛仔競技的小說，妳懂嗎？

但是很刺激啊。

這次不刺激了，媽，故事剛開始時刺激的成分就用完了。

他離開港口後，發生了什麼事？

他錯過了那晚原本準備參加的重要會議，結果一切都走調了。

他不能打電話給準備見面的人，再另外約嗎？

我不確定耶，但，妳說得對，這技術問題我還得解決，因為他應該是可以對外連絡的，可是，如果沒有出現危機，這本書就寫不成了。

也對，我媽說，也許他忘了手機？

這也不對，因為船上有一大堆船員，更不用說現代化的電信設備，這些應該都派得上用場。

好吧，可是，我媽說，也許，他的確有跟準備見面的人連絡，但是他或她沒有及時收到訊息？然後不知道為什麼就錯過彼此了。

沒錯，這樣比較合理，我說，但我比較喜歡讓這人下不了船，也沒有心理準備會到鹿特丹。

是啦，呃……我媽說。姊妹那部分呢？他在船上有認識什麼姊妹嗎？

沒有，我說，姊妹那部分是他的幻想，他坐在甲板望著大海時，心裡想像著一對姊妹。

喔！很好……姊妹的回憶。

大概吧，那都是他的思緒——嘿，妳聽到了嗎？

什麼？

那個鏗噹聲，等等。

我將車子停進一間叫做「大理石」的冰淇淋店停車場（這什麼鬼名字！），然後關上引擎下車檢查，不太確定自己該看哪裡，彷彿自己眼前是最新的達米恩．赫思特[24]裝置藝術。我上車轉動車鑰，毫無動靜，引擎完全沒點著。很奇怪，我媽說。不擔心，我說。我想到安納托．法朗士[25]曾經生氣地告訴他的愛，他要將拳頭咬到鮮血直流。我又試了一次，再一次，毫無聲響。

車子掛了，我說。

我媽搖搖頭開始大笑。我看著她，我拿起她的手，將沒用的車鑰匙塞進她手心。我也微笑，但她還沒笑完。

天啊，她說，她身體顫動，真的很好笑耶。

她建議我們下車走到「克莉提娜」希臘餐廳。好啊，我說，很好，特別是散步這部分。在餐廳，我們有了一段令人振奮的驚奇對話，內容關於男人、性愛、罪惡與小孩。其實，人生不就是這些嗎？我們喝光了一整瓶紅酒，還談到尼克。妳想他還好嗎？我問我媽。那得看妳對「好」的定義是什麼，她回答，他還在撐。

大概吧，我說，我只是不知道他怎麼辦到的。

妳不知道？她問。那**妳**又是怎麼辦到的？

我不知道，我再問一次，那**妳**呢？

我們嘲笑了自己。呼吸、精力、情緒、自制，以上的一切都過於珍貴，不能隨意虛擲浪費。我的手機響了，媽替我接了電話，用問題回答對方，有什麼事嗎？（她有點喝醉了。）那是傑森，她找的「河堤」汽車廠技師，他說他會把車子拖回修車廠，檢查問題所在。

我們手牽手走回公寓，在路上，媽教我踢軍人正步。輕輕地踢一下就好，妳懂嗎？她解釋，

24 Damien Hirst，英國當代藝術家。

25 Anatole France，法國作家。

然後示範給我看，結果，我們腳步全亂了。妳再做一次。她逼我再走一次。回到公寓後，媽開始打電話給親戚，也談到愛芙和提娜（是啊，兩人都在住院。同一間醫院，沒錯。）我則開始在網路搜尋戊巴比妥。「清除瀏覽紀錄」之後，警方就真的完全看不見了嗎？

傑森打電話到我的手機，他說排檔全壞了，修這輛老爺車沒有意義，不值得。他建議有一處叫做「風險少年」的機構，青少年會將老車拿來當教室的實驗教材，幫助他們長大後，至少有一技之長，不會去當小混混。機構會付五十塊，車子就可以被拖走了。我請他稍等一秒，轉頭問我媽準備好與她的車永別了沒。她正在講電話，一面對我點頭聳肩，應該是說好啦，隨便妳。我告訴傑森沒問題，錢也不用給了。他請我到修車廠把車內物品取走，他再連絡那群風險少年來領車。

我坐在陽台上對著我的電腦，原來戊巴比妥鈉就是戊巴比妥，藥廠還給它取了其他名稱如沙朵衣、沙朵福德和巴比似妥。原來它是獸醫用來麻醉動物的藥品，雖然墨西哥買得到，但提華納這種邊境城市絕對是禁地，因為當地警方早就對一群所謂的「死亡觀光客」起疑。所以要買到藥，你得深入墨西哥更偏遠的城鎮，在那裡，任何一家寵物店都能買到。網路上有人鉅細靡遺記錄自己如何煞費苦心買到這種藥，還提醒大家當心危險四伏的陌生街道，我看了覺得有趣，還會怎麼樣呢？我納悶，不過就是被人殺死吧？

一劑量的戊巴比妥大約三十元，如果想保證立即死亡，那你得買兩瓶一百毫升的藥劑。事先還得先吃止暈藥之類的藥品，免得喝下戊巴比妥後，又一股腦兒將它吐光。止吐藥得持續吃十二小時，每小時就得吞一顆，接著再喝戊巴比妥。止吐藥在藥房就買得到，一般的品牌是「康怕心」或「德拉美密」。喝了戊巴必妥後，人大約半小時就會死了，體重過重者可能得花上四十五分鐘或一小時。重點是不會感到痛苦，只會迅速入睡，沒時間講話或喝光飲料。

網路文章解釋，問題不在於如何取得這種藥，而是該怎樣將它帶離墨西哥。我心想，那就得把愛芙帶到墨西哥，而不是將藥千里迢迢送到她眼前。此外，光是替愛芙將藥瓶轉開，就足以讓我犯下殺人罪。某些無名作者還寫到，即使提供建議給想自殺的人——例如「好吧，現在可以拿藥了」——也有可能讓你成為殺人共犯。

我將電腦關機，閉上雙眼。我聽見了奧思本大橋上的警笛聲，但腦海只想像著一處白沙海灘，上面有一間茅草小屋，棕櫚樹在加勒比海微風中輕拂搖曳，我姊終於完成她的心願，尼克、我媽（甚至我爸也在，雖然他已經死了，反正這是我的幻想，如果我想要，死人也能入戲），還有我與我家小孩。我們擁抱她、撫觸她，對她微笑，與她告別，我們告訴她，愛芙，妳讓我們的生命與眾不同，妳帶給我們喜悅，為我們保守祕密，陪我們大聲歡笑，我們將永遠懷念妳，再見了！我們有充足的時間與她道別，然後愛芙就這麼搭著家人的愛，如輕煙般平和地飄入天堂。

我打電話給尼克，當他接起來時，我所有的膽識瞬間消散。原本打算問他有沒有興趣到墨西哥，讓我們殺了他妻子。結果我只開口問他可不可以借車子，因為媽的車掛了。尼克說媽盡量用他的車吧，反正他喜歡騎腳踏車代步。我問他是否還在醫院，他說是的。

還有呢？我問。

老樣子，他說，她吃了一點晚餐，喉嚨好多了，提娜在睡覺。西線無戰事。他問我好不好。突然間，我哽咽了。尤莉？他問。我還好，我回答，抱歉。

然後他告訴我他得去西班牙一趟，我完全不知道這件事。他說他不知道自己應不應該取消旅行，但他一定得去——明天就要出發了。

明天？真快。

我知道，他說，愛芙說我應該去，她說我一定得去，因為……妳知道的。

是呀，你應該……

現在也來不及退機票了。我要帶我爸去，他很想去西班牙，想了好多年了……

去幾天？

十天。

很好啊，沒問題……

我知道這時間很怪，但那是他的夢想。愛芙也沒法那麼早出院，醫生說得很清楚。

也對……

妳差不多也要待這麼久，對嗎？尤莉？所以妳會在——

沒錯，你一定要去西班牙，你需要休息。

妳也是，大家都需要，但是……

沒事！你去吧！一定要去！

對我而言，愛芙人躺在醫院，但尼克在巴塞隆納閒晃，與高第的建築地標照相留念，想來實在荒謬。

我知道這很誇張，但你如果現在不放鬆休息，你遲早會崩潰，老哥。

是啊，他回答，我想是吧。

而且不是只為了你自己，為了大家。就像坐飛機時有狀況，不都是大人得先戴上氧氣罩，然後再替身邊的小孩戴嗎？

是啦……他說。

你去吧，我們不是也逼我媽去搭郵輪？偶爾大家都得抽離，否則到最後，我們也會陪愛芙躺在精神科病房。

如果真能這樣，那也不錯，尼克說。對了，妳今天看報紙了嗎？藝術版有篇報導說，愛芙因為身心交瘁，必須中止巡迴演出。還說她家人要求給予隱私。

我們有這樣說嗎？我問。有人跟媒體談過了嗎？

記者？尼克說，沒有。那方面全是克勞歐在處理。他告訴他們，她身心交瘁。這是他的新聞稿內容。

他一定得跟他們交代。尼克，你就去西班牙吧，真的。

有個住在溫尼伯的傢伙，叫丹尼斯洛夫，吹黑管的斯洛伐克人……他昨天有到醫院看她。

喔，所以大家差不多都知道真相了，我說。他有跟她說到話嗎？

這不重要，尼克說，事實擺在眼前。我只想……我希望我能保護她。

你已經做很多了，我說，你一路護著她，你總是保護她。他哭了，男人那種壓抑情緒的哭泣。

沒事了，我說。我也努力忍住眼淚——我們得輪流崩潰，否則就難收拾了。沒事，我告訴他，用手按住雙眼。

我哪裡都可以去，他說。我不想去西班牙，我可以去蒙大拿之類的，哪裡都行。有時我只想回到四歲時，在布里斯托跟著我麻逛街。

尼克總是把**我媽**說成**我麻**。聽他這樣說，我真的再也承受不了了。最後，我們掛上電話，沒有說再見。

12

傑森建議我晚上九點前到修車廠。跟我媽揮手道別時，她還在講電話，朝我丟了一個飛吻。我走了三個街區到修車廠，發現一個男人正在檢查我媽的車。我只能看到他彎曲的背部與細薄的棕髮。我說，嗨！他站起身，他身上的襯衫印有傑克．凱魯亞克《地下人》的封面[26]。此時我恍然大悟，原來他就是我在曼尼托巴大學念大一時認識的那個傑森。他跟我一起上加拿大文學，老是跟我借筆記，而且一天到晚穿了黃色長褲，他還給我大麻當借筆記的酬勞。當年大家都叫他「悲傷傑森」，因為他女友與他分手，害他做什麼事情都無法專心。

妳說妳叫尤蘭莉時，我就想可能是妳，他說，叫這名字的女生不多。

我只能想到年輕的我，當時還沒成為現在的我：現在的我四十多歲，即將離婚，不知為了什麼原因離開前夫，還自以為理由充分；我是奇特疏遠的情人，一天到晚嘮叨年邁的媽媽，說她只會講陳腔濫調；我是不知道該如何救姊姊的妹妹，到頭來還可能變成殺人犯；我假裝自己瞭解遠

26 Jack Kerouac：法裔加拿大人血統，美國小說家兼詩人，以小說《在路上》聲名大噪。

洋航運，還準備寫書。此時此刻，我站在「悲傷傑森」的修車廠哭到不能自己，直到他尷尬地走過來，不太好意思地用沾了機油的手臂圈住我，一面安慰，嘿，沒事了啦，不要哭嘛，只是一輛車而已。

傑森也要離婚了，他老婆不再覺得他可愛，他現在跟一位在卡加利牛仔節演出的小丑約會，她的工作是將牛群從跌倒在地的牛仔面前引開。我告訴他，我也跟牛仔競技有點關係，多少是啦，而且我也差不多快離婚了，我本來住在多倫多，最近過來探望家人，因為家裡出了點狀況，但你也知道的，明天會更好……他建議我們去喝點啤酒，開車到分洪道旁敘舊，可以欣賞漲潮，而且新聞還說今晚可能看得到極光。嗯，可能到處都看得到啦，但我們得開車到城外才能避開光害，他說。

彷彿只過了幾刻鐘，傑森和我便成了當年在加拿大文學課上那兩個新鮮人，誰也無法預見長大成人後的樣子。如今我們都老了。我所有的理智、感官與本能都在吶喊**告訴他不用了**，結果我只回答，好啊，可以啊。在他車裡，我問他是否還在抽大麻，他說沒有，很少，不怎麼抽了。我們駛向曼尼托巴東南方的一片黑暗。

我們停在分洪道旁，在繁星閃耀的夜空下喝啤酒，討論過去。妳會不會覺得快被它毀了？他問我。的確是，沒錯，我同意。我們努力想找極光，但怎麼樣也看不到。我坐回乘客座，將雙腳跨在儀表板閉上雙眼。他車子有香草的味道，因為他在後照鏡掛了幾乎有數百萬的芳香片吧。他說，不好意思，他車子狗毛很多。外面很黑。我們沒有真的在聽音樂。他雙手放在腿上，朝擋風玻璃往外看。他打開車窗，又問我會不會太冷。我問他有沒有去過什麼港口城市，例如鹿特丹。他說，有啊，其實他去過，年輕時真好。

我為自己古怪的行徑向他致歉。他說沒關係的，他記憶中的我也是這樣。他輕輕親吻我的臉頰。我閉著眼睛微笑。我拉著他的手，放上我的腿，他問我有沒有男友或丈夫之類的。他愛撫我的腿。我跟你一樣，我說，這沒什麼。他的手停住了。我睜開眼睛，向他道歉，我說，我說錯話了，我真蠢。我告訴他這樣聊天真的很好。他什麼也沒說，但點點頭，然後我開始親吻他，他也沒有阻止我。我問他記不記得曾經到我在奧思本村那間亂七八糟的小公寓，提著一箱刀子。他說，喔，我是打算把妳宰了嗎？我說不是，你要來煮飯！喔！是嗎？

他說，他想起來了。我們昏昏沉沉，卻又直接了當。我坐在他大腿上，將座椅往後倒，他很快躺平，月光映照著他臉上的某個角落。抱歉，抱歉。我回憶起年輕時代的急切與歡樂。

結束後，他問我為何問他是否去過鹿特丹。我告訴他我正在寫一本書，書的最後有個人無助孤獨地飄盪在大海，而另一個人則在岸上傷心欲絕、幾近瘋狂。他說，聽起來會很好看，我謝謝他。然後，在開車回城裡時，他說，我無意冒犯，但妳書裡的主角難道不能對另一個人解釋自己無意被滯留在大船上嗎？這年頭科技這麼發達，應該是可以傳簡訊啊？我知道，我回答，但不知為什麼，他就是沒辦法。好吧，傑森說，但為什麼呢？我告訴他，我還沒解決書的結構問題，他說，其實他想告訴我，我的結構很美，而且運作得很順暢，我說，哈哈哈，謝了，你的結構也不錯。（天啊，這什麼對話。）

我認為最重要的，就是節奏。

什麼節奏？我問。

故事要很明快，才不會無聊。寫作很困難，不是嗎？妳得進入情節，完成小說，然後迅速抽離自己。我上次替雷妮清污水槽就是這樣。

我想了一下，這真是我聽過最棒的寫作建議了，也是這輩子最厲害的忠告。他讓我下車時，還問我何時才能再見面喝咖啡、看電影，我告訴他，我也不確定自己要留在城裡多久，我沒告訴他愛芙的事情。好，他說，那就再連絡了。我們親吻後，我走進大廳，對他揮揮手微笑，然後自言自語，譴責自己。夠了。

我兩步做一步爬樓梯，走回我媽公寓，重複自己的咒語——夠了，夠了，夠了——我每一步都走得很生氣，我回想著多倫多的朋友最近對我說的話：十年內，回憶這段過去，妳會惱羞成怒，否定一切。我還跟他爭執了一會兒，因為我告訴他，羞恥與尷尬是有必要的，我們才不會重蹈覆轍，讓我們能正視過往，寬恕我們的同路人，體會自我厭惡的痛苦，甚至還能激勵寫書的動機，這算是一種補償心理吧，而且，羞愧也有助自己搞砸男女關係，但混亂的男女關係又是小說、電影與戲劇的主要推力。也因此，如果擺脫羞恥心，就等於跟藝術說再見了。但現在，當我爬著水泥樓梯，一面檢查自己身上有沒有性愛或機油的氣味時，我卻深深渴求一個無愧的人生。

媽正在跟一位化名為「男人殺手」的羅馬尼亞女士玩線上拼字遊戲。她們的遊戲有計算時間，她限期完成。但是，小尤啊，我走過她時，她說，尼克明天就要去西班牙了。我點頭，告訴她我知道。我走回房間，在谷歌搜尋**西班牙買戊巴比妥**，結果只看到威而鋼的相關標題。然後我又找了**精神病患安樂死**，結果發現在瑞士，安樂死是合法的，只是沒有多少案例。如果不是出於自私目的，在瑞士助人安樂死也不會犯罪，而且這法律適用瑞士以外的外國籍人士。啊哈！現在我才知道愛芙為何求我帶她去瑞士了。

我衡量手中的選項，但全都沉重不已。將愛芙帶到墨西哥，在陰暗的後巷寵物店買戊巴比妥，還得確保我沒有鼓動她，是她自己打開藥瓶的。雖然在這種情況下，實在很難定義所謂的**鼓動**。此外尼克與我媽也必須贊同我的計畫。或是：帶愛芙到蘇黎世，讓一切合法進行，但萬一醫生決定她的痛苦還不夠深刻，不許可安樂死，那該怎麼辦？而且，瑞士之行同時也得經過尼克與我媽的同意。突然間，我靈機一動，我不確定該怎麼進行，哪一種選擇較有勝算：我會告訴愛芙，我考慮帶她去瑞士或墨西哥，卻同時又鼓勵她繼續求生。如果我告訴她戊巴比妥，她只會有一個打算，萬一她心底只有如阿米巴原蟲大小的求生慾望，一聽到我提出新的計畫，那一丁點的求生曙光也會立刻被她澆滅。而且，一旦她出了院，我們便無法阻止她到瑞士或墨西哥求死，我們必須不讓她有機會獨處，而且，如果尼克沒有隨行，他也一定會起疑心，帳戶存款也會因為她即將遠行提領精光，他絕對會阻止她。她又該怎麼做？

我聽見喇叭聲，遊戲結束了，媽關上電腦站在走廊，妳怎麼樣？寶貝？她問。妳在忙什麼？跟妳的汽車技師沒帶保險套做愛，研究如何殺妳的大女兒。沒什麼，我回答，就是把車裡的東西拿回來。就這樣。

我媽跟我提到宏都拉斯的加拿大礦坑，她的憤世嫉俗在今晚又找到了出口。明天可能又出現別的議題了，例如奧沙華的穆斯林園丁被無故留置在關塔那摩監獄禁閉，這些全是平凡人無力解決的問題。礦坑簡直摧毀了那些小村莊，她說，破壞社區生態跟土地資源，連哈波總理也視而不見，有錢的大老闆只是偶爾搭直升機去視察。我知道，我說，真的很扯，太可怕了。

對啊！她說。我們的納稅錢竟然拿來有系統地摧毀宏都拉斯人民，沒人——

我知道，我說。真的……太可怕了。我能感覺自己右眼皮正在跳動。我躺在床上閉上眼睛，想起自己在某輛公車後面看過的憂鬱症標語，上面列出所有憂鬱症狀徵兆，想提醒大眾注意精神疾患。缺乏真實感，我想，沒錯。

抱歉，寶貝，妳累了，我知道。

妳也累了，不是嗎？

大概吧。

我拿起我身旁的書，翻了翻，嘿，妳看，妳有聽過一個叫做費南多・佩索阿（Fernando Pessoa）的葡萄牙人嗎？

藍鳥隊球員？

不是啦，他是詩人，這是他的書，但他死了。他是自殺的。

喔，老天啊，她說，還有誰不是自殺死的。

妳聽聽看這段話：「真切實際的黑夜來臨時，我等待星辰乍現，我在四樓房間窗內，望向無垠宇宙，我的夢想有了節奏，展開漫長旅程，前往陌生國度，那些假想或是不可能的世界。」

我媽說，是啦，反正就差不多這些話，對吧？

她改變話題，她說愛芙笑起來就跟爸一模一樣，真是驚人，我有時候都忘記了，結果一看，哇！

我知道，我說，她的笑好迷人。

尤莉，我媽說。

怎麼了？我回答，我用手圈住她，她在抽泣，突然間開始嗚咽。我從來沒聽過她這樣激動的哭聲。我盡己所能抱緊她，親吻她柔順的白髮。

她也是人耶，我媽低語。

我們在走廊擁抱許久。我同意她的說法。我說，是啊。最後我媽終於能恢復自己的呼吸，開口說話。她無法忍受愛芙住在精神病房，那是監獄，他們什麼也不做，如果她不吃藥，他們就不理她，他們等待，然後煩她，然後又等待，然後再煩她。媽又哭了起來，這一次她沒發出聲音。她也是人耶，媽又說。喔，愛芙達，我的愛芙達。

我們走到沙發坐下。我牽著她的手，想找話安慰她。我起來告訴她我要泡茶，然後我端了兩杯菊花茶到客廳，我媽躺在沙發上，胸口放了一本推理小說。媽，我小聲叫她，妳應該去睡了。醫院的事明天再想吧。提娜阿姨不是準備出院嗎？我媽睜開眼睛。

她們說要辦離院手續，沒錯，是明天。

我寧可說出院也不要說離院。

沒錯，她說，聽起來比較順。

我上了床，無法入睡，腦子轉個不停。我回了諾拉的簡訊：他是我朋友。他叫芬巴。只是叫他去看妳。我回了前夫簡訊：好啊，我明天就簽名，你注意時機好嗎？老兄。然後我又發簡訊給諾拉：流理台不要有麵包屑。我發簡訊給威爾：如果瑞典人想要過夜，行。反正他們想要也阻止不了。他立刻回我：妳是喝醉了嗎？最後我聽到浴室水聲灑上地板，我告訴自己，要買浴簾，買浴簾，然後我就昏沉入睡了。

那晚我夢到自己在一處叫做「難懂」的小村莊，我似乎負責為小村莊寫一首主題曲。一對老夫婦叫我去他們家，他們要我坐在一架海茲曼老鋼琴前，然後兩人說，可以開始了。我告訴他們，不行耶，我做不來，這應該是我姊的工作。他們拍拍我的背，然後微笑了。他們替我帶來一壺水和一個杯子。小村莊外圍全是乾草堆，算是某種城牆或對外界的屏障，理應保護「難懂」村民。我說，但那只是乾草啊，和善的老夫婦告訴我不要擔心，只要寫歌就好了。我問他們我們在哪個國家，他們指著鋼琴，提醒我的責任。沒時間閒聊了。

一大早尼克便打電話給我，問我能否帶他去機場，車子可以留給我媽用。他說他通常坐公車，但快遲到了，甚至不確定自己是否該出門，而且萬一我沒法載他，他打算拿著一袋大麻回去哭到入睡。

我接了他，他告訴我駕駛座的門不好開，如果要開車，就從乘客座塞進駕駛座，我告訴尼克我會將它修好，因為媽可能沒法靈活地塞進駕駛座。到機場的路上，他摸摸臉，大聲自問到底他在做什麼。他將腳放上儀表板，手肘擺在膝蓋，頭埋在手掌閉上眼睛。

會很好玩的，我說，而且還可以看到你爸。你們約在蒙特婁嗎？

不會好玩的，他說。但至少能休息喘口氣。沒有，我們直接在馬德里見面。希望我能跟愛芙一起去。

是啊，我說。你一定要喘口氣。你會收email吧？

隨時檢查，如果有變化……

我會讓你知道的，別擔心。護士昨天怎麼說？

沒什麼，只說愛芙會住好一陣子。我們沒交談，繼續往前開車，瞪著前方。

我問，她有沒有跟你提過瑞士？

什麼意思？他問，沒有，我想沒有，怎麼了？

沒提過她想去？

沒有，他說，從來沒有，她想去巴黎。

你是說，跟你住在巴黎？我問。

我可以在那裡工作，他說，而且我們都說法文……

我說，那很好，所以她只提過巴黎？她有說過身體好轉後，要住到法國？

她常常提，尼克說，但我根本不知道何時才能實現，不過我們很愛幻想。只是，她得渡過這一關。她要吃對藥物，可能還得花很多個月才能確定劑量。

也許要很多年，還得她肯吃。

那很難，他說。

那真的很難，我說。

他從包包拿了一本書，在上面寫字。

你在看什麼？
湯瑪斯．伯恩哈德，他說。《失敗者》[27]。
尼克，我說，這不好笑。
我知道，但是妳都問我了。對了，妳可以把這些拿給她嗎？他打開背包，給了我一疊紙。那是愛芙的粉絲寫給她的email。都是克勞歐寄過來的。尼克轉身看向窗外，我們離機場很近，路旁看得見飛機的標誌，我們周遭是工業區和沒有窗戶的男士俱樂部，還有許多大型坑洞。
這城市到底還要不要建設啊？我說。尼克沒有說話。我們到了機場，再次感謝彼此的付出，互擁道別。我看他只背了一個背包，看起來幾乎沒裝東西，我猜除了那本書和他最愛的中國文學作品，他也許什麼也沒帶。要去幾天？我在他身後大聲問。他正走過旋轉門，他用兩手比十，看來卻有如舉手投降就逮。

我開車回我媽家，將車停在訪客專用停車場，然後爬樓梯走進公寓。準備好了嗎？我問，尼克走了？她問。對，我說，去十天就回來，駕駛座的門壞了，我下午會找時間把它修好。然後我想起，我答應今天下午會去簽離婚文件，難道，十六年的婚姻，連一天都不能等嗎？

---

27 Thomas Bernard：奧地利文學家，創作戲劇、詩歌與小說。文風犀利，極盡批判、挖苦之能事。著有長篇《歷代大師》、《失敗者》等。

我們找不到愛芙。加護病房的護士說她搬到帕拉維利大樓的二號精神科病房了，離這一區（管他這區叫什麼名字）有好幾棟遠。我們到五樓探視提娜阿姨，她還在睡覺，但身上卻裝了更多儀器。她看起來很蒼白，嘴巴微張，彷彿受到驚嚇。護士說今天狀況沒有昨天好。石膏上有密密麻麻的小字，看起來是她自己寫的。取消讀書會。取消太極。取消髮廊。看來她今天是回不了家了。

護士問我們提娜的孩子會不會從溫哥華過來，我媽說，會的，我的外甥女準備出門了，還有我姊夫，到底怎麼了？

她說提娜需要立刻動手術，最快兩天內就要開刀，避免嚴重冠狀動脈阻塞。他們準備替她做開心手術，給予她某種輸液，讓她心情平靜，同時找合適的外科醫生替她開刀。可是護士看起來一派輕鬆。有時候就是這樣，她對我媽說，妳姊姊體力很好，身體又健康，所以這只是例行手術，也許過幾星期，她就可以開車回溫哥華了。

我們讓阿姨繼續睡，然後去找愛芙。我們搭電梯到地下室，之後走過一條醫院迴廊，既困惑又生氣。我媽很累，但她還想跟我討論宏都拉斯的煤礦。每一步都彷彿要她的命，這裡卻沒有地方讓她坐著休息，真的很像一個捱餓病人的空蕩腸道。我走在媽前面，慌亂地想找到通往二號精神病房的大門。我回頭叫她，迴廊出現回音，媽啊——她還站在迴廊中央，她好嬌小，看起來彷彿只有一吋高，兩手插在臀部，泛黃燈光沿著迴廊，我眼前的一切都成了橘黃色。她點頭微笑，深深吸了一口氣。

我沒告訴妳，他們用了多少水，她喘氣說道。她是指煤礦公司。

我真的不知道門在哪裡，我說。她又點頭微笑，真像戰場上受傷嚴重的指揮官，依舊鼓勵弟兄，要他們拋下他，繼續前進，因為還有硬仗要打。也讓我想起葉慈在斯萊戈郡的墓誌銘：**冷眼看待生死，騎士，繼續前進**。我們只能踩著小步前進，希望能看見目標，例如一扇門。

我們不斷停下、前進，每次都是為了讓我媽好好喘口氣。不久，我就不說話了，因為她的回應有點過於熱情激動，她的每一口氣有如彈藥，漸漸體力不支。最後我們終於看見一扇寫著「出口」的門，我連忙推開，走進一處樓梯間，原來我們還得爬好幾層樓梯才能離開地下室，然後搭最近的電梯到四樓，那裡就是精神科二號病房，愛芙就在那裡。

電梯門在四樓打開時，我竟然看到瑞岱！他把小提琴背在身上，看起來就像個氧氣筒。我問他在這裡做什麼，他說來探望愛芙達。我一定要告訴她，她的琴聲對我多麼有意義，他說。

喔，我說，我可以替你轉達，謝謝了。

他看著我媽。我是瑞岱，他說，然後伸出手。我媽說很高興見到他，她就這麼將我們留在電梯口。謠言說，妳姊住進精神科病房，他說，這很嚴重，自殺。

誰告訴你的？我問。

我只是想見她，他說，但他們告訴我探病時間過了。他問我好不好，將手放在我肩膀上。

我剛才還以為你是來找我的，我說。我忘了你說過要往前看。
那不是妳想要的嗎？他問。
你想用小提琴哄她入睡嗎？我問。我微笑，希望我有抹去語氣裡的嫉妒與庸俗。
我只願她一切平安，我想謝謝她。
我知道，我說，我懂了，我會告訴她的。
妳都好嗎？他說。
我很好。
真的嗎？他問，這一定不是真話。
我得走了，真的很遺憾……這一切。還有我說過的話。
妳遲早會等到的，他說。
什麼？我問，我已經開始走遠。
妳的快樂啊，他說。
喔，好吧，我還以為你在威脅我。不過，謝謝你了，瑞岱，對不起。
我也對不起妳。
我轉身走回他剛才站的地方，握住他的手，你的劇本會很棒的。
還有妳的小船小說，還是競技小說？

是船。

沒錯，船。

我們微笑，跟彼此道別。

我媽坐在愛芙病房門外，護理站旁邊的椅子上，鼓起勇氣強顏歡笑，將她自己當成希望大使，一面喘息讓呼吸恢復正常。我走進去坐在愛芙床上說道，嘿，我來了。房間什麼也沒有，只有兩張單人病床，另一張是空的，還有兩張小書桌和小椅子。牆上有個加裝鐵條的小氣窗，門邊則是垂死耶穌與祂的十字架。愛芙完全沒有移動，她體型嬌小，沉默不語，臉對著牆。我將手放在她骨瘦如柴的臀部，彷彿深夜中的戀人。她喃喃說，嗨，但沒有轉身看我。是妳嗎，扭扭？她問。我告訴她尼克已經出發去西班牙，她當然已經知道，還有媽在外面坐著休息，而且提娜阿姨的狀況惡化，準備開刀。我問她現在感覺如何。她沒有回答。我替妳拿了粉絲的email來，我說。我將紙放在她的書桌。她沒說話。

愛芙，我說，尼克知道妳想去瑞士嗎？她緩緩轉頭看我，搖搖頭。

他不讓我去，她低語，他不帶我去，不要告訴他。

好，但我很……我不知道該怎麼做。

妳也不帶我去嗎？她問，尤莉，拜託。她是認真的，她的眼神就像子彈。我搖頭，不行，我不確定，媽怎麼辦？妳告訴她了嗎？愛芙搖頭，抓住我手臂。

尤蘭莉，妳聽好，她說，妳仔細聽好，好嗎？媽和尼克不能知道，他們不會放我走，尼克甚至相信有藥可以治好我，媽相信……我不知道她信什麼，也許是神，或機率吧，我不知道，但是她永遠不會放棄我。我求妳，尤莉，妳是唯一瞭解的人，不是嗎？

妳是說我們要偷偷去蘇黎世？我問，只有我們兩個人？不可能的。

為什麼？

因為那裡的醫生也得確定妳是神智清楚的！

我**是**啊！她說，所以妳研究過了？

我查過了。

很有道理，對吧？愛芙說。這我就不知道了，我說。我無法看她，她的眼睛好大，她的指甲把我戳痛了。

尤莉，她說，我很怕獨自死去。

我們都不要提死亡，怎麼樣？

尤莉，她說，我是用生命在求妳。

好，但只要妳離開五分鐘，尼克就會發現，他會走遍天涯海角找到妳，他一定會追查我們的所有紀錄，他會恨我，媽會心臟病發，所以想都不用想，愛芙，這太誇張了，妳不能就趁夜黑風高時偷溜到蘇黎世，這又不是偷跑到鄰居家後院游泳——

尤莉，如果妳愛——

我**真的**愛妳！天啊！

我聽見我媽用平靜卻致命的聲音在外面說話。她告訴護士，醫生好多天沒來看愛芙了。護士告訴我媽，醫生很忙。我媽則告訴護士昨晚她告訴我的話，她說，愛芙也是人。那位護士不是珍妮思。我媽問珍妮思在哪裡。不是珍妮思的那位護士說，她同意愛芙也是人，但她也是醫院病人，她需要配合。為什麼？我媽問。配合跟康復有什麼關係？不能配合算是精神病人的症狀？還是妳們需要病人配合才能控制他們？否則妳們就要強加藥物？她想吃的時候，她就會吃，就像妳和我一樣，而不是你們規定她什麼時候得吃就一定不能不吃。如果她不想說話，那又怎樣？我女兒比精神科的醫生護士都要聰明——

媽！我說，妳進來！我媽進來後，護士連忙逃開。

小心肝，我媽說，然後親親愛芙的眉頭。愛芙微笑說嗨，問她好不好，還說聽到阿姨必須開刀，她嚇了一大跳。

喔，我好得很，我媽說。提娜也不會有事的，我上次就開這種刀，記得嗎？那一次非洲狩獵回來之後開刀，對吧？妳好嗎？愛芙聳肩，用敬畏的眼神看著簡陋的病房，彷彿它是全歐洲最宏偉的教堂。

那首詩是怎麼說的？我問我媽。
什麼？她問。什麼詩？
那首艾茲拉．龐德的詩。妳最喜歡的那首。
喔！〈地鐵車站〉[28]？
對，就是它，妳為什麼這麼喜歡它？我問。我也不知道，我媽說，可能因為很短。她大笑，妳幹嘛問？
我也不知道，我說，沒什麼理由，我只是很好奇。我今天下午要簽離婚文件。
在拉斯維加斯那場婚禮是合法的？愛芙問。
她轉向我媽，妳知道龐德支持法西斯嗎？媽？
心肝，護士說妳得吃點東西，我媽說，我不知道他是法西斯黨的！
小孩好嗎？我姊問。
我媽也看著我。
很好吧，我想，我說。威爾今天在多倫多佔領某位政治人物的辦公室，抗議一條法案，網路甚至有轉播。他也有陪諾拉。
什麼意思？我媽問。
我是說，有實況轉播，電腦上就看得到。

我的天啊，我媽說，那一台？

愛芙虛弱微笑說道，記得幫我向他們問好。她問我上一次看轉播時，這群抗議的年輕人在做什麼。寶貝，妳應該很不開心吧？我媽問我，我們全看著她。他們拿了一堆氣球到處跑，有人躺在睡袋，我說，警察看一下又走了，我也不知道。威爾說，如果警方驅離，他們就會離開。什麼法案？我媽問。跟監獄和鎮暴有關，威爾現在是無政府主義者。

威爾？我媽說，不會吧！

不是，不是啦，我開玩笑的，我說，但我心底也不是很確定，我早就忘了我媽與俄羅斯無政府主義劊子手的恩怨。此時媽說她要上廁所。我對愛芙低聲說，讓我想想，好嗎？妳也要想一想，我是說，真正的思考。

小尤，我想過了，愛芙說，我一直都在思考，妳還看不出來？

我知道，我說，但妳能不能多想一些？或是不要思考，好好觀察妳周遭的人事物。尼克不在，我做不到，絕對不可能——而且這太誇張了，又不是——

為什麼不行？愛芙說。我不是他的小孩，要不要走不需徵詢他同意。我當然也想要他在場，但他根本不要它發生，趁他出國，我們可以立刻離開。

28 In a Station of the Metro：意象派詩人龐德之代表作。詩僅兩行：「人群中一張張魅影的臉孔，濕黝枝幹上片片花瓣。」（張錯譯本）

不行。

妳說「觀察」是什麼意思？我也有在思考，就算看來膚淺，但我的大腦是在運作的——

我知道，我說，但妳不希望他——

嘿！不然我去餐廳買點午餐上來，我媽說。我們都沒注意到她從廁所出來了。我們可以在這裡吃午餐啊！母女三個人！我上來時還可以去看一下提娜。

他們不會讓妳拿上來的啦，我應該是要在吃飯時下樓的。

我會藏好，媽說，我會偷帶進來。

我去啦，我說，妳剛差點喘不過氣來。到時連妳也得住院，而且我還有一個後背包可以塞食物。

護士捧了一大把花進來。剛才有人送來，護士說，超美的，對吧？

喔！真的耶！我媽說。哇！我點頭微笑，靠過去聞聞花香。

這是喬娜和艾可送的，艾可是她丈夫，對吧？我問。愛芙點頭。護士說她要去找大花瓶放花，我連聲感激，也許我心裡很需要她贊同我們這群不守規矩的人。

房間看起來更可愛了，妳不覺得嗎？愛芙？我媽問，真的很貼心！

看那些藍花，我問，藍色的花是怎麼種出來的？

寶貝，我媽說，大自然本來就有藍花，它們也是某種象徵，詩裡面都是這樣寫的。

真的嗎？我問。

代表靈感，代表無窮，我媽說，藍色的花朵。

把它們拿走好嗎？愛芙說。可以把它們拿走嗎？

我大步走進阿姨的房間說，嗨！我來囉！我將巨大的花束放上她床邊的小桌，她開心笑了。我的天啊！超棒的！她說。愛芙送妳的，我說。

我跟她討論她病情的最新進展，也告訴她愛芙、媽和我準備吃午餐，等會媽和我會回來看她。她揮揮手表示，不急啦，放輕鬆嘛，如果妳媽可以，我也辦得到啊。然後她又笑了。她是指手術。她舉起打了石膏的手臂說，真的很煩耶。她問我要不要在上面寫字。我寫了**我愛妳，提娜阿姨**！她看了那些字，告訴我她也愛我。她要我去拿一枝筆或攪拌棒之類的，才能讓她塞進石膏抓癢，她快癢死了。這些數字是什麼？我問。她告訴我那是席拉和艾瑟的手機號碼。席拉和艾瑟也是她女兒，我的表姊。她們比我和過世的表姊蕾妮大很多，常常當我們的保姆，卻會塞糖果給我們，偷溜出去跟男朋友約會。蕾妮和我都會等她們出門後，也跟著跑出去在鎮上亂晃，一直等到糖果吃完，消防隊的就寢鐘聲響起。提娜要我替她買一杯星巴克咖啡——但不准告訴護士，偷偷拿進來就好。小杯熱美式。我說，這是我的工作，沒問題，包在我身上。

我去護理站問她們是否知道提娜何時要開刀。明天早上六點，她們告訴我。科佛基恩醫生。至少聽起來似乎是這個發音。我回到阿姨床邊，明天！我說。我覺得自己聽來有點歇斯底里。

沒錯，阿姨說，任人宰割，他們已經在身上畫了好多記號，還有很多點點，好像在玩連連看，真是的。

我問她我的表姊也就是她的女兒什麼時候會來。

席拉有打電話來，她說，她和法蘭克下午就會到。

我很快從手機發email給席拉，請她給我班機號碼，我會去機場接他們。法蘭克就是我的姨丈，提娜幽默又堅毅的丈夫。得了糖尿病的他幾乎寸步難行，但他卻甘願一路飛到這裡陪伴提娜。我親吻我的阿姨，她緊緊抱著我，以一位準備開心的病人來說，她力道大得驚人，她直視著我，尤蘭莉，她說，跟愛芙說我愛她，告訴她我愛她，我也知道她愛我，她需要聽到這些話。

我答應告訴愛芙，轉身要走。

還有！我阿姨從床上大叫。我們是洛文家族！（這是我媽和阿姨的娘家姓氏），有獅子的含意喔！

我微笑點頭——對走過的護士低語說，我阿姨可是叢林之王，拜託小心對待她。

護士大笑，捏捏我的手臂。心臟科護士比精神科護士友善又有趣多了。

如果人得住進醫院，最好把所有的痛苦集中在心臟，而不是腦袋。

13

機場、車門、浴簾、離婚，我大聲對自己說。我站在電梯內，敲著M鍵，直到該死的按鍵亮起來，電梯帶著我往下。機場、車門、離婚。我還忘了什麼吧？我發簡訊給茱莉，問她要不要在一小時後跟我約在「可里登」燒烤酒吧，我們可以喝杯龍舌蘭，因為心臟科病房外的家屬休息室有本雜誌寫道，離婚的人一定要大肆慶祝，不需要感覺羞愧內疚或悔恨。接下來，我就可以去辦事了。她回我她與郵差同事們在「軍團」酒吧大口吃肉，而且她已經醉了，但我隨時都可以去載她。

我買了兩份蛋沙拉三明治、一份火腿三明治，兩顆蘋果和一包洋芋片——我家根本沒人吃這些——還有一大瓶水與一小杯星巴克咖啡，然後我上樓到心臟科病房，當我靠著電梯冰涼閃亮的鋼板時，我心裡想著，我應該去找班尼托．詹尼塔．莫瑞洛思，問他對於殺死我姊有什麼想法。我需要有人指引我。

班尼托．詹尼塔．莫瑞洛思是我以前的哲學教授。大一那年，當我借汽車技師傑森加拿大文學課的筆記時，同時我也在修習班尼托的醫學倫理課，他是這方面的專家，經常上電視參加談話節目，討論安樂死、求死的權利等等。他曾經上過牛津。有一次他提到一位門諾派的學者，此人是他在牛津的同學，卻無法應付外界的自由，大約在六十、七十年代，這位門諾人吸食過量藥物，暴斃身亡。其實他是我家族的表親，我大約有四千多名表親，我媽從小就告訴過我這傢伙的毛病，結果班尼托．詹尼塔．莫瑞洛思竟然拿他當例子，用來說明兩相極端的後果與下場。我們很確定他是藥物過量身亡，但因為他爸媽心碎不已，不願兒子死後解剖確認死因，他們只想將他帶回家落葉歸根，埋在我們小小的門諾教會墓園。如今，我極需班尼托．詹尼塔．莫瑞洛思的忠告。畢業後我曾在溫尼伯看見他幾次，他一面看書一面遛狗，如果沒帶狗，他就會在凱文高中操場散步，一圈又一圈，永遠在看書，有時嘴裡還叼著一枝筆。好的，機場、車門、離婚、班尼托．詹尼塔．莫瑞洛思。對了，浴簾！

我到了阿姨的病房，將咖啡遞給她，親吻她，與她擊掌，我們笑談人生的難以預測，再怎麼看，都讓人覺得可笑。她還提到什麼等腰三角形的。最後我回到精神科了。

我們在愛芙病房偷偷吃午餐。我媽平靜坐著，我邊吃邊踱步，愛芙也許才咬了三口吧，不斷用眼神對我開火，她眉頭深鎖，頭髮蓬亂。東村鎮門諾教會有位牧師趁著我和媽不在時，到病房探望愛芙。不知為何，他竟然能闖過護理站，也許是從人生勝利組那一家人那裡聽聞愛芙在住院。他告訴愛芙，如果她能將生命交給神，就不會有任何痛苦。她會想要活下來。如果她否認這點，就是罪孽深重。他們能一起為她的靈魂祈禱嗎？

喔，我的天！我說，幹！

愛芙當然很火大，我媽直直看著我姊說道，可不是嗎？坐在陽光下的媽彷彿在發光。她想要愛芙表現她的憤怒，使用她豐富多元的語彙把這傢伙撕成碎片，儘管他早就離開了。

妳怎麼應付？我問愛芙，真希望妳告訴他去幹自己吧，妳應該要尖叫「有人強姦！」

尤莉，我媽說。

我是說真的啊。

我背了一首詩，愛芙說。

什麼？我問。一首詩？妳應該用內褲把他掐死！

菲利普．拉金，她說。我也沒有內褲了，她們都收走了。

妳要不要再背一次給我們聽？我媽問。愛芙搖頭。

拜託啦，愛芙，我說，我想聽嘛。他知道那是拉金的詩嗎？

妳瘋了嗎？我媽問。

拜託啦，愛芙，我想聽那首詩。

「歲月究竟為何？」愛芙問。

什麼意思？我說。

「在歲月裡，我們得以生存。」

什麼？我問

尤莉，我媽說，安靜，這就是詩的內容。讓她說完。

「它們造訪，一次一次喚醒我們

經年累月。

人理應歡欣喜悅：

因為我們什麼也沒有，只剩歲月。」

很酷啊，愛芙，我說，我喜歡。

尤莉，我媽說，拜託妳，還有第二段耶，乖乖聽。愛芙，繼續。

「啊，為解決這問題

醫生與牧師前來

身穿長袍

急急跑過過田野。」[29]

嗯，我說，這很好，後來他怎麼說？

什麼也沒說。愛芙回答。

告訴她為何他什麼也沒說，我媽表示。她跟我們小時候一樣，已經笑得全身顫抖。她按住自己的嘴。

因為到最後，我把衣服全脫了，愛芙說。
他一溜煙就閃人，我媽說。
太酷了！喔！天啊！超好笑的！
我只是想學妳，她說。我只剩這把戲了。
少來，我說，只有妳才會這樣，每次都超誇張的。幹他媽的有夠好笑！
尤莉，媽阻止，夠了，不要再罵髒話，我終於知道威爾和諾拉為什麼會罵髒話了。
背誦拉金名詩的脫衣舞孃，我說。幹！太強大了！

最後，我媽要離開去辦事——喔，對了！我要離婚！——她說她自己搭計程車回家。我離開時去找愛芙的護士。

拜託除了家屬外，不要讓其他人見她，我說，你們短時間不會讓她出院，對吧？
不會，當然不會！她說，她會住好一陣子，發生了那麼多狀況。而且，這一次是例外，那傢伙說他是她的牧師，接著就大搖大擺地走進去，對不起。
喔，我的天啊！我想，真有護士跟我道歉耶！沒事了，我說，愛芙也處理好了，但請不要讓

29 出自二十世紀英國著名詩人菲利普．拉金（Philip Larkin）廣受歡迎的詩作〈日子〉（*Days*）。

她出院。

我們不會的，護士說，不要擔心，好嗎？她的眼神深刻和善，讓我可以一整個下午盯著它們瞧，或是用盡我的一輩子也行。

很謝謝妳，我說，因為她家裡沒人，她丈夫去西班牙了，家裡一個人也沒有。

這就是我變調的家庭。我們就像希臘悲劇唱詩班。我有多少次要求醫院不要讓家人出院？愛芙和我曾經苦苦哀求東村鎮的醫生不要讓我爸出院，結果他們還是放他走，然後，他瞬間就從人世離開了。我們不過是家屬罷了，對吧？醫生每天忙著塞進過多的掛號病人，讓自己賺大錢，就可以到庇里牛斯山區騎車渡假。護士向我保證，她說尼克拉斯早就跟她提過，她也知道他去了西班牙，她保證愛芙哪兒都不去。我克制自己想抱住她，告訴她我愛她的衝動。

走出醫院時，我檢查手機簡訊。丹恩對諾拉很火大。顯然她駭進了他的電腦，寄email給他所有的連絡人，宣稱他是同志，並很感激自己終於能夠對大家開誠布公，還希望彼此的關係不要有任何改變。不知為何，我的前夫在他寫給我的訊息中，暗示那是因為我女兒找朋友喝得爛醉，結果做了一次「錯誤的選擇」，他認為這一切都是我的錯。

那是我全部的連絡人名單，他寫道。工作同事，每一個人，她只是大笑，也不肯向我道歉。真是有其母必有其女。

我回他的簡訊時說道，所以你真的是同志？

他回：妳才十三歲嗎？

我回：還有，你有什麼工作？

他回：跟競技無關，也超出妳能理解的範圍。

我回：也許她氣你老是在婆羅洲。那裡海浪如何？接著我將手機關機。

我在谷歌搜尋：寫小說能殺人嗎？結果沒找到任何有用的資訊。我衝到我那位嬉皮律師的辦公室——他穿耳洞，蓄著山羊鬍，住在茱莉住的沃思利區——但我根本無法從駕駛座出去，我罵了髒話，滑到乘客座下車，然後跑進辦公室，告訴祕書我只有四分鐘簽字，全世界最讓我欣喜若狂的莫過於她讓我立刻簽下三份文件。掏出信用卡，我說現在就立刻解決吧，免得夜長夢多。我猜，這就是自由的代價，是吧！祕書笑了，但我看得出來，她其實是在可憐我。我真的快瘋了。我跑回車子，又打不開駕駛座的車門，我用力敲向車窗，然後無聲在風中罵了髒話，剛才還微風徐徐，但現在已經吹起密斯托拉季風，這可是會讓人抓狂的。法國有條法律規定如果在季風季節殺人，嫌犯是有機會無罪開釋的。我繞過車子，從乘客座滑到方向盤後面，急速駛到汽車技師傑森／我昨夜的男友那裡。我直接開進修車場，停好車又忘記車門壞了，只能頹喪地攤在座位上。

傑森從一輛休旅車的引擎蓋下方冒出來，為我打開車門，說道，來吧。我像新生兒般頭先鑽出來，他擁住我，我告訴他車門的問題，還有我得在十二分鐘內抵達機場，才能趕上接我表姊席拉與姨丈法藍克，他們從溫哥華飛來，陪我突然得開心臟手術的阿姨，還有，我剛才正式離婚了。傑森磨磨我的背。他告訴我離婚是人生排行第一的壓力來源——還有親人過世——因此，離婚等同於死亡，所以如果我哭，他也覺得沒關係。他借我一輛車讓我去接親戚，還說他下午會把車門修好，不擔心，而且免費。

我忘記茱莉了。我開到聖母街的「軍團」酒吧，借來的汽車收音機正在播放可怕的音樂，但我也不知道怎麼關。她正坐在人行道上，醉醺醺地等我，手裡拿了一大包冷凍牛排。她上了車，我立刻告訴她，我離婚了。我知道啊，她說。沒有，現在——我剛才簽了文件——現在正式離婚了。「關喜」妳，她口齒不清，一面想關收音機。

感覺如何？

正式離婚嗎？我問。

正式離婚，她說，這兩個詞湊起來很可怕。

昨晚我夢到有個男人告訴我狗兒壁畫就跟永恆的愛一樣持久。

我也聽過這種說法，她說，愛芙如何？

老樣子，我說。

妳還在想要殺她嗎？茱莉問。

不是殺她，是幫她。

我知道，茱莉說，但妳還在考慮嗎？

不要告訴任何人，我說，愛芙沒對我媽或尼克提過，她只想要我帶她去瑞士，我們兩個人。

我的媽啊，茱莉說。妳會嗎？嘿，妳的眼睛怎麼了？

我告訴她我得找到以前上過課的哲學教授，班尼托．詹尼塔．莫瑞洛思。

聽起來很像博拉紐[30]的小說，她說。妳有他的email或電話嗎？她握住我的手。我搖頭，告訴她我也許得去凱文高中操場才找得到人。今天晚上，她說，妳應該待在我家，我煎牛排給妳吃，我有紅酒，我覺得妳很缺蛋白質。不行，我說，我明天一大早六點得送我媽、表姊和姨丈去醫院，阿姨明天就要開刀了。她們全部要住我媽家。好吧，那就約明天晚上，我覺得妳不能去瑞士。我不知道耶，我說。只因為合法，不見得表示這是對的，茱莉堅持。是啦是啦，我回答，但整件事的核心爭議在於將個人自主權放到最大，並減少折磨。這樣難道不對嗎？妳熱嗎？她問我，然後將一片冷凍牛排擺上我額頭。

我們到了機場，茱莉在車裡等我，捧了滿手的牛排打瞌睡，我進去接我表姊和姨丈。

在機場我們抱成一團，其他什麼也沒有，只有默默的禱告與祝福。這一切我們曾經走過，我們深愛彼此，為彼此奮戰，當世界崩毀時，我們從斷垣殘壁一起重生，共同慶祝，我們沒怎麼討論愛芙與提娜，直接朝醫院去。在車裡，我們七嘴八舌閒聊，席拉談到爬山與預防注射，因為她

30 Roberto Bolaño，智利傳奇作家。

是山友，也是公共衛生護士，我姨丈法藍克則提到他腳上的小傷口與高壓氧治療，因為他有糖尿病，茱莉也解釋自己是如何贏得那堆牛排，我也提到摩洛哥的賽車。我打算參加專為女性舉辦的賽車——我們可以從達卡開到某處，在沙漠中睡覺，只有駱駝和貝都因嚮導陪伴我們，也許得花兩個月，茱莉可以當我的夥伴，只是，我還沒告訴她呢。什麼？她問，我們陪貝都因嚮導睡覺？茱莉可以看路，我說，我來開車，出發前，我們可以請傑森替我們上基本的汽車維修課程，加拿大郵政總局可以贊助我們。這就是我的計畫。姨丈說，看我現在開車的模樣，我很有機會可以贏得冠軍，也許不用花兩個月。

我讓他們在醫院下車，告訴他們我媽在精神科病房陪愛芙，提娜則在心臟科病房等他們。我會打我媽手機，大約兩小時後再回來帶大家去吃晚餐。

遵命，老闆，等不及要看妻子的法藍克姨丈說道，一面蹣跚下車，席拉跟她媽一樣，總是使勁抱我，安慰說我們經歷這麼多，這次一定會順利過關。光是我媽親戚這邊，就有五十六個表兄弟姊妹，大部分都是男生，更不用說這些人的配偶與小孩，但席拉是裡面最強悍的。萬一妳在荒野不慎落入陷阱，而鋸掉手臂又是妳唯一選擇時，她會毫不猶豫替妳代勞。席拉曾經墜落山溝，左腳骨折，躺了一天一夜，最後救援直升機終於找到適當的角度垂降繩梯，從狹窄的縫隙將她救出來。她告訴飛行員她如何讓自己保持清醒：她回憶自己所有表兄弟姊妹的名字字首，然後再向一群想像中的觀眾，描述她每一位表親。她告訴我，她將我放在S，因為我的扭扭綽號英文字首就是S。席拉的家庭和我家屬於「窮表親」。我們當然也有「富表親」，而且真的是有錢得不得了，因為他們都繼承了父親（我們的舅舅輩）的家族企業，這家族企業由我們的外公創辦，也就是媽與提娜的爸爸。在門諾人的小小社會，財產就是這樣繼承的——兒子繼承財富，女兒什麼也沒有。我們這群窮表親倒是完全不介意，只有在得靠社會福利救濟，窮困到無法買高筒球鞋給小孩、付他們的大學學費或羨慕他人有直升機停機坪的小島豪宅時，我們才會偶爾抱怨。不過，隨便啦，男士們，我們這群女輩的後代也許沒有財富，沒有華麗的屋宅遮風避雨，但至少我們還維持著自己的個性，並靠此成長茁壯。

茱莉陪我到凱文高中，但沒看到班尼托．詹尼塔．莫瑞洛思，只有學生滿臉不在乎的樣子，坐在操場抽大麻。妳幾點要接小孩？我問茱莉。今天不用，她說。麥克今天要接他們，所以我才去「軍團」放輕鬆。

那我們去垃圾山吧，我告訴她。

垃圾山從前的確是垃圾集中場，直到政府在上面植樹種草，到現在，人們可以在夏天午後悠閒散步，冬天甚至可以搭起帳篷露營，無視那個寫著「不得露營！」的警告標誌。它原本有個很好聽的名字，但是沒人記得，標語上全是亂糟糟的塗鴉。大家都管它叫垃圾山，就連那位將城市土地一點一滴賣給建商的市長也是如此。垃圾山不高，也真的不算是山，但它已經是溫尼伯的最高點了。我覺得自己離神越近越好，但為了什麼原因，連我自己也搞不清楚，可能是要向祂祈禱，也有可能是乞求祂的憐憫，要不就是將祂摧毀，抑或是謝謝祂吧。爸過世時，我的提娜阿姨就是這樣安慰我的。她說，就算我並不全心相信神的存在，但閉起雙眼想起你想要感激的人事物，感覺依舊是美好的。

茱莉和我盤腿坐在山頂，我們屁股下方是刺刺的棕色草皮，我們想起大約四百年前和她在這裡照過的一張相，那時我們還是志得意滿的高中生。

妳累了？她問。

我在列清單，我告訴她。

什麼清單？

我想感激的人事物。

我有在上面嗎？

妳問我妳有沒有在上面！

她閉起眼睛，也開始列起清單。

像是妳發現麵包沒有發霉，終於可以讓小孩拿來當早餐吃的這種小事也行嗎？她問。

當然，我說，我閉著眼睛正在感謝神賜給我們酒精。

不錯呦，她說，還有能抓握的大拇指。

妳還在昏沉？我問。

沒了，她回答。

我谷歌過了，我得花——

妳谷歌什麼？

蘇黎世的瑞士診所。

喔，好吧。

我查過了，光是治療得花五二六三．一六元，搭配相關費用還要九二一〇．五三元。

什麼是相關費用？

醫療支出、官方規費和葬禮。

但妳們不會在那裡辦葬禮吧？會嗎？

不會，這也對，我寧可將她的遺體帶回來。

還是火化？她問。

當然，所以那也要費用啊。

大概要多少錢？

我不知道。

我還是覺得妳不應該這麼做，她說。我認為那只是給垂死的人用的。

不對，精神病人也適用——他們「厭世」了，根據瑞士法律，這些人同樣有權利尋死。妳也可以說，愛芙有如行屍走肉，她肯定是厭世了，這點我毫不懷疑。

我們望著城市、天空與彼此。茱莉微笑，叫了我名字。我也叫了她名字。我不知道耶，她說。

我不想要她死，我說，但她求我。她真的苦苦哀求。我該怎麼辦。

茱莉搖頭說她不知道。她建議我再等一陣子，看醫院的治療或藥物有沒有用，給她一點時間。也行，我同意，但我怕他們會讓她出院，她又會找機會自殺。

但也不要去蘇黎世啦，茱莉說。

我知道，我說，其實辦得到的。我應該做得到。

但妳不需要這樣做，茱莉勸我，再觀察看看接下來的情況。

瑞士診所有百分之二十一的病人都不是得絕症，而是厭世。

妳想妳能釋懷嗎？她問。

如果我不做呢？我說。

就看妳了。

我得回醫院接人，替大家覓食，因為，飯總是要吃的——當然了，在這種時機聚餐當然是尷尬又荒唐——不過茱莉也準備要去找她的心理醫生了。不要告訴他這段對話，我說。別擔心，茱莉告訴我，一切都是機密。也沒那麼嚴重啦，但是說真的，醫生如果意識到犯罪行為，是可以通報警方的。她抱抱我。她答應誰也不說，包括她的心理醫生。妳在發抖耶，她說，我能感覺妳的心臟怦怦跳。我們聽到遠處傳來人聲。一個女人說，好啦，你知道嗎，說真的，去你媽的！男人說，好啊，妳知道嗎？說真的，幹妳媽的！然後那女人說，你知道我花了多少錢嗎？那男人說，妳知道**我**花了多少錢嗎？

哇，茱莉說，妳真該找這傢伙來參加妳的辯論隊，很會反駁喔，老兄。

此時有個飛盤咻一聲飛過我們頭上，差點就削到茱莉的腦袋。

我的媽啊！妳知道**老兄**可能是我這輩子說的最後兩個字嗎？如果真如此，妳會替我說謊，說我不是講這兩個字嗎？

我答應妳，我說。妳可以相信我。那妳希望是什麼字？

嗯，我不知道耶，她說，例如，*Presto*（快吧）之類的。

妳是說，就像變戲法之類的嗎？

沒錯，她說。

沒問題，我說。我會告訴妳家小孩以及其他人，妳最後說的話是*Presto*。

謝了。

我們在普洛文雀大道的一間小餐館吃晚餐，這裡離醫院很近，然後大家走回我媽公寓，玩門諾教會認可的荷蘭閃電戰撲克牌，每次有人贏，他就可大喊，**閃電！**媽與我姨丈法藍克用低地德語咒罵，大家呼喊尖叫，撲克牌亂飛，我媽還得停下來噴氣管擴張劑，姨丈則是得立刻打胰島素。之後我找到足夠的床單被子，為席拉與法藍克鋪床——我會睡氣墊床——我跟他們說了晚安，說好明早五點出發。睡前，席拉和我坐在床上聊天，聊我們的姊妹蕾妮與愛芙令人費解的悲傷，還有我們的媽媽蘿蒂與提娜堅不可摧的樂觀天性。妳那隻腳後來裝了什麼？我問她。鐵釘、螺栓、金屬片和鋼絲，她說。她給我看延伸整條腿的疤痕。她買了一盒巧克力，我們各吃了兩顆。我確定妳媽會沒事的，我告訴她，她是老門諾的鐵娘子。我們又各吃了兩顆巧克力。然後我回頭到醫院找愛芙。

我拿了爸的老腳踏車，媽將它收在地下室的儲藏室，沿著洶湧大河邊上的自行車道騎向醫院。到了醫院，我根本懶得鎖車，就將它擺在精神科病房大樓前的草地，彷彿回到童年快錯過**迪士尼卡通**的心情。護理站的護士說現在太晚了，我告訴她我有要事不能等。想也知道她不相信我，但她也說，妳就進去吧，她沒有人支援，而且看《達文西密碼》看得正投入呢。

愛芙面對著牆側睡，睡得正熟，我將被子拉起來，鑽進她身邊。她背對我，但她的手放在肩膀上，彷彿她睡覺時仍在擁抱自己，我碰碰她的手，輕輕捏一捏，握住它。真是奇妙，我想，這骨瘦如柴、孱弱蒼白的血肉之軀竟能創造強而有力的音樂。我數著自己與她的呼吸，緩慢穩定。

我閉上眼睛，陪她睡了一會兒，大概有一兩小時，或也許只有二十分鐘吧。

愛芙小時候很會夢遊，爸媽得在大門裝上掛鏈，她才不至於跑離屋子。我哼著一首小鴨在大海游泳的歌，這首小曲是小時候她教我的，內容與勇氣及懦夫有關。她還是沒有醒過來。我不認為她醒了，但我也不想離開，可是我知道我得走了。我離開時，護士還請我下次注意訪客時間，我告訴她，沒問題，下一次，我會遵守一切規定。爸的腳踏車還躺在露濕的草地，我將它扶起來，感覺它比剛才輕盈多了，我檢查確認是同一輛腳踏車，褪色的紅色CCM三段變速腳踏車，是同一輛車沒錯，當然啊，從頭到尾就只有它——我跳上車騎進黑夜。

家裡每個人都已經進入夢鄉，準備迎接明天，我躺在客廳的氣墊床。我身邊有個藍色書架。當然有我的競技小說系列（上面都寫了全心的愛與感激），另外還有加拿大文學系列，以及一堆看來備受寵愛的推理小說。其中幾本比較厚的書已經被裁成一半或甚至三部分，然後再用橡皮筋紮起來，因為我媽到哪都要帶書，或帶書的一部分。接著則有幾本她的熟人的作品，例如朋友的小孩、教會的朋友、還有幾本經典作品和一本柯立芝詩集，這可是愛芙的前男友。我將它從書架取下，讀了幾首詩，包括這首：

在幻夢中（我心了然）

到店家走動，抑或就近照護，

你在親愛的姊妹床前來回奔走
腳步輕巧無聲，關照那虛弱的面容，
貼心呵護，撫慰那每一次的深刻痛楚，
那是充滿愛的良藥，和煦溫柔。
我也曾經有過姊姊，我那唯一的姊姊——
她仰慕寵愛著我，而我也極度尊敬愛護她！
我向她傾訴我一切微不足道的哀愁
（彷彿重病之人終於在護士臂彎得到安慰）
以及我內心一切惡疾殘缺
它們在友愛眼神的關注下，總令我羞愧畏縮，無言而對
喔！我總在午夜驚醒，淚溼衣襟，
因為她已然不復存在！……

我找到愛芙的柯立芝作品了！她就是引用這首詩做為自己AMPS的印記！那微不足道的哀愁。我躺在氣墊床，算是睡著了，卻又沒有完全入睡。我睡得不深沉，似乎游移在睡眠、夢境與清醒間，我也不確定了。此時我突發奇想，我要讓愛芙到多倫多找我，我會帶她回我家，我們可以

無憂無慮地散步聊天，我還可以在家工作，讓她不會寂寞。諾拉也會在家，我們就能好好討論蘇黎世，如果她還是想進行下去，至少從多倫多飛瑞士簡單多了。沒有人會發現，我會陪她到最後，再好好思考該如何收尾。

清晨時，大夥下了床，如雛鳥擠在餐桌旁，一面玩弄餐盤裡的食物，來回走動拿果醬、鹽和奶油，假意熱絡卻睡眼惺忪地打招呼。接著我們全上了車——傑森已經幫我將尼克的車停在訪客停車場，車鑰就藏在腳墊下，車門也修好了——然後大家出發到我們最新的俱樂部——聖歐迪利醫院。現在看愛芙還太早，所以我們全聚在阿姨床邊，親吻擁抱她，告訴她這次手術會像在公園散步一樣輕鬆。是啊，是啊，她知道啦，老天，不用再說這些噁心肉麻的鼓勵了，快點上場吧。席拉輕輕按摩提娜的手臂與雙腿。我媽握住她的手，法藍克姨丈答應她一出手術室，就會替她準備星巴克咖啡。阿姨要我們找地方休息，拜託快去吧。麻醉藥開始生效，提娜眼神變得明澈，話越說越慢，表情神祕難解。他們將她推進手術室，我們全站在一盞日光燈下，也許是在祈禱，又也許不是，久久沒有挪開腳步。

過了一段時間——當提娜還在手術時，醫生將她大腿的血管取下，放入她胸腔後，醫生對我們表示一切都很順利——媽和我帶著席拉與法藍克到精神科病房向愛芙道早安。我們想替姨丈找輪椅——他完全不想用，可是我們堅持，他乖乖坐上輪椅，我們走過護理站，彷彿軍隊的最後一道防線。有護士問，今天來了幾個人啊？我媽說，每個人都到了啊。但是，護士說，你們不可以一次全部進去喔。我們知道啦，我媽回答，然後繼續前進，後面的我們全都頭也不回地跟著指揮官大步往前（或坐輪椅）。

愛芙坐在床上寫東西。我看了她的筆記本，她至少寫了五十次**痛苦**。我將它拿起來，購物清單嗎？我問，然後將它翻過來，免得其他人看見，我跟她用眼神溝通，交換沉默的訊息。大家開始隨便亂聊。席拉告訴我們她最近治療了一位患了肺結核的年輕媽媽。年紀輕到小孩得水痘，她也跟著得，當她最後終於嫁給孩子的爸爸時，才掉了最後一顆乳牙。

愛芙拿起她的筆記本，撕了空白的一頁，然後寫了一封短信，將它折好，請姨丈在阿姨開完刀後交給她。他用手臂擁住她，說道，祝福妳，孩子。她告訴他很遺憾他得來病房探望她。他說，不會的，不用為了自己生病道歉，不用為了自己是平凡人道歉，不用為了厭倦而道歉（法藍克顯然從來沒當過女人）。愛芙說，但她還是覺得很對不起大家。愛芙一向是無神論者，但這陣子她似乎不介意人們用神安撫她。我媽、席拉和我大聲聊天，所以愛芙與姨丈那一段關於悲傷、放棄與力量的對話彷彿只專屬他們兩人。

我們提到藍鳥隊的春訓，今年的一軍名單等等，接著我們手牽起手，姨丈開始祈禱，媽也唱起歌。**你在我心中，你，你，你給我許多痛苦，你，你，你不知道我多愛你**。我媽和姨丈用低地德語唱頌，席拉、愛芙和我當然知道這首歌。接著我們唱起〈所有庇佑皆屬於您〉。門諾教徒在情境緊繃時，就喜歡唱歌。如果不能尖叫，或對著人群開槍，那就唱歌吧。我開始哭了，無法抑遏地哭泣。大家離開愛芙病房看提娜時，我徘徊流連，對著我姊低語，妳該奮戰了。尤蘭莉，她回我，我奮戰了三十年。所以妳要留我一個人走下去？我問。她沒回答。

我握住她的手說，愛芙，我有個計畫。

14

阿姨的手術完成了，她的生命卻也就此終止。一開始一切都很順利，再順利也不過，甚至術後狀況也很棒。醫生走出來見我們大家，拉下口罩微笑，與我們握手，也說他很滿意手術過程，一切都很平安。但後來，她的器官卻一個個跟著衰竭，儘管醫護全力搶救，終究，我們還是失去了提娜。

我們坐在休息室的長椅，頭埋在手中，大家以為這會是一記成功的空心球，但如今只能靜靜啜泣，輕聲細語。我們這一連再度遭遇襲擊，法藍克姨丈什麼話也說不出來，我們忘記他該打胰島素了。席拉告訴我們，最近提娜雖然人在溫尼伯，卻不忘打電話提醒他該打針。而我媽則失去了她的最後一位手足，她最親的姊妹。她站起來離開房間，我跟在後面追上她，看見她將前額靠在水泥牆上。

心臟科的護士交給席拉一個塑膠袋，上面寫著「聖歐迪利醫院所有物」。提娜阿姨毛茸茸的拖鞋、數獨小冊、凱絲・萊克斯的小說、老花眼鏡、牙刷、乳液、紫絲絨外套、時髦的黑色緊身背心與高筒銳跑白球鞋全在裡面。

我們當場開了家族會議。席拉會先帶她爸搭計程車回我媽公寓，打電話通知她家人，安排將提娜遺體運回溫哥華。我得告知愛芙，再去買點家用品，特別還要買咖啡，我媽還規定要到「黑珍珠」咖啡買最濃烈的黑咖啡，不要再去星巴克了。媽則會開尼克的車去梅因街的禮儀公司，與她的老朋友賀曼討論，賀曼也是老門諾，媽想知道火化的手續過程和購買骨灰罈的問題。

我坐在阿夕尼波因河畔的長椅，從手機發email給尼克。我告訴他再過五、六天，我就要飛到溫哥華參加提娜的葬禮，請他安排提前回來，不要讓愛芙一個人。我打電話給小孩，告訴他們事情經過，兩人在電話那端陷入沉默，難以置信。我能聽見他們在聽的音樂。我等到他們能再度開口說話，才跟他們說再見。天空轉瞬間變成黑紫色，閃電連連，風速加快，河面起伏劇烈。這是典型的草原暴風雨，因為天氣過度乾燥而導致的極端的天氣，我附近的人們開始找地方躲冰雹。我爬到長凳下，動也不動，聽見巨大冰球轟炸我頭頂的樹木枝幹。凳子下面黏有口香糖，甚至還有塗鴉。人名、愛心與髒話。我想到媽和阿姨騎著腳踏車，毫髮無傷地滑下聯結車車底，從另一邊爬出來時，兩人大笑到喘不過氣，那感覺肯定超讚。

我懂了。迅速進入難關，積極解決，然後抽離。思考、寫作與人生亦是如此，這是傑森清理污水槽的態度，他是對的。阿姨來溫尼伯陪我媽，想要幫助她，結果卻過世了。媽在陽台，她整個人沐浴在月光下，為她姊姊寫悼文。我們眼前的城市是一片溫柔的黑，今天白天雷雹交加後的寧靜，但空氣仍溼潤溫暖，彷彿戀愛中心滿意足的女人。我媽常替人撰寫悼文，因為她的文筆輕快活潑、鉅細靡遺，卻仍帶著一針見血的犀利，總令人們聽了心碎。我弄了一大盤義大利麵當晚餐，吃飽後，我與席拉出了門。我們就坐在我媽公寓外的人行道，她與人在溫哥華等著她們母親骨灰的姊姊討論細節。我能說什麼？席拉對著電話問，我能說什麼？最後我們回到室內，我媽聽席拉講述提娜的生平許久許久，直至半夜，席拉終於進了房門。我敲敲她的門，拿巧克力給她，她接過去，我抱住她說晚安，**小東西**，她媽都是這樣叫她的。她抱緊我，我們都哭了，我從另一間臥室拿了面紙，才發現媽竟然還在陽台上，我想叫她去睡。她說，不行。她還要寫一些話，她不介意再獨處一會兒。

這一切真的太讓人難以接受了，對嗎？我問她。是啊，她微笑。我讓她繼續寫悼文。

我進去發現法藍克姨丈還坐在烏漆墨黑的客廳沙發。我從來沒有看過他哭。他告訴我，提娜比他大好幾歲，但她的靈魂年輕多了。

真的？我問。你娶了比你大的女人？

我不得不這樣做啊，他回答，我還來不及請他解釋這句話，他又繼續說，提娜離開人世的速度很像她的做事風格，一切講求迅速精準。我們彼此都同意這就是最好的死法。留著一口氣又死不了是最慘的了，法藍克姨丈說。妳們的外公，蘿蒂和提娜的爸爸，一共臥床九年。在那之前，他可是我見過最意氣風發的傢伙。他很有自己的主張，主觀意識強烈，結果一中風就臥床，到最後他的手臂都跟他的身體黏在一起了。皮膚長在一起，就這麼躺了九年。

真的嗎？

真的！還好妳媽拔了插頭。她沒有真的親手拔掉維生系統，但有一天，她決心要讓他好好離開。

什麼？

我們得輪流替他抽痰——他的肺早就不行了，妳媽、提娜、所有的小孩和他的女婿媳婦。到最後，他真的快差不多了，他的肺積滿了痰，我們一定得輪班。妳知道我在說什麼嗎？

不太懂，但我大概猜得出來。

臥床九年，但在那之前，哇，這人的精力和生命力，真不是蓋的，Yoma！（最後這個字約莫等於「他媽的！」）輪到妳媽陪他時，只剩父女兩人在房間，他說，海蓮娜，海蓮娜，那是妳外婆的名字，他死去的老婆，我來了——我來了——

等等——什麼？他覺得他看見外婆了？

沒錯，他不是覺得，他是真的看見了！所以妳媽做了個決定，這很像她的作風，對吧？這些洛文家的女孩就像火星塞一樣，她沒有替他抽痰，那時她也是護士，她受專業訓練，她當然知道該怎麼抽痰，但是她決定不插手。他的肺已經都是痰了，她握著他的手，說一些話，例如請他放心，大家都會很好，請安心上路之類的話。這真的是她為他做過最貼心的舉動了，尤莉，很不簡單（他嘴裡喃喃說著低地德語，看著天花板，彷彿陷入幻想，陷入回憶），但還是得做。

我姨丈身形高大，他坐在我媽買的花卉圖案的沙發上，為他的獅心提娜哭泣，他的火星塞，我坐在他身旁，手放在他腿上安慰他。

我和我媽在飛機上。出發前，我去找愛芙說話。她卻什麼也沒說。我告訴她一切會很順利的，真的，我需要她，我瞭解她，我愛她，我會想她，我會回來看她，我們一起住到多倫多會很好玩的，諾拉很期待，我很清楚，只因為她不想活，不表示她就一定得死，就是這樣。如果她想死得優雅又有尊嚴，我需要她耐心等待，再撐久一點點，堅持下去，要知道有人愛她，要知道我想幫她，我會幫她，但我現在需要去做點事情，我和媽得去溫哥華參加提娜的葬禮，而我會回來的，接下來她就會到多倫多跟我住，好好放輕鬆，尼克也已經回到溫尼伯了，他每天都會來陪她。我得走了，但我得知道她會好好的，我需要知道她掌控自己的人生，我知道她的痛苦屬於心理而非生理層面，但她卻只想永遠結束，就此長眠，就算她人生結束了，我還是不能接受，所以我才想救她，這也是我們無法達成共識的關鍵。只要她希望我做什麼，我必然全力以赴，但一定要是因為我們已經無路可走，求助無門，而我絕對會不斷敲門懇求幫助的，一次一次又一次。妳可以吃點東西嗎？我問？妳能開口嗎？

她伸出雙臂，彷彿剛睡醒想討人抱的孩子，我投入她的懷抱，放聲痛哭。

走出精神科病房時，我停在護理站，我手掌朝天擺在櫃台，看來很像準備讓自己釘在桌面上。然後我開口哀求，拜託，我說，不要讓她走。兩位穿著天藍色制服綁馬尾的護士從電腦後面探頭看著我。拜託別讓她走。

對不起，離我最近的護士問，讓誰走？

我姊，我說，愛芙達．馮．力森。

我們為什麼要讓她走？護士問，她要出院了嗎？

沒有，我說，她不能離開，我拜託妳們不要相信她，她會說，她都康復了，也因為她很有說服力，妳們一定也會覺得沒問題了，空一張床位也好，就讓她出院，但是我懇求妳們千萬不要這麼做。

對不起，護士問，請問妳是？

我是她妹妹！

喔，對，護士說，妳剛才說過了。她看著病例，另一位護士還在看她的電腦。我們為什麼要讓她走？醫生有說她可以出院了嗎？

沒有，我說，我像個攀岩者緊緊抓住桌面。沒有，他沒有。我只想再跟妳們確認一次。我擔心妳們會讓她出院，因為她做出這種要求，她會表現得很正常，理智清楚。

那要由醫生判斷。

好，我說，但問題是她想尋死，如果妳們讓她出院，我擔心她會立刻去自殺，儘管她很有可能會向妳們保證，她絕對不會尋死。我感覺自己心臟狂跳。現在我是在喃喃自語了，我的話一個字一個字滴上襯衫，沒人聽見我在說什麼，她們也搞不懂我究竟是在搞什麼鬼。

抱歉，請妳再說一次好嗎？護士說，我認為出院是醫生在決定的。

就在此時，珍妮思從育樂室角落走了出來，我們雙目交會，我說，喔！珍妮思！珍妮思！我剛才請她們不要趁我不在時讓愛芙出院，我會回來帶她到多倫多住幾星期或幾個月，我請她們——

我咳嗽說不出話來。珍妮思抱著一把吉他。她將它擺上櫃台，走到我面前，她將手放在我的手上，她直視我的眼睛。

不要擔心，以愛芙這種情況，還有她過去的表現，我們不可能近期就讓她回家，而且沒有後續安排也不會放她走。我們還不確定接下來該如何處置她，到底長期照護機構或是固定回診對她比較好，我們也還不確定，但我們保證絕對不會讓她出院，除非計畫好未來的病情追蹤。

太好了，我說。我碰碰吉他平滑閃亮的表面。

尤莉，她說，讓愛芙到多倫多很棒。我謝謝她，她放開我的手，我再也不覺得自己從高樓墜下了。

我睡著了。醒來時，飛機還在穿越潔淨無瑕的白雲，媽的頭倚在我肩上，袋子打開了，裡面東西全撒在我大腿。我摸摸前額，那裡有一層薄薄的汗。我的身體彷彿緩緩滲出鮮血、汗水與淚水，就像清倉大拍賣，一切的一切都得立即處理，連我袋子那堆垃圾也全都冒了出來，彷彿它再也無法承受壓力。我媽驚醒過來，瞪著前方好一會兒。然後她說，呃，轉身看著我一秒鐘，似乎正想努力回憶自己人在何處，還有我到底是誰。我想，這樣就好了，就停駐在這一刻，不要回憶了。但她掙脫了朦朧未知，開口說話了。嘿，尤莉，有時我們必須勇敢一點，就是如此。有一年我媽擔任「兒童扶助計畫」的社工，她得從一位十六歲的毒蟲小媽媽手中搶走她的嬰兒。那女孩在辦公室攻擊我媽，打碎我媽的眼鏡，結果我媽鼻樑留下很深一道傷口，那醜陋的傷疤至今在她的古銅臉龐上仍然醒目明顯。我摸摸那小疤痕，媽將我的手拿開，緊緊握著它。

我同意，媽，但到底該多勇敢？我問。

這個嘛，我媽說，至少要跟索忍尼辛[31]一樣勇敢。

那，媽……

怎樣，尤蘭莉？她對我微笑，將頭湊近我，才能聽見我說話。

我覺得如果愛芙可以來多倫多跟我住一陣子應該會很不錯，等她出院以後。

31 Aleksandr Solzhenitsyn，前蘇聯時代傑出作家，嚴詞批判史達林政權。

喔！我媽說，很好啊！

我反正都在家，諾拉也常常在家。這對她是不一樣的轉換，沒有壓力，可以試試看，妳想呢？如果她想彈琴，我可以租一架鋼琴，我們甚至可以租一艘船什麼的。

船？我媽問。

因為我住在湖邊。我們可以划船。

我們沒有繼續討論下去，我們在聽後面那排的兩位少女討論學校、排球隊、男生和青春痘，接著有一個聽來已經醉醺醺的年長女士插嘴：喂，妳們兩個小鬼，我給妳們一百塊……只要妳們降落前，不要再說**是怎樣啊**這三個字。女孩們住了嘴。女人問，可以嗎？女孩們問，是怎樣啊，妳是說一個人一百嗎？聽見這段對話的人全笑了。接著，走道上有位先生開始抱怨某人的小孩在他站起來拿頭頂置物箱的行李時，竟然咬了他臀部一口。這是真的，我也目睹了，一個三歲小孩在走道跑來跑去，也許太無聊了，結果當她突然與這位先生的臀部面對面時，她就張大嘴咬了一口，男子大呼小叫，因為他不知道是什麼咬了他，小女孩站在原處，雙手交疊，媽媽不斷用完美的英國腔道歉，命令小孩跟對方說對不起。我不要，孩子的口音也超可愛的。最後那位男士說，沒什麼啦，只是嚇了一大跳，這件事就算了。但那媽媽堅持要孩子道歉，妳一定，百分之一百要道歉，直到從14A到26C的乘客都勸媽媽，唉呦她就是不肯嘛！

真的不錯，尤莉，我媽說，愛芙覺得呢？

她也說好，我說，我會讓她睡在諾拉的房間。諾拉會很樂意睡在客廳的沙發，我會在家寫書，我們會散步、吃飯、睡覺。愛芙想做什麼，我們就做什麼。值得一試，對吧？

我喜歡划船，我媽說，尼克拉斯呢？妳跟他提了嗎？

還沒有，但我確定他沒問題的，我說。他會很想她，但又不是不回來了。

妳確定妳真的可以？我媽問。我們也不知道愛芙接下來會做什麼，想也想不透。

我知道，我說，可是，這沒有差別吧？無論她在這裡或多倫多，我們還是會擔心，所以改變也許比較好吧？反正沒有巡迴了，她不用去想這件事。幾乎什麼都不用想了。

嗯。我媽似乎不是很確定。應該是不錯，對嗎？

葬禮過後，我們坐在教堂的大餐廳，吃火腿乳酪三明治，回憶提娜的種種。法藍克姨丈攤在座位上，他的臉離跟他說話的人很近，神情專注一面點頭，不願錯過任何一個字。如果他可以吸收別人口中關於他那位可愛有趣妻子的點點滴滴，將每個字每個音節深深藏在他的體內，那麼也許他就可以將她留在身邊久一點。我喜歡他傾聽的模樣，彷彿他的生命就仰賴於它了。

葬禮在門諾教堂舉行，因此那群永不贊同的長老（這些人從未休假，連葬禮也是）站在一個角落，偶爾瞪著我們，我們早已習慣他們的負面態度，設法不看他們。我們在告別式前走進會場，我媽嘆了一口氣，然後深呼吸說我的天啊，此時有一百位黑衣男已經坐定，我知道她的意思。不要在意，我對她低語，她揑揑我的手，隨我走到前排的女性親屬座位。暴力是永恆的。它會改變形態，像嚴冬深入骨髓。和平主義者又該如何應付這種永恆暴力？因為又不能直接回擊？我們唱了四段頌詞。法藍克姨丈坐在前排男性親屬區，當我們唱〈耶穌永遠是我的友〉時，他轉過來對我們豎起兩根大拇指，我們也回他同樣的手勢。

在大餐廳時，我聽到我媽跟表哥漢斯斷斷續續的對話：她來溫尼伯陪我，結果卻過世了！稍早在葬禮前，我一些表兄弟姊妹跟我到了蕾妮的墳前。墓碑寫著**在耶穌臂彎安逸長眠**。阿姨的骨灰要葬在山丘不遠處，位於蕾妮的墳墓北邊。這個老墓園很小，草木青翠，讓我想起東村鎮的那處墓園，那裡有我的外公外婆，海蓮娜與科尼涅斯，在兩人墓地後面，則有整齊排成一列的小墓碑，那是他們早夭的寶寶們。海蓮娜生了十六個小孩，只有十個活到成年。我不知道海蓮娜如何應付她的悲傷。假設，忙了一天後，到了夜晚她終於有時間思考或哭泣，我不知道她是否知道自己為何或為誰而哭，還有，我外婆是否曾經對我外公說，老公，不要，今天晚上不要了，我們生了十四個或十五個小孩，我都不記得了，而且，親愛的，我親手埋了六個孩子，我好累。如今她的提娜也走了，她的蘿蒂是僅存的一個孩子，而且正努力與她的軍隊奮戰。就是這樣。

葬禮後，大家都走上台，分享一些他們與提娜的回憶。我看到自己好多年未見的親戚，席拉原本是口氣愉悅的主辦人，她的丈夫戈登卻得在席拉在麥克風後哭得說不出話來時，上台講一些話，戈登謝謝我們大家前來參加葬禮，還說很可惜最愛派對的提娜無法參與。席拉翻了個白眼，看來她已經恢復心情了。她搶過麥克風說，這輩子，我媽的心臟從來沒擺她一道……直到這一次。她又說了一些話，接下來開放其他人致詞。她後面有一張桌子，擺滿提娜在不同人生階段的相片。我最喜歡的是有一張她大約十六、七歲時，搭著她爸的奧斯莫比車，對大家揮手，她臉上笑容如此燦爛。等會見！我要去大城市囉！

麥克風旁的地板上有一只精緻的木造骨灰罈，看來很像一個迷你許願池，裡面正是提娜的骨灰。我們五十六位表兄弟的其中一位妻子上了台，告訴我們提娜是如何開著廂型車，風馳電掣駛過大街小巷，總是知道如何躲避警察臨檢，這位女士說話時，她的學步兒緩緩爬上台，接近骨灰罈。他坐在它旁邊敲敲它，但他媽渾然不覺，依舊在講述提娜的事蹟、她魅力十足的特質、她的英勇、溫柔、對生命的熱愛等等。此時小傢伙竟打開了骨灰罈。我們全都睜大雙眼看他開始把玩曾祖母的骨灰，他的白衣白褲及小臉龐都被沾黑了。接下來，他拿了自己的小髒手將骨灰往嘴裡送，此時現場全都注意到了，他爸立刻衝上台將孩子抱下來，很多人都在大笑（除了那群表情嚴肅的黑衣人）。孩子的媽不再發言，她看見丈夫已經控制住孩子，拍掉孩子身上的骨灰，然後將提娜的骨灰罈蓋上。那位媽媽，也就是我表哥的妻子繼續說完提娜的故事。這讓我學到一件事，就算某人正吃著葬禮主角的骨灰，也不表示主講者應該暫停自己的演說。

我站在教堂前的走廊，小聲與諾拉講電話。她覺得自己的腳趾在她朋友媽媽的跑步機上折到了，她現在心情低落，因為她很確定下星期的最後一場預演自己不能參加了。威爾又得回紐約開始暑期打工，她爸還在婆羅洲。她在哭。妳能再去柔依家睡幾天嗎？我問。不行，柔依的爸媽要帶她去邱吉爾看北極熊。安德呢？我問。他住在我們家太多次了，那很奇怪，她問，妳就不能回家嗎？

15

回到多倫多後，坐在我的棕色大躺椅三小時，直直瞪著牆壁。諾拉的腳趾沒有骨折，只是扭到了，所以她能參加那場重要的預演。她在熱敷腳趾，總是用一隻腳站立，另一腳則扭成令人匪夷所思的角度。她問我丹恩何時會從婆羅洲回來。我不知道，寶貝，我說，她彷彿瞬間失去元氣，肩膀低垂，眼神轉暗。妳想他會回來看預演嗎？

螞蟻已經消失無蹤，威爾將房子上下打掃過了，我們買了中國菜回家吃，看電視轉播世界盃，然後諾拉與安德出門約會，我開車帶威爾到機場。我抱了他許久，可能他覺得太久了，但他沒有掙脫。妳還好嗎？他結巴問我。我回答，老樣子囉，還好。我愛妳，他說，妳是好媽媽。天啊！我回答，謝謝你！我的眼眶立刻盈淚。你也是好兒子！我們不再擁抱，只有相視而笑。妳也是個好妹妹，威爾說。眼淚掉下來了，真沒用。我連聲說對不起，威爾揮手表示不介意。他握住我的手好幾秒。你也是好哥哥！我說。好了，媽，我該走了，一個月後見吧，我晚上就會打給妳。我望著他徐步走過安檢，跟安檢人員閒聊幾句，交出他的登機證，取下皮帶放進一個塑膠籃，這些動作如此精準、冷靜、自制。或看來如此。他現在是個男人了嗎？

尼克和我媽大部分時間都在醫院，我們的對話很簡短，都與愛芙近況有關。大家都活著？大家都活著。有沒有變化？沒有變化。時間彷彿暫停了，大家都靜止不動，我花了很多時間在電腦前研究我們的瑞士選擇，思考自己到底該怎麼做。我沒有跟多倫多的任何朋友談過。我到了銀行，問行員能否借貸兩萬元。我想這筆錢應該足夠讓我們飛到瑞士，然後讓我一個人飛回來，支付「治療」以及飯店，加上火化跟骨灰罈也應該足夠。我放了一疊我的小說在桌上。他問我有沒有擔保品，我說沒有，我什麼都沒有。我告訴他，我希望能盡快拿到下一本小說的稿費，這樣我就能付清貸款了。他說我應該下星期再找一天回來找另外一位先生，還要帶我的作品合約。我告訴他合約還沒收到，我的經紀人還在擬。我還解釋我另有一本書（結果我把書說成船，「我還有另一艘船」），但我還沒寫成。這傢伙說，如果沒有合約，表示我沒有資金流入——不管是書或船——銀行都不可能借我錢。

愛芙有錢，但那是她與尼克的共同帳戶，如果我領了一大筆錢出來，他會立刻起疑。我打電話給他，問他愛芙有沒有提過要來多倫多。沒有，他說，如果想去也可以啊。他的聲音比平常低，也沒有問我細節。他只說，好啊，當然。我提到船的事情。我對船實在走火入魔了。他說就他所知，愛芙對划船沒啥興趣，但也好啊。

我寫了email給出版社，告訴總編一個月後，我就會寫出第十本競技小說。我發狂地寫書。我手上還有點錢，是我那本領航員小說的藝術獎助金，此外，溫尼伯的房子出售後，我也拿到了一點錢。每天我都打電話給尼克和媽，瞭解最新狀況。尼克通常一天去兩次，也說沒什麼變化，愛芙的心理醫生沒時間談，我媽最近比較少去，因為她受不了了，醫護人員常斥責愛芙，因為她不遵守規定，也對我媽說教，說她必須要對女兒更嚴厲，甚至威脅要對我姊做電擊治療——我打電話到護理站懇求她們，她們保證不會放她走。事實是，她住院住到快死了。護士告訴我，她們不會讓她出院。她們要我泡茶喝，冷靜一下。我問她們我能否與愛芙說話，她們說，除非她走出病房，自己到育樂室接電話才行。有時我會在深夜打電話，問愛芙是否還在。有一次她們說，在，不過妳該去睡了。我想告訴護士不要叫我去睡覺，但是我忍了下來——然後向她們道歉。

我與尼克約好，每次他去看愛芙就打電話給我，他會將電話放在她耳邊，我會談到我們的計畫，我說我還在安排該怎麼做，很快就會去找她，我這裡有點工作，然後就會回去溫尼伯了。我說話時，她緩緩呼吸，但她還是沒開口。有一次我跟她說話時，她突然出聲音了，清晰有力。

妳到底什麼時候才要來接我，尤莉？她問。

最近寫小說時，我經常大白天躺在床上思考。我不確定墨西哥會不會比較好，也許，在那裡處理喪事比較便宜吧。我想像自己躺在吊床，如搖籃般輕輕擺動，回歸嬰兒期，回歸空茫，一切皆空。在我看來，墨西哥比瑞士與死亡更有關連。那裡雖然混亂卻神祕無比，更接近世俗塵囂，它可是一個會在墓園開派對慶祝亡靈節的國家呢。瑞士只能讓人想到瑞士刀、凡事講究精準、中立無戰事。諾拉替我們做了冰沙，我們吃了所謂的「考古餐」，這是她最新發明的節食法，裡面有許多肉類與堅果，就像穴居人類的飲食。她的表演甜美高雅又感人，在回家路上，她與安德喝思樂冰，似乎在後座撫摸彼此。如果威爾現在如我爸形容「已經抵達男人的海岸」，那諾拉可說是依舊漂浮大海，載浮載沉，迎戰洶湧的青少年浪潮，放眼望去，還不知道海岸線在哪裡呢！公寓熱得令人受不了，那棵被剪光的大樹又長回來了，再度用綠蔭包圍我們。我們又回到過去，回歸黑暗。

我日夜不輟打電話給醫院。她在嗎？她在。她在嗎？她在。妳們不會讓她出院吧？我們不會讓她出院的。

16

我打電話給愛芙，告訴她我很快就有錢去蘇黎世，我會用信用卡，但第二天早上，我媽打電話告訴我愛芙可以放一天假，院方讓她回家慶祝生日，想來真有意思，也許愛芙不後悔降臨這世界吧，真的。

我急著要確定她人待在醫院，讓我湊到足夠的錢帶她去蘇黎世，所以我根本忘記她的生日。我媽說，尼克準備去接她，媽也訂了蛋糕，晚一點就會送到家裡，另外，媽還會帶香檳和花，今天會過得很開心，媽強調，口氣猶如預言家，這是一個很不錯的決策。我掛上電話，坐在一張形狀像手掌的塑膠椅上，它是諾拉從別人家的車庫撿來的，她一眼看到它就說，就它了。

諾拉當天早上晚些時候進了家門，我告訴她，愛芙準備回家慶祝生日。很好啊，諾拉說，可是這樣就很難再讓她回到醫院囉。我同意這一點，一定會非常困難。我打電話給尼克，但他沒接。我又打到我媽公寓，也沒人接。諾拉問我想不想打網球，我們開始在屋內找起球拍與球，穿上皺巴巴的短裙與T恤，然後出發到不遠處的網球場。我們打了好幾局，東奔西跑，幾乎每一球都錯過了，然後跟小女孩一樣對彼此道歉，不斷喘氣。我們總共打了四、五局吧，還在場邊共享一份霜淇淋，那是我們從路邊攤的小餐車買的，餐車還不斷播送〈小小世界真奇妙〉。我一直回憶歌詞，那到底是什麼世界來著？此時，我的手機響了，丹恩打來的。喔，不，我想，不要現在好嗎？我接起電話，他問我還好嗎，問我人在哪裡，在做什麼，我準確地回答他每一個問題。你不是在婆羅洲嗎？我問他。他說是啊，他是，但是尼克找不到妳，所以很慌亂地打電話給我，尤莉，他說，我有壞消息。

我問他我媽知道了沒，他說沒有，尼克打電話到公寓和手機，但媽都沒接。

她去找蛋糕了，我說。

啊，丹恩說，好吧。接著他說尼克也一直打給我，但我都沒接。

是啊，因為我們在打網球……

小尤，他說。我把電話遞給諾拉。妳接吧，我說，我不想聽了。

諾拉和我走回公寓。她拿了球拍和球，我抓著她空出來的那一隻手。我覺得很奇怪，我竟然還聽得見地下鐵的轟隆聲，後來才意識到那是我的思緒，它們一個接著一個，沒有停歇。

醫院打電話給我好幾次，一開始我沒有接，因為我正忙著訂機票到溫尼伯，我每分鐘都打給我媽，卻根本沒人接聽。最後，我終於接了醫院的電話，我應該沒見過對方，她自稱是什麼執行總監的，她問我接到消息了沒，我說有。她告訴我她很抱歉。我掛了她電話，她又立刻回電，問我能不能聽她說話，她想解釋事情經過。我告訴她，我知道發生了什麼事。她的聲音非常溫柔專業，毫無停頓，沒有辯駁。我看著諾拉在家裡忙進忙出，準備我們要帶去溫尼伯的行李。那女人問我是否獨自一人，我說不是。我告訴她，很抱歉，但我得掛電話了，我得安排很多事情，而且我連我媽都還沒找到。她告訴我她瞭解，但她還是得解釋。

我該怎麼說呢？她問。

我質問：妳們為什麼讓她出院，妳們不是日日夜夜都向我保證絕對不讓她離開醫院嗎？我難道不能相信妳們？她請我暫停一秒鐘，因為警方打給她，跟我姊的狀況有關。狀況？我說。我坐在地板上，不斷聽著萊諾．李奇的〈百變女郎〉從話筒那端傳來，我也不記得到底那位女郎究竟變卦了幾次了，最後我才發現我根本不用等她，我不用聽那什麼執行總監的話，就是這樣，所以我掛了電話，站起來幫諾拉收拾行李。

我打電話給威爾，但他沒有接。我打電話給他在曼哈頓的爸爸，解釋事情經過。問他能不能替我找到威爾，請他替兒子買好機票飛到溫尼伯，我會還他錢的。他告訴我他很遺憾，機票的錢他來付就好，他現在就會下班去找威爾，因為威爾應該是到皇后區做園藝了。我和這位前夫好幾年沒說話了。他當然認識愛芙，現在他也在電話那一端哭泣。我等著他開口。很抱歉，他說，她是個了不起的人，他說，她對我一直很好。她**做什麼事情都那麼投入**。我謝謝他，互道再見。我打電話給茱莉，告訴她一切，請她到我媽公寓等她。我打電話給我媽的兩個好友，告訴她們愛芙的情況，也請她們到我媽公寓等她。我還是找不到尼克。我又打電話找我媽。她在公寓。電話接得可真快。

很多人在妳公寓嗎？我問。

沒有啊，為什麼？她問。我一個人在。

大家都在路上了，我說，她問我發生什麼事。

告訴我，她說。

17

那天晚上，我們齊聚尼克與愛芙的客廳，諾拉和我還穿著網球裝。我們有帶其他衣服嗎？我問諾拉。有，她說，我們帶了參加葬禮的洋裝和內衣褲。威爾剛從機場搭計程車抵達。現在他在廁所，他在裡面待很久了，一定是在哭，年輕男人與年長女人都喜歡這麼做。

尼克告訴我們，他從醫院接了愛芙，直接回家，後來她請他幫她到圖書館跑一趟。我們先吃午餐吧？他問，她答應了。他說午餐很美好，很正常，很開心。他坐在她對面，兩人彷彿回到從前。然後他去圖書館拿她想看的書，時間頂多二十分鐘，因為圖書館就在附近，等他回家時，屋子空無一人。

她想看什麼書？威爾問。他已經從浴室出來了。尼克說那全是她過去看過的書，她記得那些書改變了她的人生，或給她……讓她感覺更有生命，我不知道……他聲音越來越低。威爾說，例如什麼？尼克說，例如D．H．勞倫斯、雪萊、華茲華斯……我不知道，書全在那裡。

他揮手指著電腦桌旁的那疊書。我們全看著它們，然後立刻別過頭，做不到，我們就是無法看著她要的書。我們坐在安靜的鵝黃色客廳，我兒子和女兒坐在外婆兩側，緊緊倚著她，宛如她的左右護法，他們用手臂勾住她，似乎希望這樣抓住外婆，她就不會往上飄，如氦氣球般消逝無蹤。

我媽不斷說四個字：**可不是嗎？**威爾說她該坐一下時。**可不是嗎？**諾拉抱著她，說愛芙現在不再有痛苦了。**可不是嗎？**尼克謝謝她生下他畢生唯一的摯愛。**可不是嗎？**當她問現在該怎麼做，我們一致回答，好好深呼吸吧。**可不是嗎？**

這是一間漂亮的房子。我看到愛芙的琴譜整齊擺放在琴上。我看著她多年來收藏的玻璃藝術品，完整陳列在書架上。好了，愛芙，我想，妳真是聰明，拿書當藉口把他支開，要他去圖書館，他一定會去的，救我者，書也，毀我者，書也。圖書館。當然囉，愛芙，妳真的很厲害耶！我幾乎笑出聲了。她說圖書館和文明是什麼來著？因為你答應過了，她說，你答應要還書的，你答應會回去圖書館。還有什麼機構能讓人這麼忠心耿耿呢？小尤？

門鈴響了，沒有人移動。又響了第二次，喔！尼克說。等等，我說，我來。原來是高草蛋糕店送來我媽訂的生日蛋糕。我謝謝送貨小弟，將蛋糕捧進客廳。那是精緻潔白的鮮奶油蛋糕，溼潤輕盈，糖霜鼓勵愛芙追求快樂。大家都有一片可吃，尼克謹慎地切著蛋糕，將它放在愛芙的白瓷餐盤，我們吃了蛋糕，望著夕陽餘暉映照在藍色的玻璃大碗上。

到了深夜，蛋糕與陽光消逝後，我們也離開了。尼克在前廊送我們，他穿著卡其短褲和舊的龐克T恤，他週末都是這樣打扮的，以放鬆和舒適為原則。我媽問他一個人獨處可以嗎？他張開手臂，頭部垂得很低，靠上我媽肩膀。威爾問他需不需要留下來，尼克揮手說不用了，但謝謝威爾。他爸媽、弟弟，還有其他幾位好朋友過幾天就會來著他，今晚他一個人就好。

稍晚在我媽公寓，我打開一包東西，它是我離開尼克家時他給我的。裡面是愛芙正在寫的一篇故事。我不知道她在寫書。她稱它**《八月的義大利》**。我隨便瞄了一眼，讀了一小段，主角表達自己對義大利無可救藥的愛戀，她很想去那裡，因為她「虛構的姊妹」都在義大利，主角還列出這群虛構姊妹曾經出現的小說，還提到姊妹們如何呵護她，拉她一把，在人生最絕望的時刻拯救了她，加上生存面臨的悲憤與無奈。啊！原來愛芙還有其他姊妹！有那麼一秒鐘，我心生嫉妒。她們幫了她，但我卻沒幫上忙。她熱愛這些書，這些書也愛著她。嫉妒心消失了，接著，有種奇特的感覺浮上心頭，我的悲傷似乎稀釋了，擴散蔓延到我們所有的女人身上，包括這些姊妹，儘管其中只有我真的有血有肉。我翻過手稿到最後一頁，讀了最後一段。

雖然在書的結尾向讀者說再見並非常態，但我卻不得不在這裡說聲再見了。這是一本充滿告別的書。我只能假設，我需要不斷地說再見，並分析背後的原因，才能更理解它的意義。感謝你們陪我走了這一段旅程，你們真是一群忠實的聽眾，有你們才有我。我發現自己面臨這個分開的時刻，反倒突然不知所措，你們已經佔優勢了，因為你們已經更認識我的人生，但我對你們幾乎一無所知，此時此刻，讓我祝你們未來一切順利。我從內心深處向你們說再見，永別了。如果此時我眼裡有了淚，那也是為你們而流。再見了。

威爾睡在客廳沙發，諾拉、我媽和我擠在我媽的大床。上面的東西全都撥到地毯上了：推理小說、衣服、眼鏡、行事曆、筆電，但我們沒怎麼睡。我們聊天到三更半夜，天將亮起才閉眼休息。我們討論愛芙，她無人能比的風格，回憶過去，回憶一切。除了未來，想來那也許會是肉搏戰的現場。現在是六月，太陽早早升起。過去六星期以來，我不斷來回飛越加拿大，從西岸飛到東岸，飛回西岸再飛到東岸。

這是我參加過最奇特的睡衣派對了，諾拉說。

可不是嗎？我媽回答。

我們看了一點世界盃，感覺整場賽事踢好幾個月了，真是漫長難耐。我們陪著輸家一起哭泣，可能多少學習對方應付傷痛的方式，但老實說，我們一點興趣也沒有。後來諾拉提議我們學足球隊員，在賽後交換T恤，結果我媽穿了一件非常小的網球汗衫（沒錯，就是那一件），上面寫了**村上春樹　挪威的森林**。諾拉身上則是我的T恤，上面是**內地水泥**，我則是穿了我媽上世紀穿的舊睡衣，那是我爸送的。我記得他在波特西街與印象大道路口的哈得遜灣商店，挑選這件睡衣的模樣。我爸總習慣在耶誕節買睡衣給我媽。每次幾乎還會送上一盞檯燈，全是能讓人安然過夜的好東西。或者說，其一助你安眠，另一樣讓你清醒，就像藥物。有時愛芙和我會陪他挑衣服，有時是可愛素雅的法蘭絨睡袍，有時是輕薄短小的睡衣。我沒有特別多想爸為何要買這些睡衣，而且愛芙和我後來也影響他挑衣服的風格，因為我們都長成女人了。

有一晚，當我是小孩，而愛芙還是少女時，我們在門諾小鎮的家裡準備吃晚餐，愛芙走到餐桌旁，對桌子嗤之以鼻。擺桌的米老鼠是誰啊？結果是我爸，因為媽太累了，要他擺桌，在前一年，我們才提醒我爸，女性與其他弱勢族群應當共享權利。我爸幾乎很少對其他人動怒，但那天他有點不爽，他說他努力想當現代好男人，還幫忙擺桌，結果大家竟然恥笑他，何必呢？總之，想到愛芙說「擺桌的米老鼠是誰啊？」這句話的畫面，在我看見她殘缺難辨的臉龐時，倏然出現在我腦海。媽堅持在愛芙火化前見她最後一面。壓碎她身軀的是一列火車，當年讓爸粉身碎骨也是火車。愛芙沒有在鐵軌上等很久，她把時間算得剛剛好。暴力是否直接竄入我家人的骨骼與血液？尼克和我陪著我媽走進空蕩的禮儀公司，我們站在媽兩側，緊緊挽著她，看起來真像準備跳俄羅斯民族舞蹈的三人組。禮儀公司的主管建議我媽，如果她真的想看我姊，最好只看手。他會讓愛芙躺在木造棺材內，只露出她纖細蒼白的手。我媽根本不聽。我就是要看女兒的臉，媽堅持。也因此，愛芙就在我們眼前，她額頭的大洞被縫了起來，彷彿自製棒球，此時的我心想，把我姊的臉縫起來的是哪隻米老鼠啊？在我瞪著她一分鐘，希望她多少能眨眼或睜開雙眼，笑看這荒謬的一幕後，我改變心意了。一股難以抵禦的感激心情湧向我，我要謝謝禮儀公司的人如此盡心盡力，恢復我姊美麗的容貌，只為了讓媽再看她最後一眼。

愛芙將她的壽險金全留給我，還讓我接下來兩年，每月都有兩千元可領，讓我安心寫作。妳加把勁吧，扭扭，她留給我一張紙條，上面這麼寫。除了替我的孩子存了信託基金，讓我媽有一大筆錢可以出國旅遊，買最好的助聽器，換一輛帥氣的新車，她將其他一切全留給尼克。我會用那筆壽險金買一棟老舊待修的房子。我想，愛芙會很高興我這麼做。她是在說我沒說到做到嗎？她到底想不想來多倫多？我到底想不想帶她去蘇黎世？

媽會搬到多倫多與我和諾拉同住。

我真的可以嗎？她在電話上問。

妳一定要來，拜託妳，我說。

沒有辯解，不要討論，我們是該讓馬車轉向了，我們失去了一半人力，補給也岌岌可危，冬天又要來了。我們三個女人要住在這間破舊的老屋子，一切都要謝謝愛芙。

18

大半夜我躺在空屋子的一張氣墊床上，聽尼爾森說起他的寶貝們，在加拿大以及牙買加的寶貝，以及她們為何讓他難受，所以他才得日以繼夜工作。尼爾森站在鐵梯最上方粉刷天花板。我沒有跟尼爾森上床。我是雇他來替我粉刷屋子的。我時而清醒時而昏沉，努力想回憶幾年前我跟愛芙的對話，差不多像是這樣的：

嘿，妳耳朵裡面是什麼？

我耳朵？沒有啊。

有，妳耳朵肯定有東西，尤莉，像是精液之類的……

我耳朵才不會有精液。

真的是啦！我很確定。沒錯，那就是精液。

是洗髮精啦。

不是洗髮精，過來。

不要啦！

真的，妳給我過來，我檢查一下。

不要。

那到底是什麼？嚐嚐看。

是洗髮精啦。我才剛淋浴。

妳怎麼知道？妳嚐嚐看。

愛芙達，我不用嚐我的耳朵，那就是洗髮精，根本不是精液，因為我最近完全沒有——

哈！老天，妳很會說謊喔……放鬆嘛，我覺得有精液很好啊。

我聽著尼爾森滔滔不絕講他的私生活，一面將龜裂的天花板漆成煥然一新的白色。我的新家其實搖搖欲墜，但根據仲介的說法，它的骨架堅固耐用，我就怕她說的都是實話。昨天我在廚房櫥櫃發現一本應該是前屋主留下來的書《古今連續殺人犯》。其實，仲介一開始根本不想帶我看這間房子，一提到它，她就會做鬼臉，說這裡很噁心髒亂，但我告訴她時間不夠，我媽就要搬來了。

房子離一座被污染的小湖很近，正好位於一間禮儀公司、一間精神病院和一座屠宰場之間，看來正符合我們的需求，當我對媽形容房子時，媽就這麼反應。牆壁斑駁龜裂，要不就是有大洞，要不就是看起來快要整片垮下來，地板都壞了，樓梯的台階全裂，屋內的一磚一瓦幾乎已風化成灰，如火山灰覆蓋了屋子每一個角落，每次一開口，灰塵就飛進嘴裡，有時連眼睛也不放過。屋頂需要全部重做，地基都是洞，後院雜草蔓生，還有臭鼬住在門廊下方。有一天深夜，我遇上一位妓女正在與她的客戶會面（今年升上大二的威爾說，我們得叫她們「性交易工作者」），甚至拿我家後院籬笆當場地。我大喊，喔！天啊！妓女鼻頭有個硬幣大小的結痂，彷彿她本來準備當小丑，結果改變心意要當妓女了。每天早上我都會拿一根長夾撿地上用過的保險套與針頭，將它們放到後門的藍色水桶，這扇門開的方向是錯的，我一天要被它打到臉好幾次。等到水桶裝滿，我會……我也不知道了。我家所謂的院子只不過是一大片泥土與垃圾，而土壤早被附近工廠的有毒鉛排放物污染了。

我媽再過四星期就要隨聯合搬家的卡車一同抵達，在那之前，我得將這棟臭房子修整得至少有模有樣。諾拉要住在頂樓陪閣樓的松鼠，睡二樓的我有老鼠相伴，媽睡在一樓，離臭鼬很近。我們三人能在自己的樓層，踏出破破爛爛的紗門，走上專屬的露台或門廊，畫面想來真像《波希米亞人》的某場景。據說，這是療癒自己的最佳方式。我家後門對巷有間廢棄的空心磚工廠，它遮蔽了西方的天空，但只要爬上三樓，就幾乎感覺自己能遠眺溫尼伯。

廢棄工廠周邊有條臭水溝，大家都將垃圾丟到裡面：嬰兒床、壞網球拍、電腦、髒內衣、鬧鐘等等。大半夜時會出現兩位穿青蛙裝的先生，默默站在水溝將垃圾抽吸出來，讓水溝繼續流動，於是，棕色的有毒液體一路往南朝阿德雷德，最後流進安大略湖，讓汙物自得其所。我另外請人在屋後蓋了一間臥室，寬敞明亮又溫暖，希望未來我能種出枝繁葉茂的後院，有藍天相襯，讓人能充滿夢想。我準備讓我媽住。

修理房子的一個傢伙曾約我出去，參加父母酗酒的成年子女互助團體。當我告訴他，我爸媽並不喝酒時，他說那不重要，家家有本難念的經。另一位曾經在布加勒斯特擔任哲學系教授的工人則會在前廊階梯尿尿，也鼓勵同事們這樣做。他宣稱人類尿液可以趕走臭鼬。每天晚上，歷經炎熱潮溼的白天跟人討價還價，拿現金給不同的工人後，我總會躺在空蕩的屋內，聽尼爾森用美妙的腔調講述他牙買加家鄉的寶貝、女人與工作。

我的右眼感覺快爆炸了，現在是八月，它整個腫起來，我的眼圈全是黑的。我對秋天過敏，也對死亡過敏。今天我與朋友有了爭執，她哄我離開家門，說我需要呼吸新鮮空氣，改變心情，說我需要往前邁進，我看我只能邁出小寶寶的一步吧。

真是一大錯誤。

我們坐在一間叫做「拯救優雅」的小餐館，點了蛋來吃。她告訴我，她最近很擔心我，我所經歷的一切都太可怕了，對她來說，「自己了結自己」就是一大罪惡，從古至今皆如此，因為死者為生者帶來深刻的創傷。我問她，如果可惡的生者為人們帶來苦痛，那又怎麼解釋？這些人也是有罪，不是嗎？

好吧，她說，但我們生在這世界上，就算我們沒有選擇，卻也承繼了許多生我們、養我們、愛我們的人的期望與責任。大家都有自己的折磨與難處，但自我了結就是自我終結，我認為這是最虛榮的做法，太自私了。

妳能不要再說「自我了結」嗎？我問。

那我該怎麼說？她問。

自殺！有人被殺，妳會說，喔，他是別人「了結」的？這又不是《基度山恩仇記》。

我只是覺得這樣說比較好聽，她說。

還有，自私？怎麼可能自私？除非妳見過這些人的悲慘忿恨，妳不能妄自判斷。

好啦，她說，但如果妳姊有想過妳的心情——

我的心情！我問。很抱歉，旁邊的人已經開始側目。妳聽好，我不認為妳會瞭解。我也不想要表現得過於自以為是，但妳哪能知道自殺的意義！我朋友請服務生再來倒咖啡。我說，真的，我現在開始以性格優劣與正直程度來評估人們自殺的能力。

這什麼意思？她問，我可不認為——

比方說，傑瑞米．艾恩斯[32]。我猜他就有這能力。俄羅斯普丁總統？不可能。我又提了幾位我們認識的人名，然後猜這些人有沒有能力自殺。最後我說了我朋友的名字，然後暫停。我用自己

32 Jeremy Irons，英國演員。

腫得快爆炸的眼睛瞪她，她說不要再繼續了，因為這會破壞我們的友誼，我堅持這話題永遠都不會消失，我告訴她，如果她不想遇到飛機失事，她就一定要討論飛機失事。她則認為我內心應該還有未抒發出來的憤怒。我問，喔，是嗎？讀心術專家？妳真他媽的這麼認為？

我想道歉，想舒緩緊繃張力，卻不知道該怎麼開口。我引述了我媽常掛在嘴邊的《我的生平：詩與真》裡面的一段話：「……自殺是人類本性，無論人們對它有什麼評論或意見，我們都應該表達同情，各個紀元的人類也必須重新反覆審視它……」但當我說這些話時，我朋友竟然看起手機，刻意不聽我說話。我把她惹毛了。我不怪她，我只想要回到正軌，我不知在哪裡唸過，動物是最棒最安全的話題。我問她有沒有寵物，她說我明知道她沒有。我告訴她小左的故事。牠是一隻邊境牧羊犬，我告訴我朋友，我家小孩小時候請朋友到家裡玩，他們全在後院嬉鬧，我則定時看一下他們，有一次我望向窗外時，發現小朋友全都擠在某個角落——他們渾然不知自己的舉動，依舊在玩耍——妳知道為什麼嗎？因為小左是邊境牧羊犬，牠的本性就是牧羊，因此我的孩子和玩伴全被牠趕到院子的小角落，因為小左盡忠職守，做自己份內該做的工作，無法克制自己，牠就是要牧羊。妳現在瞭解我為何他媽的這麼生氣了嗎？

後來我喝醉了，因為我喝了一堆龍舌蘭，酒瓶上面有兩把交叉的手槍指著天空，指著上帝，我打電話給朋友，對著她的答錄機低聲道歉。我想告訴她她有能力可以自殺，但我話說到一半就打住了，後來我對著答錄機說，我認為妳最有本事堅持到底。

我打電話給茱莉，但她兒子告訴我她與杰森去看電影了，外婆來陪他們。告訴她我愛她，我說。我也愛你，還有你的妹妹。還有你的外婆。我愛你們大家。

19

我媽已到了多倫多，我們三個人，我媽，我女兒和我同住在房子裡。媽第一次看到這棟房子，是在幾星期前的深夜，那天晚上多倫多遇上劇烈的雷暴雨，大雨被強風吹得幾乎與地面平行，雨滴打到人身上就像小鋼彈一樣疼痛，深紫色的黑夜閃電不斷，彷彿一把把利刃刺向地面。我將車停在車道。諾拉在後座陪兩位學校同學。媽下了車，原本想撐開傘，但強風卻咻一聲將它吹得難以掌握，她與大自然搏鬥了好一會兒，我們其他人在車內望著她看似偶戲的表演，最後她終於放棄了，管它去的！然後將雨傘拋入空中，任憑暴風宰制。我們看著雨傘迅速高飛，令人想起當年的挑戰者號太空梭，然後倏地直落而下，在它即將落地前幾秒，竟然直朝媽腦門衝去，她及時閃開，傘遂撞上了車身。此時我們全下車了，不到一秒全身溼透，我媽竟然還抓住了雨傘，大步走向對街那噁心惡臭的水溝，將雨傘丟進去。搞什麼鬼嘛！她說，我想她的意思是我們全是超級大傻瓜，竟想與大自然的可敬力量抗衡。我們在暴雨中大笑，看著無辜的雨傘陷入汙泥。我改天得跟媽討論，垃圾必須丟進藍色的大垃圾桶，而不是扔到後院的垃圾堆。喔，對了，我忘記妳是回收女王，她會這麼回嘴，妳知道那些東西全都往同一個地方去吧？回收根本就是政府的陰謀，誤導人民相信自己在拯救地球，但是它同時還在與採礦公司勾結，從中謀取暴利。最後，我們終於走進屋內，看見尼爾森還踩在鐵梯上，為我媽的天花板做最後的裝飾，饒舌樂震耳欲聾，空氣瀰漫著大麻的氣味。

媽仔細檢查屋子的每一吋，嘴角掛著淺笑，雨滴一面從她鼻頭落下，她時而嘆氣，手扶著樓梯欄杆，偶爾撫摸牆壁，點點頭，或者用手指著某件傢具或壁飾，也許她回憶起童年的某個小細節，她彷彿人在羅浮宮，動不動就往後退一步審視。最後，她的結論是，這房子很有自己的風格，一種特異的魅力，又讓人覺得溫馨舒適，她知道我們會過得很快樂的。太棒了！她對我們大家說，包括諾拉和她的同學，甚至還有尼爾森，此時他已經從鐵梯下來，陪我們巡邏房子，他跟我們擊掌擁抱。

我從冰箱找了四瓶啤酒，我媽、我和尼爾森一起朝未來致敬，或者是想對眼前的不確定性乾杯？也許我們想對當下流逝的時光表達敬意，是向回憶致敬，還只是因為我們終於有遮風避雨之處？雨停了，大家走上二樓陽台——又老又舊，嘎吱作響，上頭還掛了半明半熄的耶誕燈飾——我們想欣賞夜空，尼爾森解釋颶風的成因和颶風眼的特色，女孩們吱吱喳喳笑個不停。她們覺得他很帥。我媽背對著我們，手抓住陽台欄杆，什麼話也沒說，朝西方凝望。然後，她突然轉身背誦她最愛的那一首華茲華斯的作品。過去我曾聽過她背誦，但這一次，我覺得自己的心快碎了。

這是美麗的傍晚，平靜自在，
這神聖時刻如修女肅穆沉靜
彷彿她正屏息靜禱；大大的太陽
緩緩西落，不作聲響；
溫和的天庭和善俯瞰大海：
聽啊！那有力的生物已然甦醒，
永恆的律動創造出如雷巨響——不再止歇。
親愛的孩子！陪伴著我的女孩！
就算妳未受莊嚴的思緒擾動，
妳本性也是神聖潔淨的：
妳已經年依偎在亞伯拉罕的臂彎；
崇敬神殿的聖壇，
神已與妳同在，而我們卻渾然未知

哇，尼爾森說。妳們聽見了嗎？他看著少女們。妳們聽見外婆說了什麼嗎？酷！少女們拍手，問我媽那是哪來的歌詞，我高舉酒瓶又想乾杯了，致人生的避風港，我說，這也是在回溯我媽有時會背誦的另外一首詩——她曾經將它寫在她的畢業紀念冊上，就在她的相片下：**蘿蒂享受人生的避風港！**她對我眨眼。

什麼？諾拉問。

女孩們想上廁所，我建議她們尿在杯子裡，然後丟到一樓門廊下，才能趕走臭鼬，裝修工人就是這麼建議的。不要管我媽啦，諾拉告訴她朋友，我媽是嬉皮，小時候就沒有玩伴，只有風能陪她玩。妳們不用尿到杯子裡啦，我家有廁所。

尼爾森和我媽短暫討論了詩和大海的力量，瘋狗浪與暗潮，那隱形又可畏的威力。女孩們終於離開，我下樓檢視媽的臥室，她堅持窗戶不要裝鐵窗。裝修工人很擔心這一點，畢竟她住在一樓。可是她說，我才不要睡在監獄裡，給我拆下來。我走回客廳，從背包拿了一枝鉛筆，爬上尼爾森的鐵梯，我爬到最上面，在他等一下就要粉刷的天花板某處寫下AMPS。我爬下樓梯，然後大叫，媽！該睡覺了！明早運送我媽行李的卡車就會從溫尼伯抵達，她和我必須指揮搬家工人箱子該放在什麼地方，還有得拼裝的傢具等等，然後我們就要安頓，永遠住下來。

我媽帶了一個眼罩，她坐在一屋子帶眼罩的老人家中間。我是來接她的。有位老先生歡迎我參加海盜大會。長輩們的眼罩全都蓋在左眼。我們在多倫多聖約瑟健康中心的候診間。我發現媽與一對穿著相同防風外套的老夫婦聊得正投入，她揮手要我過去。她解釋那位開白內障的醫生這星期替大家都開了左眼，下星期就要開右眼。她被發到六罐眼藥水，回家要按照說明書點眼睛。

接下來的幾星期，諾拉和我負責替她點眼藥。每天，我們的時間被這些眼藥水分成好幾段。每點一瓶，就得等幾分鐘再點下一瓶。我們一面等待，一面會在鋼琴上方雙手合奏打發時間。我們彈得飛快，有時候會彈我媽最愛的《天父之子》，但速度快得驚人，讓媽笑得合不攏嘴。諾拉也能在十秒鐘內將《彩虹彼處》彈完，甚至能更快彈完韓德爾的《薩拉邦德舞曲》。

六種不一樣的眼藥水，有的兩滴、有的四滴，有的六滴，每一滴得隔三分鐘，一天要點四次！我們拿著小藥瓶走向我媽時，她就會乖乖取下眼鏡，將頭往後仰，撥開她眼前的柔順白髮。結束後，她會含著淚水在電腦前玩她的拼字遊戲，那眼淚也不知是真或假，但它們總會緩緩流下她臉龐。

難以抵禦的平靜，我告訴她。

難以抵禦的平靜，她重複。

妳將戰勝，我說。

妳將戰勝，她回答。

幾天前，我媽在附近散步回家，帶了消息回來，感覺她心情很好。

我發現了一件事，她說，我去角落的禮儀公司，問到我以後火化只要一千四百塊錢，而且還送我骨灰罈，他們還提供到府服務，可以來運走我的遺體，然後處理火化，再把我骨灰裝好送回來。

她給我看她的新鞋，一雙很漂亮的黑皮拖鞋，這是她在一家新潮的皇后西區精品店買的。我媽既不時髦也不搞嬉皮。她只是一位矮胖的七十六歲老太太，畢生信奉門諾教，大半歲月都住在加拿大最保守的小鎮，見識人生的風浪逆境，如今我讓她離開家鄉，搬到這國家最先進的大都會，希望她能開展——人們都是這麼說的——人生新的一章。她在多倫多誰也不認識，但她超愛藍鳥隊，這已經足以讓她認識五花八門的陌生人種。在她身上，我見證了堅韌不拔與運動員精神。

我列出皇后西區的一些拒買店家，因為這區雖然號稱「藝術時尚特區」，卻毫不尊重我媽，也不掩飾對她的無禮輕蔑，店員只選擇服務他們眼中較為年輕時尚的族群。我媽根本沒注意，她總是親切萬分、活力十足、充滿好奇，對人們的勢利毫無所感。的確，她說話是有點大聲，那是因為她耳朵聽不見，所以笑聲比較洪亮，而且凡事都想打破砂鍋問到底，不會害羞尷尬。她不會知道自己為何不該與一群可愛的影劇系學生到「共黨女兒」鬼混，媽就是皇后西區的居民努力想要擺脫的那種人——她會穿特大號的粉紅色短褲以及到羅德島拼字大賽贏得的T恤，也不覺得這有什麼不對。媽就是想跟那些蒼白瘦得不成人形的店員聊天，想要瞭解她們的人生，想知道產品出處，為何店家選擇販售它們；還有這件該怎麼穿，那件要怎麼洗，媽努力想瞭解自家社區的一切，也想認識她周遭的新世界，所以她會被人冷言相向，更令我心碎。也因此，我將永遠抵制這些店家，諾拉也是，當然諾拉會覺得遺憾，因為她還年輕，而且超級時髦，她偶爾也想到這些店逛逛走走，可是，隨便啦，我們瞧不起妳們，勢利鬼。

不過，媽已經跟國王街的乾洗店老闆變成好朋友了，他只知道我是蘿蒂的女兒，而且，媽每天早上還會跟住在對街的「硬漢克里夫」聊天，她甚至提議要我將沙發送給克里夫和他兒子。今天一大早有三名彪形大漢站在我家大門口告訴我，蘿蒂說有一張沙發要送他們。沒有，我回答，並沒有，這是誤會。

妳可以不要送走我的東西嗎？後來我告訴她。

曾經有一位身穿襯衫、領帶、外套、襪子、鞋子、帽子但沒有褲子的先生——什麼也沒有，連內褲也沒有——走過我家門前，我媽衝進臥室，將她的運動褲拿給他。他謝謝她，然後把它當圍巾纏上脖子。她說，好吧，這樣也成。當我問她，難道她不思念那件舒適的運動褲嗎？她告訴我，她不會亂送我的東西，但她自己的東西想怎麼用就怎麼用。

她也加入了一間教會，丹佛思街的一間門諾教會，他們請她擔任長老。這算是某種頭銜嗎？我問她，妳還不夠老嗎？她對我解釋一間教會只能有三位長老，她很榮幸獲邀擔任。當年我們的東村鎮，根本不會讓女性當長老。女人什麼也不能問（或說），最好就是閉上嘴，張開腿。所以她會認真考慮。她每天搭電車造訪教會的弱勢教友，唱歌給他們聽，幫他們準備三餐，陪他們歡笑，感覺自己還有點用處。教會的朋友也來過我們家，在醜陋的前院種了植物，小樹叢、常青植物、裝飾用的岩石等等。我家隔壁鄰居亞力山大替我們在院子撒了木屑，結果我的房子現在看起來倒像是優雅的社區造景計畫模範了。

我們從來不提瑞士，或我該不該帶我姊去瑞士助她解脫。我很確定愛芙從未跟我媽提過瑞士，我也不敢問媽。每晚當義工活動結束後，媽會替自己倒一大杯紅酒，看她最愛的藍鳥隊被打得七零八落。諾拉和我從二樓和三樓都聽得到她在一樓對電視大叫：快回到本壘啦！快點！我們沒嚇到，我們習慣了。她一直是藍鳥隊的球迷，總能全權掌握最新戰況與球員動態。這傢伙接下來不用想上場了，那傢伙根本不會投，還有此人藥物測試沒過，最新的中外野手竟然上了傷兵名單！明天又有新人要從二軍上來了！

幾星期前，我媽跟某人去約會，多少算是吧。她告訴那個老傢伙（她都這樣叫人家，但我覺得那人比她小十歲），她只想找地方喝酒——搬來多倫多後，她開始有喝一杯的習慣——她最近甚至買了一瓶白酒——然後看藍鳥隊比賽。她邀我一同前往。結果從頭到尾，我都在跟那個人聊天，他對球賽根本沒興趣，不過我發現他一天抽兩根大麻，因為可以解決關節炎疼痛的老毛病，我媽則像個女童軍一樣，熱切注意球賽，認真記錄數據，如安打、失誤、保送、漏接等等。當那人問我媽要不要吃熱狗時，她卻說**給我快點！醒一醒！史耐德，你搞什麼啊！兩人出局還滿壘！**賽後我們送那位先生回到東區，我問她，他是做什麼的，她說，她也不知道，但是他最近有了手機，所以不用打公共電話給她。他常上多倫多大學去，媽說。那很酷啊，去幹嘛？去淋浴間洗澡，她說。

昨天深夜我下樓跟她打招呼，她竟然不在，桌上放了一張紙條。尤莉，她寫，我到艾芮崔亞聽演講了，冰箱有吃的。我打她手機，當她終於接起來時，我聽見背景的喧鬧叫囂。妳在哪裡啊？我問，現在已經十一點多了耶。她說，等一下喔，嘿！我是在哪裡啊？我聽見一個男人回答她，她告訴我她在皇后街的「車友咖啡」，剛吃了漢堡，現在在看球賽。延長賽。妳自己一個人？我問。她說，當然沒有啊，這裡人多得很，然後電話那端傳來更多笑聲和喊叫聲，最後我連她聲音都聽不見了。

我坐在我媽差點送人的沙發，眼淚開始刺痛雙眼。所謂的低潮就是連妳的眼淚都靠不住，連它們都會讓妳疼痛。剛才我在鄰居家，就在隔壁。鄰居是新手媽媽愛美，幾乎每天都會看見她帶寶寶出門散步。一個月前，愛美在人行道發現了一隻黃翅椋鳥，將牠帶回家照顧。她在自家客房做了一個小窩給牠，不過就是一根樹枝與裝滿水的飛盤，還將蚯蚓放在裝了沙土的碗裡，用冰棒棍餵牠嬰兒食品及蘋果泥，甚至播放黃翅椋鳥的叫聲給牠聽，讓牠習慣自己族群的語言。愛美照顧鳥兒三個星期後，認為牠應當可以獨立生活了，所以她打開客房的門，椋鳥跳上她肩膀，然後她帶著鳥兒下樓到後門，此時，鳥兒突然發現自己機會來了，牠瞥見大門後的光明世界，一溜煙就這麼飛遠了。愛美將她的 iPhone 遞給我，問我，要不要看鳥兒飛走的那一瞬間？我丈夫拍的。鳥兒是小小的黑點，牠飛入光明，直往天際，就此消逝。牠動作好快。當我看著這段短片時，我心底有樣東西立刻碎裂，牠的離去如此讓我震驚卻又難以挽回，我想哭，彷彿有人朝我丟了催淚彈，讓我無法克制自己。

✦

我正看著愛芙幾年來送我的卡片。每一次重要的節慶，她總是會用自己專用的簽字筆寄卡片給我。看看那些驚歎號，我想，生日、耶誕節、畢業典禮——最後的結尾總是用上強調的語氣。然後，我們重新開始，再次開始。我們站在一處球場，手臂圈著彼此，頭盔碰撞，調整策略，繼續打球。小時候，我曾經告訴愛芙（或我只告訴自己？）我會好好保護她的心臟。我會像瑪麗．雪萊守護她溺死的詩人丈夫的心臟那樣，將她的心收進一個絲綢小袋，或放進我的運動背包，或我化妝台的第一個抽屜，或塞進巴克曼公園那棵古老大樹的樹洞，在我們遠方的家鄉，我也在那裡藏了我最心愛的糖果。現在我東翻西找尋找簽字筆。如果我能找到粉紅色和綠色的簽字筆，就沒事了。我一直找，一直找，最後，我放棄了。

✦

我媽跟小熊維尼一樣，她總有許多冒險，不斷遇上麻煩，也莫名其妙會從麻煩脫身，她脫身後，自己會創造一些至理名言，就像每一次將頭塞進蜂蜜罐後，總是又學了一課，這就是我媽。

她昨天整晚不在，今早她出現在我家大門——她忘了帶鑰匙——頭髮亂七八糟，睡衣塞進褲子，喔，很好，妳醒了，我忘了鑰匙！

她從睡眠診所回來，她在那裡睡了一晚，頭上貼了許多電極，讓她做夢。那裡的技師很生氣，因為媽在看自己的書。她告訴我媽，她是去那裡睡覺，不是去看書的，我媽說如果不先讓她看書，她會睡不著。睡眠診所的技師請我媽將書交出來——那是瑞蒙．錢德勒的書——我媽大笑說，妳是在開玩笑吧？要我把書交出來？不可能。然後那位小姐開始耍狠，今天早上她用力扯下我媽頭上的電極，離開時也沒跟我媽說再見。每次人們不說你好或再見時，媽就會抓狂。這是老人的習慣。但是，人們一旦不說你好或再見，文明大概也就完蛋了。

顯然，我媽說，我的心臟在我睡覺時停了九十次。妳有睡眠呼吸中止症，我說。應該吧，媽回答。她看著鏡中的自己，然後大笑了。

她給我看接下來她睡覺時得用的機器，一個大大的塑膠面具，連著一條管子，她得在睡覺時戴著面具，然後吸進管子送進來的水蒸氣。我們要用蒸餾水裝滿管子後面的機器。她戴上面具，大步朝我走來，就像是黑武士。如果我睡覺時，有壞人闖進來，她悶著聲音說，壞人肯定馬上逃走。然後她用力呼吸，面具上全是水蒸氣。她將它扯下來。可惜我沒帶眼罩，她說，看起來絕對超級可怕的，對吧？

她打開電腦玩一局拼字遊戲。她最後的玩伴是法國人，對方還說要給她看他的下體。她回訊：不，謝了，我比較想看巴黎。

我剛發現一件事。活下來的不是我，我沒有重新好好過人生，雖說我將我媽從多倫多帶來，想要拯救她。其實是我媽……她帶領我，讓我活了下來。

那，我問，妳在睡眠診所有沒有做夢？

媽啊！她說，還說呢！我頓悟了。

什麼？我問。

妳知道我為什麼討厭煮飯嗎？

是啊。

我也一直納悶這件事，不知道該怎麼辦。結果呢，昨天晚上我就做了個夢，我才瞭解了。冷凍食品！我腦子有個聲音一直說這幾個字，後來在夢中，我就懂了，我應該要在冷凍食品區買很多冷凍食品啊！比薩、肉球、肉餅、雞塊什麼的，塞滿我的冷凍庫，這樣就好了嘛，我就不用擔心煮飯了，而且還是有東西可以吃，不會餓肚子。就是頓悟，好像有人寫在布告欄寫給我看：冷凍食品！

這樣不錯喔，我說。媽的夢跟生存有關，她做了生存的夢，她的夢讓她知道自己該如何生存。我不會告訴她冷凍食品並不健康，管他的，反正她能好好活著就好。

我自己也做了夢，跟瑞士無關。愛芙和我在她的鵝黃色廚房，旁邊有個大窗戶，開心聊天說笑，其實就是閒扯而已。我們迷失在一大堆沒有意義的文字中，一面快樂地說故事。我們原本在廚房，後來，在我的夢中，我急著想告訴愛芙某件似乎與我工作有關的事情——我怕自己寫不完書，也怕它不受歡迎——然後，我們不聊了，愛芙打哈欠，我認真考慮自己到底該不該告訴她我急著想分享的心事，但她舉手阻止我，我閉上嘴。她握住我的手，深深望著我，臉離我好近，讓我能聽懂她要說什麼，她說，她是認真的，她的睫毛好烏黑。她很嚴肅，我想，謝謝天，她會跟我說話，安撫我，讓我更勇敢。然後她說，小尤，接下來，妳要靠自己了。在夢中，我的心情就像我望著鄰居家的小鳥高飛一樣。那種突兀又瞬間消逝的感覺，而我姊就像飛往光明處的一個模糊黑點。但現在，聽到我媽的生存之夢後，我心想，也許這就是**我的**生存之夢，它不是惡夢，這是我療癒之路的開始。為了生存，人首先總得知道，到底自己是為何生存。

每星期五我們都召開家庭會議。有時諾拉沒出席，因為她有更好的事情要做——安德、派對，她還年輕。我們會給她幾分鐘時間發言。而我也不再隨便找人上床了。我對此感到羞愧，因為愛芙再也不在身邊，提醒我並不是蕩婦，尤莉，我沒教過妳嗎？**不要再將人性與過時又對女性自主詮釋過度的父權主義混在一起了**。

芬巴打過電話問我是否真殺了我姊，問我需不需要法律諮詢，我告訴他沒有，她自己處理好了。他對我表達哀悼之意，他不知道事情那麼嚴重，還說他很遺憾。我謝謝他。他說，我們本來還蠻開心的，不是嗎？我喜歡他的說法。或許那是幻覺吧，但是還不錯。我說，是啊。我再度謝謝他。我們就像成熟的大人，永遠跟彼此告別了。我跟我媽和我女兒住，我們站在各自的枝椏上，各有自己的樓層，對彼此大吼，就像《陽台風光》那幾個抽菸的女人。我沒時間到處找人上床。我有浣熊，我有夢，有水槍，有悲傷，有臭水溝，有罪惡感，還有車道上用過的保險套。

媽說我不能將悲傷與用過的保險套混為一談，把它丟進垃圾堆。我問她又知道保險套怎麼用了，她說，她當社工當那麼久，所以才會常提一些讓我們驚訝不已的內容。昨天我在三合貝沃公園散步時，發現我自己的媽媽竟躺在一張公園長凳上睡覺。我坐在她身邊好一會兒，一面看報紙，過了十到十五分鐘後，我輕輕搖她，說道，媽，該回家了。她告訴我她喜歡在戶外睡覺。真的嗎？我問，或妳只是散步累了，想找地方休息？

我姊曾經給我一個緊急安全梯。妳可以將它卡在窗台，然後在起火時爬下樓梯逃生。多年來，我都將它收在地下室，現在我開始瞭解人們為何要將它放在二樓的智慧了。

我打電話到溫尼伯的醫院，問我能否找一位叫做愛芙達．馮．力森的病人說話。他們告訴我，她不是那裡的病人。我告訴醫院，這很奇怪，她本來就是那裡的病人，我本來以為她不會離開醫院。他們說，嗯，這他們不清楚。我告訴他們我受夠他們的虛偽了。他們說很抱歉。我用力掛上電話。

耶誕節竟然就要到了。尼克會來找我們。他從溫尼伯打電話來，說他對墓碑有些想法。

在此我彷彿童年般沉睡，無憂無慮，不被侵擾；我身下，如茵綠地，我上方，無限蒼穹。

這是什麼啊？我問。

妳不知道？他問。

我什麼詩都不瞭解，我說。

約翰・克萊爾。愛芙喜歡他？

非常喜歡。這是〈我是〉[33]，他在精神病院寫的。

不行，我說。

什麼？

不要跟瘋狂扯上關係，我說。

妳是說墓誌銘嗎？

所有的所有。

那，妳有其他建議嗎？

愛芙死後，我本想帶她的部分骨灰回到多倫多，但尼克不想要將她分開，所以它們全都埋在溫尼伯的艾姆林墓園。我媽原來也想提議她與我們的爸爸一樣葬在東村鎮，那裡的墓園管理人也同意了，因為還有空間可以擺三個骨灰罈，只要不是棺材就好（他是在暗示我媽終究也該葬在那裡？）但尼克說不行，愛芙曾經明白表示她完全不想葬到東村鎮。這好比將路易斯．里爾[34]的遺體送回加拿大政府當紀念品。那麼你家後院如何？我問尼克。畢竟她喜歡待在家裡。他說這建議很有意思，不過葬在自家後院會有法律問題，而且她又不是貓。這倒是真的，我說。他跟我說我都盡力了，不能怪任何人。這一點我可不確定。那麼蘇黎世呢？我暗自心想，她原本可以好好離世，無須獨自一人，這原本是她的心願。我讓她失望了。我們沒提到這些。我告訴他，他也盡力了。

有本事的是她，我說。你也知道她，她就是可以說服人家讓她離開醫院。

但我應該更堅持要他們留她下來。

你已經很堅持了。

33 出自十九世紀詩人約翰．克萊爾（John Clare）的詩作〈*I Am!*〉。
34 Louis Riel，加拿大分離主義政治家。

所以那首詩就不要了？

是啊，我也不喜歡跟精神病院有關係。而且，如果要詩人，也應該是女的吧？但多數女詩人都自殺了，這也太有隱喻。

我知道，我們要避免這一點，不要連死後都替她貼標籤。

也對，空白的墓碑？

也許，是啊，名字跟日期就好。

也好。

還是可以放詩啦，但是……就這樣好了，我在此長眠。只要在此長眠就好。

我身下，如茵綠地，我上方，無限蒼穹。

妳有夢過她嗎？他在電話上問我。

有啊，你呢？

有，但不是直接夢到。好像是夏天，但是史上最冷的夏天，比冬天還冷。妳的呢？

前幾天我夢到我們在一處小漁村，似乎是紐芬蘭的一個小港口，我得到雜貨店買肉，等我到了雜貨店，卻發現那裡是屠宰場，很多綿羊倒在地上。不是聖經那種潔白可愛的小綿羊，而是黑灰色又大如獵犬的綿羊。但的的確確是綿羊。有些死了，有些半死不活。有個傢伙拿著一把刀在屠宰牠們，卻不知道該如何下手。所以他鋸了這隻的蹄，剁了那隻的尾巴，要不就是下一隻的鼻子，完全不知道該怎麼辦。我站著望著那群垂死綿羊，屠夫說，他受夠了，然後又砍了一刀。接著他說，錯，是刀子受夠了，彷彿那是一把有生命的刀子，也許是它不夠鋒利，所以讓他沒法好好下刀，我也不確定。

什麼意思？尼克問。

我不知道，容格，你覺得呢？我問。

但我心底清楚，我的夢與蘇黎世有關。

這樣好了，尼克說，不然我們就放一小節音符在她的墓碑吧，不要有文字了。

尼克和我在電話上討論了許久該放哪一段音樂，我只想提瑞士，卻又不知該如何說起，如果我告訴他，愛芙曾經要我帶她去瑞士，也是間接告訴他，她並不信任他，或他不瞭解她，我不想讓他有這種感覺。他已經孤獨一人了，而且，何必又提瑞士？連我自己都得搞懂我到底是綿羊或屠夫或那把刀了。

愛芙十二歲時終於獲選擔任耶穌誕生時的馬利亞。她很驕傲，但也非常緊張。她已經自告奮勇要演馬利亞好多年了。拜託！這角色非我莫屬嘛！我不確定主日學老師究竟在想什麼——這是一個二十多歲的寡言處女耶！——也許她受不了愛芙經年的騷擾吧。總而言之，愛芙終於得到了這個角色，老師也請她不要給眾人意外的驚喜。愛芙很知道自己的責任，她必須沉著自持、溫柔穩重，雖然她的確是莫名其妙就受孕了，還得靠木匠微薄的薪水養活彌賽亞。當時我才六歲，我應該要當牧羊人。我們這群小孩得站在後面，頭上掛著抹布，要不就是背上背著翅膀。我告訴媽我不想當牧羊人，我只想當馬利亞的妹妹，寶寶的阿姨。我媽告訴我，耶穌沒有阿姨，這一點也不合理。但我就是她妹妹啊，我說。我媽說，我知道，那是現實人生。我頓住。可是，我堅持，耶穌出生時有「智者」和駱駝，卻一個親戚也沒有？這哪裡合理了？我知道，我媽說，可是聖經說……就這次就好，我說。愛芙需要我，她才剛生寶寶，我就是她妹，我就是要去。

我媽不想跟我爭論。我穿上我的妹妹／阿姨服裝，那是一條碎花床單，然後陪著有點尷尬的愛芙彩排，但她也習慣了，只有嘆過一次氣。舞台總監打電話給我媽抱怨，她告訴我媽，她沒法將我趕走，我甚至總是擠在約瑟和愛芙之間，動也不動，這讓演約瑟的男生覺得很煩，耶穌根本沒有這麼緊迫釘人的阿姨，好嗎？男生說，聖經根本就沒有這個人！媽告訴總監她幫不上忙。最後我終於成功扮演我姊姊的妹妹，人人都努力想忽視我，但我知道自己一定得陪著愛芙，最重要的是，扮演穩重馬利亞的愛芙也知道這一點，她祥和聖潔坐在原地，我忙著確定寶寶有呼吸，搖籃很安全，稻草很鬆軟，約瑟沒有大聲咒罵，當姊姊生寶寶時，一個好阿姨就該這麼做。

我們要去買耶誕樹，諾拉和我到布羅爾西街藍尼美圖書館對面的超市停車場，挑了一棵最高最美的耶誕樹。它被塑膠繩固定好，確保人們方便載運，但是賣它的人提醒我們搬下車時，塑膠繩可能會鬆開。他幫我們將樹固定在車頂，他說，它是樹中之王。我們開車回家，從我媽的後門將它搬進屋內。它占據了整個客廳，鬆開塑膠繩時，它瞬間蓬鬆，松針撒得滿地都是。它太大了，但我們好愛。媽坐在搖椅，替我打一件船形高領黑色毛衣，我和諾拉忙著將樹豎起來。諾拉用筆電播放肯伊．威斯特的新歌，我媽問她那是什麼歌。〈我美麗陰鬱扭曲的幻想〉，諾拉說。她隨著肯伊唱了幾段。寶貝，我媽說，妳不是怪物。我知道，外婆，諾拉說，謝了。我媽繼續打毛衣，隨著肯伊的節奏點頭。

我們想讓樹站好，諾拉站在沙發扶手，她還戴著皮手套，手扶著樹頂。她脖子已掛好耶誕燈，準備將它布置上樹。我躺在地板想固定樹幹的金屬釘。媽一面說，靠左一點，靠右一點，再靠左一點，不對，靠右。肯伊．威斯特正唱著自己最需要什麼。但我們怎麼樣都弄不好，最後，我們覺得夠了。

諾拉，放手吧，我說。我也放手。樹開始朝左傾，諾拉在它摔上鋼琴前，及時抓住它。媽大笑，她額頭和下巴有麵粉，她剛才在做蛋塔。我回到地板上罵髒話，諾拉用手抓住樹頂，媽說，嘿，這棵樹想要有個依靠，就隨它吧。

什麼？我說，就讓它靠著鋼琴嗎？

不行啦，諾拉說，妳們有看過人家把耶誕樹靠在什麼鬼東西上嗎？絕對不行。

我們不斷嘗試，然後我們想到，也許弄一條繩子，將樹綁在窗簾桿上。我們可以裝飾繩子，讓它看來比較像是耶誕節裝飾。

啊，所謂的耶誕節繩，諾拉說，美麗的馮．力森傳統。

這棵樹真的很高大，媽說。

再試一次，我說。我們努力讓樹自己站直，不要靠繩子。往後退，我告訴諾拉，我們緩緩離開大樹，它獨自矗立，這就對了。太棒了。我們終於做對了一件正常事。天花板很高，樹梢都快碰到它了。我們深呼吸望著大樹許久。好了，我想，這就成了。來喝點酒吧，媽建議。

我打開酒瓶，我們走到餐桌旁慶祝任務達成。我們高舉酒杯，連諾拉也喝了一點酒，陪我們討論耶誕節，討論我們自己。我們的肩膀放鬆，非常自豪。身上都是松針，屋子聞起來芳香宜人。媽凝視著大樹，諾拉和我背對著它，一面慢慢喝著酒，突然間，我媽大叫，諾拉和我慢動作轉身，肯伊的聲音越唱越大聲，我們看著耶誕樹緩緩落下。一開始動作極慢，而且非常小心，彷彿它在公眾場合突然心臟病發，它不想要這種事發生，但還是發生了。接著它速度加快，當它摔下地板時，還帶了其他的物品：一幅兩位小男孩在水窪嬉戲的畫、電視、鋼琴上的書、羞怯女孩的雕像、一個喝得差不多的馬克杯加上一盆植物。最後，耶誕樹動也不動地躺在地板上。

哇，天啊，媽說。倒了，諾拉說。我們又乾了一次杯，猛然大笑。媽又笑得停不下來。諾拉和我回到客廳幫忙我們倒下的同志，它終究能兀自矗立，一根繩子也不用了。

克勞歐順道來拜訪我們。他站在前門，肩膀和帽子都是雪花，精緻的禮物捧得滿手都是。我還以為自己會看到愛芙就站在他身後，抖去她長靴的雪花，碧綠色的大眼閃閃動人。他從大衣掏出一瓶義大利酒。我們坐在我媽客廳，就在鋼琴旁邊，我媽彈著聖歌。愛芙早年的琴譜就堆在鋼琴上。

克勞歐將禮物放在樹下，遞給媽一個紙袋，裡面是愛芙同事寫來的慰問信，他說，還有她的粉絲。哇，這棵樹可真高。

你可能得坐遠一點，諾拉說。她正在擺桌，我們嚐了一口義大利酒，並向耶誕節致敬，向救世主的降臨致敬（我們還在等待），對家人致敬，對愛芙達致敬。

好了，大家坐下吧，媽說。克勞歐問我們好不好，我們說大家都還好。他自己呢？他心情尚未平復，他說，他真以為音樂能拯救她。這樣說好了，媽說，音樂的確救了她，至少在她有生之年。

他告訴我們一個叫做雅普．澤登西斯的人將代替愛芙巡迴演奏。

他當然不是愛芙達．馮．力森，但時間那麼倉促，他已經表現得很好了，克萊歐說。樂評家注意到他的演奏有種任性恣意的風格，這沒關係，因為雅普尚未沒恢復。對了，《衛報》將愛芙達的訃聞處理得不錯，我很喜歡，提到她獨特的演奏風格，質感與暖度，還有她的活力與自制。德國媒體也寫得很好，法國的也是。但有些報紙對於她的健康問題大書特書，訃聞不應該這麼聳動。

妳們看過了嗎？

媽不以為然地哼了一聲，沒有，我才沒看，她說。我以前都會看，現在不看了。

我有看，我說，妳說得對。

室內陷入沉重的緘默。我們瞪了耶誕樹許久，最後，克勞歐說，我得告訴妳們，禮物裡有一份愛芙最後一次演奏的影片，那是愛芙最棒的演出，她超越了自己，彷彿她與鋼琴毫無屏障，她終於能隨心所欲表達情緒，到最後，樂團全體起立，鼓掌向她致敬長達五分鐘。愛芙達雙手埋在手中啜泣，一半的音樂家也哭了，當克勞歐說話時，他自己也流淚了。我們謝謝他說出這一段故事，也謝謝他的影片，我們答應他一定會看，我們在前門與他擁抱道別，他雙手緊握欄杆，不肯離去。

我很抱歉，他說，她跟我這麼多年了。

我們拿面紙給他，原本他已經不哭了，卻又開始流淚。最後，他放開手，我們跟他說再見。我覺得以後大概再也見不到他了。我想起當年他發掘愛芙的往事，她坐在音樂廳的後巷，身穿黑色長禮服與軍裝外套，一面抽菸，將菸蒂在柏油路上撵熄，當時，她才十七歲。

今年耶誕節，大家就真心放鬆開心慶祝吧，諾拉說，將它當成一道大菜，大家都得嚐一口。我記得愛芙那年耶誕夜用力將頭撞向浴室牆壁，一面說，我辦不到。

尼克在星期四深夜抵達，他看起來瘦了。我們提前慶祝耶誕節，因為威爾和他的新女友若依要與家人到墨西哥渡假，尼克也能回蒙特婁陪家人過節。若依到哪都帶著她的手風琴，還曾經彈給我們聽過一些哀傷有意思的曲調。手風琴真是哀悼場合的最佳樂器，因為它的旋律憂傷淒美，卻又厚重荒謬。她身上有個新的刺青，我也想起我想要去除的那個刺青，現在已經褪色成我肩上一個藍紫記號了。晚餐時，我們提到祕密。我告訴大家愛芙會替我保守祕密，她是祕密專家。然後大家都看著我，彷彿在問，是嗎？哪些祕密？

吃甜點時，媽告訴我們一段故事。她說她也有祕密，她也可以分享。我們都很好奇，特別是我。妳是要告訴我我生父的身分嗎？我問。

是啦，好笑，她說。錯，是一本書。我姊提娜十九歲時，看了《戰地春夢》，有一天我想看，她說，不行喔，妳不能看那本書，不是妳看的，所以我把書放下了。

當時妳幾歲？諾拉問。

十五，跟妳現在一樣。結果有一天呢，我也不記得為了什麼莫名其妙的理由生提娜的氣。我很火大，我現在忘了為什麼，只記得她不在家時，我看見書就在她床上，我拿起書，一次狠狠將它看完。

哇，威爾說，真給她好看的了。

我沒告訴過她，媽說，超爽的！

妳覺得那本書如何？尼克問。

喔，媽說，我超愛的！但性愛內容滿蠢。

哎，我說，妳才十五歲啊。（我瞄了諾拉一眼，她做了個鬼臉。）

我們微笑，後來還吃了甜點。

妳希望自己有告訴她嗎？我問。

哈，媽回我，想得美啦。

20

威爾和若依第二天一大早出發前往墨西哥，尼克回蒙特婁，諾拉正在與安德用skype聊天，他回斯德哥爾摩陪家人過節了。我在我媽客廳看書，那是威爾送我的耶誕節禮物《監獄筆記簿》。我將它放在地板上，打電話給在溫尼伯的茱莉。媽發出很怪的聲音，她躺在書桌旁的沙發，她的呼吸跟平常完全不一樣，非常短淺，而且不斷喘氣，彷彿剛跑步完的運動員。她快不行了，我立刻打電話叫救護車到醫院。醫生替她電擊，將她救了回來，替她注射甘油三硝酸和其他強心藥物，讓她血管能再次作用，舒緩她老化心臟的沉重負擔。

哇！媽說，這些藥可夠你們拿給媽媽們裝果醬了，其中一位醫生請她再重複這句話，他好分享給自己的朋友。

對此我實在太熟悉，急診室、推床，但媽是心臟的問題，而非腦袋出問題，所以醫護人員並不說教，也沒有自以為是的護士對媽要求：為什麼不好好聽話？諾拉到了醫院，我們坐在我媽兩旁，她躺在棕色簾子後方，身上裝了許多機器與點滴正在睡覺。甦醒時，媽開口說，這可是很好的歡迎方式呢，耶誕夜根本還沒到呢！她告訴我們她夢到愛米莉亞．埃爾哈特。

那個女飛行員？她怎麼樣？諾拉問，妳發現她失蹤的原因了嗎？如果妳發現了，我們就爆紅了。

我媽說，在她夢中，有個男人告訴她愛米莉亞是他最愛的失蹤者。媽哭了幾秒鐘，低聲說她對不起大家，耶誕節還來醫院報到，聽起來好像愛芙那天向姨丈道歉，說自己住進了精神病房。我們握住她的手告訴她，哎呀，管他的，都可以啦。諾拉告訴她，我們可以學烏克蘭人，在一月慶祝。

鄰居愛美帶了一籃禮物來看我們，裡面有食物、酒、餐巾、漂亮的瓷盤和銀製餐具，我們便在急診室享受耶誕大餐，媽的肚子就是我們的餐桌。她一直是我們的桌子，撐住我們。諾拉小心翼翼拉開媽的氧氣罩，讓媽喝一口酒，護士也說一口就好，因為是耶誕節，但我媽喝了兩口。兩大口。我們用檢驗紙杯喝香檳，向自己致敬，向走來走去的護士致敬，也對愛芙、爸和提娜阿姨與蕾妮表姊致敬。我們唱〈流浪的我充滿驚喜〉，這是我媽最愛的耶誕歌。

諾拉和我待到很晚，直到媽睡著，我們才回家。我站在二樓陽台，看著雪花飄落水溝。

第二天我到醫院看媽時，她已經交了幾個朋友，她從簾子後方不斷講故事，顯然耶誕老人也來過了。我媽一年至少要死一次。她曾經造訪世界各地的急診室，有如四處表演的脫口秀演員，波多維拉塔、開羅、溫尼伯、土森和多倫多，都有過她的蹤影。

把那些東西搬下椅子，她說，過來坐在我旁邊。她將推理小說仔細夾好，等會才找得到剛才看的段落。我想告訴妳一件事，她握住我的手，她的手好暖，手掌有力，就像提娜。

我早就知道了，我說。妳要說妳愛我，我帶給妳很大的快樂和喜悅。

不是，媽說，是別的事情。

耶誕節。我打電話給茱莉。耶誕快樂，我說。

耶誕快樂，她說。

這是我們人生第一次都得獨自過耶誕節。是嗎？真的嗎？是真的。她的小孩去找他們的爸爸，她的前夫。威爾與女友隨她家人去墨西哥，諾拉去丹恩家。他終於從婆羅洲回來了。我媽在醫院。不然我們來喝一杯吧？茱莉問。

然後享受它的害處嗎？我問。我在引述以前的主日學老師思考爾太太。她經常祈禱，特別是為了我和茱莉，她希望我們腦筋清楚，不要再跟那些法國男孩到樹叢間鬼混。我們停不下來，因為太棒了，我們不要停！主日學老師告訴我們，她愛我們，但神更愛我們。我們告訴她，妳可以再認真一點。她說，有罪的女人裝飾她們的身體，而非她們的靈魂。所以我們該裸體嗎？茱莉問她。當她離開教室拿面紙時，茱莉和我從逃生梯溜走了，梯子最後一步離地面還有兩層樓高，得用跳的，事後，我們很享受自己的腳痛。

我們坐在彼此的客廳喝威士忌，聊天傾聽對方。來敬眼前的美景吧，我說。茱莉說，沒錯，這亂七八糟的萬花筒。我們舉起酒杯，對著話筒輕敲。妳是我見過最堅強的人，我說。我沒有告訴她，我覺得她很有本事自殺。我只想重新調整自己的信仰，改變我對成功的看法。

妳身旁這一切，妳還受得了嗎？她問。

還好，我說。可是，我們到底在做什麼？

也對，她說。

到底今天是誰生日？我問。

那個嬉皮小鬼，她說。

看來我們今年沒受邀參加他的派對，我說。我們不會去的，我們應該去當猶太人才對。

記得7-11外面的傢伙嗎？她問。

亞倫，我說。（亞倫曾是一位聰明有才華的大提琴家，他本來可當音樂神童，到茱莉亞學院唸書，結果他開車撞上一輛水泥車，現在每天就站在7-11外面很客氣地跟人要零錢，他雖然還是很帥，但是腦子不太清楚了，但他那明亮湛藍的眼眸，真的好像一座希臘島嶼。他會喃喃自語，感覺像在嘲笑一切，彷彿他才剛參加完一場驚喜派對。我們不知道誰在照顧他。）

我夢到我跟他上床，茱莉說。我還說我想當他的女朋友，想帶他回家照顧他，但是他不想要，他真的很棒，不想讓我受傷。他給我看他練大提琴後，手指上的繭。他問我可不可以借一雙溫暖的手套給他，他只需要手套而已。

妳覺得被拒絕了？我問。

是的，她說。有一點。我想替他梳頭，它好亂。還想幫他洗澡。

茱莉和我講了好幾小時，直至第二天清晨，我們很高興耶誕節終於過去了。這真值得好好乾上一杯。

二〇一一年五月三日

親愛的愛芙：

提娜阿姨曾經告訴我，有一天我走在街上時，將會突然感受到一陣輕鬆，彷彿我可以永遠這麼走下去，這是一種奇妙的力量，表示我被人寬恕了。我多希望能帶妳去蘇黎世。對不起。提娜阿姨說，有一天我終於能夠飛翔，但我自己感覺不到。

我有告訴妳媽跟醫院的事吧？我應該說過了。她現在都復原了，可能是暫時性的。當時住院實在很尷尬，所以我沒跟別人說——躺在急診室時，媽抓住我的手——妳知道，她會抓得很用力很痛，那時的她真像是假裝對你友善的黑手黨大老——她說，她有事要告訴我。我很確定她要告訴我每次在急診室時，都會告訴我們的事情——她會說她愛我，我帶給她快樂之類的，結果她低聲說，我不可以再喝得醉醺醺，然後趁機打電話給溫尼伯的醫院。她說她在追蹤我的動向——她這些年看推理小說不是看假的——她發現我都傍晚跑去買酒，然後回家獨自喝光，聽尼爾·楊，就在那種時刻，我會想起妳，接著陷入悲傷憤怒，結果就撥電話去溫尼伯鬧，問對方我可以不可以找妳，然後當護士告訴我妳不在時，我的口氣再突然轉成難以接受這消息的樣子。

她從頭到尾緊握我的手，雙眼直視著我，讓我無法逃離，我感覺很丟臉，又笨又蠢。我開始哭了，我答應她，我說，我知道，我不能再這樣了，對不起。然後我哭個不停。她不知道我到底跟醫院說了什麼，但她知道我會固定打電話給醫院，因為她打開了我的電話帳單，看見我不斷打到曼尼托巴去——這就是跟老媽住在一起的問題，愛芙，妳永遠不會知道——接下來她把謎團全湊在一起就搞懂了。她問我為什麼想搗亂，我覺得她這樣問我還滿好笑的。我告訴她，我不知道自己在做什麼，這也不重要了，我很抱歉，我不會再這麼做了。雖然垂死的是她，身上裝了一堆機器和電線的也是她，但是她卻從床上態抱我，把我當嬰兒般搖呀搖，我彎腰抱著她啜泣，我的包包不斷從肩上滑落，她用手臂圈著我。我假裝她就是妳，就是爸，就是蕾妮，甚至是丹恩，我這輩子失去的每一個人，然後她對我低語，她提到愛，提到善良，還有樂觀，還有力量，還有妳，還有我們家人。

她說，人可以認真奮鬥，可以承認挫敗，接受事實。我問她，人要如何面對事實？她說人生就是如此，時候到了，就該放手。我說，但我是作家，我很難放手，不去釐清真相。媽說，她懂，她也喜歡解決謎團，人的感受與語言是一體的。她拍拍胸口的推理小說，那本保護她的小說，它竟然動也沒動。她告訴我，大腦要用來遺忘，因為人們得繼續存活，過去的記憶必須消散瓦解。在我們剛出生時，皮膚能保護我們的器官，但隨著年歲過去，它也開始鬆弛了——因為器官也不再年輕——尖銳的邊角終將鏽鈍，而放手讓悲傷流逝的痛苦會比悲傷更難以承受。這就是道別，就像那回在你自己料想不到時，得一路前往鹿特丹，而且根本來不及告訴其他人，你可能好一陣子不會回來了。

是的，我不再打電話到醫院了，妳應該鬆了一口氣吧。妳記得有一陣子我覺得把媽的絲襪當頭套戴到學校很酷嗎？妳還小聲在我耳邊說：扭扭，裝酷就好。妳不知道我有多常回憶這幾個字。總之，以上就是媽在醫院告訴我的事情。

她恢復健康了，為了慶祝，她帶我和諾拉到紐約找威爾和若依。我們去了大都會博物館，看一場人人都得裸體且深陷痛苦的表演。那是瑪莉娜．阿布拉莫維奇的行為藝術展，據說是現在最火紅的展出。觀眾得擠進一個房間，一面納悶該如何走到下一個房間，因為中間只有一處狹窄走道，但是走道上又有兩位表情痛苦的裸體男女，大家得輪流穿越他們，沒人敢動，小孩和我根本找不到媽，因為她東看西看，我們還低聲討論自己看到的幾位名人，諾拉全都認識，似乎是服裝設計師和演員，至於其他人我們就不知道了。總之大家全擠在一起，七嘴八舌想要移動到下一個房間，卻又不知道該怎麼辦。然後，威爾說，嘿！外婆在那裡，我們往前看向狹窄的走廊，剛才根本沒有人敢經過那對赤裸男女，結果媽竟然雙手插在臀部站在他們之間。喔！我的天啊！諾拉說，外婆就要走過去了。媽側身經過走道，肚子還擦過那男生的下體。然後她停下腳步，杵在那對男女面前，不疾不徐享受那一刻。她抬頭看那男孩的雙眼，他表情木然，然後她對他微笑點頭跟他打招呼。接著她設法轉身面對女孩，同樣對她微笑，最後媽對大家微笑，彷彿在說，好了！我們走吧！跟我來吧！然後她就這麼走了過去，我們一個一個跟著她。

在紐約市的最後一天，媽帶我們到布魯克林一間餐廳吃大塊牛排，餐廳離威爾和若依的住處很近。等到離開餐廳時天色已暗，我們沿著人行道唱歌，想回憶起媽愛唱的那首歌，最後終於想起來了。諾拉和我和媽手挽著手，諾拉唱一首兒歌〈被愛的人〉，威爾背著若依在人行道跳上跳下，甚至掉了一隻涼鞋，我們又回頭在黑暗中找它，我想，這就是人生吧。

有時火車汽笛劃破白天的寧靜，那些不成調的音符讓我想起我翻錯頁時，妳在琴鍵上亂彈的模樣。等到最後一小節嘛！笨瓜！我家附近有鐵軌，有時我會聽到車輪在軌道的轟隆聲。有時我能感受地面震動，這讓人心情安定，像是打招呼，也像是道別。媽應該會覺得不錯，妳也知道她對打招呼和道別的要求。

記得我們鄰居史岱格太太（妳叫她吉瓦娜太太）站在我家客廳，手插在腰上怒視媽，說她不懂得持家，還罵爸算不上男人，也說我們根本不是正常的小孩，我們只是癱在地板看書，完全無視她的譴責，她在我們家踱步，說我們根本是文字民族，文字家庭，說終有一天我們得睜開雙眼，好好看清楚。到底要我們看什麼？那亂糟糟的房子？現在我想起她離開時的那句話了：文字沒法餵飽將軍的貓！我的確停了下來，也許當時我有從書上抬起頭，但只因為她那句威脅，而非因為她本人。

記得媽每次都仰泳飄出大海，直到有人發現將她救回來嗎？文字到底有什麼意義？愛芙？文字代表一切，或者什麼也不是？它不可能只有一種意義吧？我終於看了妳最愛的D・H・勞倫斯。妳不敢相信我竟然沒看過《查泰萊夫人的情人》，記得嗎？老天，妳有時很自以為是耶。沒錯，我已經看完了。沒錯，性愛很火熱。我會找時間去森林找那男人的。我不確定芙瑞達[35]是否真替D・H・勞倫斯寫了那些片段，然後在他聲名大噪，到法國找美女尋歡時保持沉默。總而言之，關於書的第一段，妳說對了，我想找人替我在家門口做一盞霓虹燈，寫下那段話，如果能閃爍更好。當然，在陽光出現時就不用發亮了。如果真的這樣，就太完美了。

「這確實是個悲劇年代，所以，我們拒絕用悲情的眼光看待它。催化劑已然發酵。我們身處廢墟，只能開始構築自己的小棲地，抱持自己微弱的願望。這很困難：通往未來的道路沒有坦途，但我們還是繼續打轉，或踉蹌爬過窒礙。我們要求生，儘管天空不斷崩落。」

還有謝謝妳替我保守祕密。記得那一次參加午夜騎兵隊，我只想去男生的營隊嗎？妳現在是我正式的祕密保守人了。

35 Frieda，D・H・勞倫斯之妻。

妳知道我沒膽帶妳去蘇黎世的，對吧？妳也知道自己不想來多倫多。

我愛妳，愛芙，我得走了。我要去修後院的野草。它開始亂長，讓我們總得高舉步槍，穿越這道混亂的叢林，這對媽並不好受，因為她這樣到不了皇后西區。

再見了，美女愛芙！

P．S．我遇到了一個男人。我們常在城裡散步，深夜打乒乓球，他告訴我的第一件事，就是他在紐澤西曾遇到幫派交火，他正好置身其中，被槍打中，在錯誤的時間出現在錯誤的地點，他在救護車裡已經死亡，到了醫院又被救回來，後來又死一次，結果又被救回來，卻得躺在冰塊中兩星期，直到心臟再度運作。他每星期三晚上都會陪我散步回家，在我臉頰親吻兩次，因為他住過巴黎。有時候我們打網球時，他會跳過球網來親我。他有幻聽，所以他的頭老是嗡嗡叫。他還有主動脈過大的毛病。他每天早上第一件事就是在筆電寫下他的夢境。我猜春天快到了。媽正在準備肋排醬，看瑞蒙．錢德勒的《漫長的告別》。茱莉打電話過來，我將擴音機打開，讓媽也能聽見。都好嗎？我問。茱莉說溫尼伯與曼尼托巴已是一片翠綠。妳記得嗎？妳記得那種光線？那種溫暖？我回答，當然啊，我幾乎能想像得到。幾乎？她問。錯，我回她，我看見了。為什麼能這麼翠綠呢？她問我。我得想一兩秒，閉上眼睛。就是啊，真是難以相信，我想起來了。

愛芙和我在飛機上。我們在選餐，雞肉或牛肉？我們忘了替愛芙點素食餐，我們喝酒，看《時人》雜誌的星座解析。她穿了一件條紋雨衣，我想牌子是Marc Jacobs，還有一雙高筒長靴。我穿Converse高筒球鞋，一件新披風。我穿披風給愛芙看時，她說很像《戰地春夢》的主角。現在我們脫了雨衣和外套，放在頭頂的置物箱。愛芙的牛仔褲是深紅色，非常深的紅色。我的則是普通牛仔褲，有點褪色了。愛芙累了，將頭靠在我肩膀上，她一直在睡，我在看書。我其實沒有真心在看書，但我努力要看。她頭靠在我肩膀上感覺真好。她的頭髮有葡萄柚的香味。我當時在看或設法要看的書是某本個人傳記，關於某個來自奧德薩地區的俄羅斯家族史。飛機降落時，我們就到蘇黎世了。

愛芙醒來，睡眼惺忪對我微笑，我說，我們到了。她問我，書好看嗎？我說，寫得很仔細，裡面的人名大概只有她念得出來。我們搭了計程車到飯店，將行李放在房間，走了幾段街區到一間很棒的餐廳，這是飯店櫃台小姐介紹的。我們還沒走進餐廳，先站在一座橋前為彼此照相，另外還請一位先生替我拍照，他拍了三四張相片，希望能挑出最好的一張。他問我們是不是來渡假的，我說我們是姊妹。

晚餐時，愛芙告訴我她年輕時的歐洲之旅。我也告訴她我的故事。一開始我們笑得很多，有點緊張，但最後我們都放鬆了，只有在真的好笑時才笑出聲。我吃得很多，不斷點菜。愛芙什麼也沒吃，但她喜歡餐廳不斷送上溫熱的小餐包。我記得對她道歉，說自己指甲很髒，但她說，沒關係，因為我最近很辛苦。當她這樣說時，我哭了，她從座位站起來抱我，餐廳的客人看見我們擁抱，大家都微笑了。

我點了另一份甜點與咖啡，最後服務生說餐廳要打烊了。我們慢慢走回飯店，手挽著手，就像年輕的時候，然後躺在白色的大床上。

記得我們那一次看日全蝕嗎？我問她。妳來學校，把我從葛那老師的英文課拖出來，要我跟妳一起看。

是啊，她說，那天好冷。

那是冬天啊，而且我們躺在雪地裡。

戴安全帽，是嗎？她問。

是啊？哪來的啊？

我不記得了，大概是我認識的某個男生給我的。

很棒，對吧？我問。

日全蝕？真的，全食帶。

什麼？我說，這什麼意思？

是啊，爸就是這樣說的，記得嗎？她壓低聲音，全食帶在中午前後，經過了曼尼托巴。

喔，對了，他聲音超級嚴肅的。

超好笑的，她笑了。

接下來要等一千五百年了，我說。

那我想我看不到了，愛芙說。

是啊，我也是。

也許不見得，愛芙說，誰知道呢？

我們的床上有個天窗，讓我們能看見星星。愛芙牽起我的手，將它放在她心口，我感覺到那裡穩定用力的心跳。

第二天早上我們很早就有約。

愛芙說，真像要去結婚或考試。

要等一整天實在太折磨人了，她說，我們就起床淋浴，然後出門吧。

謝詞

創作AMPS，我深深感謝我的經紀人莎拉．沙芳，還有我的編輯路依絲．丹尼斯。真的超專業的。哇。要謝謝我最老的朋友們，凱羅．洛文和傑克．巴思克爾，他們拯救了我的人生，可能覺得我還要「感謝」他們有點扯。（還有溫尼伯，我夢中之城）。謝謝我在多倫多的朋友總是全心歡迎我。謝謝路思佛一家人最愛抱我！謝謝我的孩子們（你們都知道我在說誰——沒有別的小孩啦，不擔心，哈哈）。謝謝我媽艾薇拉．泰維茲，妳是我生命的力量！謝謝艾瑞克．路思佛銳利的筆觸，無數次的讀書會，還有盲目的愛。最後，獻給我美麗的姊姊，瑪喬莉．安尼．泰維茲——無與倫比的天才，令人永誌懷念。

推薦文

做自己的困局

文／蔡榮裕
臺灣精神分析學會名譽理事長、松德院區
「思想起心理治療中心」心理治療督導

當憂傷想要開口吶喊，能不能喊出聲音就是一個難題了。照理說這本書只是小說，就只是虛構的啊，卻讓我想要談些很真實的事情，因為書在虛構中道出某些正發生的真實。

這是一個令人傷感的故事，震撼著常人心底難以言說的場域，對於不喜歡的事，我們常說希望「它」只是夢，對於這本書所傳達的訊息，我覺得還好「它只是小說」。真的只是小說嗎？它用小說的型式說出人性難以言傳的幽微，以故事的情節鋪陳生命的殘酷。到底是誰對人如此殘酷？是個人的生活史、家族的生活史造成的悲劇？或是「生命」的存在就是為了呈現它的殘酷？

如果要我說一句最直接的感受，那就是：「沒有人可以挽回另一個人」，如果這個人堅絕要走自己的路。雖然目前處理自殺問題的新聞時，任何報導一定要提醒大家愛惜生命，並且有求助電話。如果我只是一般人，不是精神醫學和精神分析的專業人士，嘆息之餘，我也會呼籲大家在做出最後決定前最好多想一下。只是要想什麼？或者這個想法要對誰訴說呢？「對誰說」的課題就構成另一個人的壓力，例如小說裡的妹妹，或者精神醫療相關工作人員。這就是當有人堅持「做自己」時，另一群人所必須面臨且難與人言的壓力。

進一步談論前述的壓力和它的意義前，我先回到小說本身。既是小說，它的情節和書寫策略及技巧都是重點，雖然說要簡略描述小說就像簡述自己一生一般困難，然而這本小說大致在說：何以有人會走上絕路呢？小說的主述者「我」是一位妹妹，她的姊姊和爸爸都是自殺者，以下引述書中內文：

「媽堅持在愛芙火化前見她最後一面。壓碎她身軀的是一列火車，當年讓爸粉身碎骨也是火車。愛芙沒有在鐵軌上等很久，她把時間算得剛剛好。暴力是否直接竄入我家人的骨骼與血液？」（頁265）

另有一段也令我印象深刻：

「我媽一年至少要死一次。她曾經造訪世界各地的急診室，有如四處表演的喜劇獨白演員，波多維拉塔、開羅、溫尼伯、土森和多倫多，都曾經有她的蹤影。」（頁300）

這些引述反映作者筆下的人物世界，至於小說裡的「我」這樣描述自己：

「我很想對她大吼，如果有人要自殺，那也應該是我。我是糟糕的媽媽，我離開小孩的父親。我是可惡的老婆，找別的男人上床。還有，我的寫作生涯根本岌岌可危。」（頁116）

簡要的摘錄中，道出了故事主角混亂的人生，但是描述的方式幾近冷酷，性和死，就這樣子相互穿梭，性救不了死，死卻在性裡撥弄著人的殘忍。

「我沒時間到處找人上床。我有浣熊，我有夢，有水槍，有悲傷，有臭水溝，有罪惡感，還有車道上用過的保險套。媽說我不能將悲傷與用過的保險套混為一談，把它丟進垃圾堆。」（頁287）

到底是什麼緣故讓他們堅持以這樣的方式「做自己」？如此做自己的方式，就涉及我在第三段裡所談到，專業人員的壓力。在所有人都要做自己的前提下，社會撥出一小塊領域，要有人為他們的自殺負責。被期待要負責的單位通常都是政府，然後政府機制就會設計一套讓第一線工作人員負責的方式，其中有多重管道，包括找出一個精神疾病名稱，然後假設既然有診斷名稱，一定就有解決和預防的方式。

我願意在這篇序言裡說些冒險的話，但是希望不要被誤解為不重要的事。

不可諱言，小說雖然以不評斷人物的方式，描述處在這些困境裡人們的無奈和恐懼。尤其是恐懼，儘管字眼上並未特別強調，然而這些現象一旦發生在現實環境裡，往往是第一線工作人員最大的壓力來源。儘管壓力越小的情況下，他們更能協助這些身處困境的人。

只是當一個人想要走自己的路，誰能夠扛起另一個人「堅持」做自己的責任？即便他們堅持做自己的方式是毀滅自己。我要如何說才不會被認為是在推卸責任？我想說的是，我希望面臨這些困境時，任何願意協助的工作人員，不論秉持何種理論，都可以在合理壓力下進行協助。而不是如同小說裡的「我」蒙受的壓力在於想要幫助的人是自己的親姊姊。透過小說中「我」的角色讀者便能體會我所指的困難。

這是從我個人立場希望讀者閱讀本書時，去想像和觀察的一個面向，雖然一般論述都傾向完全站在受苦者一方，大家才會接受。但是我寧願讀者站在助人者的位置，也就是小說中的「我」的角度去思考，去想像要幫助人是多麼困難的事。我認為必須要知道這種困難，也讓大眾知道這種困難，才有機會在社會裡建構慎思周延的安全網絡。

我坦言這篇序言完全站在「助人者」的立場思考，但應不至於被解讀成站在個案受苦者的對立面，照理來說也不應是對立面，但是現實上經常如此，一如書中對專業人士所呈現的高度期待：

「我會努力幫助妳。如果我失敗了，那完全是我的錯，不是妳的。我是專家，這是我的工作。妳現在正經歷巨大的痛苦，而我的任務就是治療妳，讓妳不再難過。」（頁178）

同樣地，一般人對於家人所抱持的期待，也可能帶來另一種困境。這是家屬的困境，如果根據書中一家人先後的自殺亡故，一脈相承地解讀，將自殺行為視為家中創傷的承續：

「愛芙是無辜的。我爸也是無辜的，我表姊也是無辜的。他們不能站在教堂門口公然威脅平民，只因我的家族曾經在俄羅斯遭逢大屠殺，我父親年幼時更曾因為逃命而躲進牛糞堆。」（頁181）

不是說這種想法錯了，問題在於對原因和結果之間過度簡化的邏輯關係。如此簡化思考就會使家屬陷入困局，他們責怪自己，並構成自身與幫助者之間的衝突。坦白說，對於第一線工作者過度期待的邏輯，和追究創傷起源的因果邏輯類似，這也是造成家屬和第一線工作者之間持續存在緊張的主因。

此處涉及另一個很重要的概念，創傷的延遲反應。小說也觸及到這個層面：

「如果說，歲月也有所謂的延遲反應，那麼就是我眼前的這一幕了：我媽與我的反應比照愛芙剛才說的字字句句，彷彿隔了一大片荒蕪惡地，一片草木不生的無人地帶。我媽和我姊對著彼此微笑，像是在參加笑容比賽。我僵住了。這是一場贏不了的鬥爭。」（頁112）

什麼是延遲反應？通常是指早年發生的創傷事件，以原來的受創方式存在，並在多年後展現出來的效應。不過這不符合臨床實情，雖然創傷事件是當年的「歷史事實」，但真正造成的後續影響，在不同時候都有不同的影響力。這些影響跟後來對於當初事件的潛意識詮釋有關，也就是跟後來的「心理真實」有關，在不同時候以不同方式，重新詮釋當初的事件，會造成不同影響。這也是相同歷史事件後，後續者會有不同觀點的原因。

如果家屬和第一線工作者之間僵住了，讓困境變成「一場贏不了的鬥爭」，原因來自對於事件詮釋角度不同，而帶來相互間的緊張關係，經常是雙方都抱持過度的期許。如果社會大眾和助人者之間無法有此認識，就會陷於小說裡所呈現的人際困境，受苦者擠在一起，想伸手幫助的人也沉淪困局中，難以思索新出路。畢竟，擁抱的人只能看著彼此肩後，無法看清楚對方的表情。

因為在混亂當中，這些力量都很原始且具有力道，甚至難以自覺，會絆住所有相關者，因此如何讓中間相隔的荒蕪之地，能夠慢慢地不再荒蕪，變成精神分析家溫尼科特所說的「過渡地帶」，讓恐懼不安的心理得以有喘息的空間，逐漸發展成有創造力的過渡地帶。要做到這個程度，需要各方不問對錯、持續對話，才有可能產生。如果潛在地認同人性裡的攻擊和破壞（不過要體會到這點不是易事），過渡空間難以出現，也許這是小說裡愛芙意圖做自己時，被捲進困境的緣由之一。

專訪

米莉安·泰維茲：「我擔心大家會想，這家人有什麼毛病啊？」

◎愛莉絲·歐姬芙（Alice O'Keeffe）

我在米莉安·泰維茲等待佛利歐文學獎公布的時候見到她，她的小說《親愛的小小憂愁》入圍決選名單。我們都不太指望會得獎（她輕鬆地說：「相信我，我懂。」），果然，當晚不久後獎項頒給了阿克希爾·沙瑪（Akhil Sharma）沉靜又悲慘的《家庭生活》。她的書也入圍了由大藥廠贊助、獎勵內容涉及健康與醫療主題的文學作品，而創辦的惠康圖書獎，但在星期三頒給了瑪莉安·考特斯（Marion Coutts）描述丈夫罹患絕症的《當我們撞上冰山》。

或許幽默的《親愛的小小憂愁》不是天生的得獎——文學獎通常要求作品嚴肅有文學性，彷彿這兩件事是一體兩面——卻還是擄獲了今年書評人與讀者的心，將這位加拿大作家在英國打造出前所未有的知名度。如果小說有閱讀樂趣獎，泰維茲極有可能以她化哀傷自殺為充滿爆笑愉悅故事，這種奇蹟般的絕技，輕而易舉地勝出。

這是一對姊妹的故事，育有兩個青少年的混亂中年媽媽尤蘭莉（尤莉），與她美麗有才華又婚姻幸福的鋼琴家姊姊愛芙達（愛芙），然而愛芙一心要結束自己的生命。如同尤莉所說，「她想要死，我想要她活。我們成了深愛彼此的勁敵。」顯然愛芙將會不計代價達成願望，而尤莉最終將被迫考慮是否愛她就是要幫助她完成心願。

泰維茲對本書的自傳性質抱持開放態度。她姊姊瑪喬莉大半生飽受重度憂鬱症之苦，在二〇一〇年輕生。她像他們幾乎整整十二年前自殺的父親一樣，跳到火車底下。

你該怎麼著手把這種悲劇雕鑿成幽默與光明呢？在書中，尤莉在父親死後回憶說，「他們在爸身上找到七十七塊錢，我們將錢全拿來買泰國菜當晚餐了，因為每次遇到這種事，我老友茱莉總會說：飯還是要吃的。」對泰維茲而言，幽默向來是故事的重要成分。「我希望大家不要怕這個題材，」她說，「把調性做對，直接了當，博得讀者信任，讓我們能在其他比較不黑暗的地方產生共鳴。」

為了這個目的，她的成長背景提供了特別好的準備：在為精神疾病所苦的家庭裡，幽默一向是她的武器。「我父親和姊姊大半輩子都很憂鬱，以這種荒謬的方式逗他們笑成了我的責任。他們是我認識最機智的人，但要他們擠出笑容就像中樂透一樣困難。」

瑪喬莉剛過世時，泰維茲以為她再也寫不出任何東西了。「我無話可說。我花了兩年才想，不行，我是作家，這是我的工作，把這件事寫成某種對我合理的東西吧。」這種感覺想必特別強烈，因為瑪喬莉不只是她姊姊，也是靈感來源。姊妹情誼一向是泰維茲大多數小說的核心——從她的突破之作，設定在她成長的加拿大門諾派社區內焦灼人心的成長故事《12號公路女孩》，到她刻劃女性解放，理應更廣為人知的小說《爾瑪·佛次》皆然（「那也是我老公的最愛！只不過你們好像是唯一讀過的兩個人！」）。

當瑪喬莉讀完那本描寫妹妹帶著遭受精神崩潰打擊的姊姊的子女，展開公路旅行的《飛翔的鱒魚男》之後，泰維茲記得她說，「『這好像是寫給我的情書』……真的。」為何瑪喬莉總是充滿想像力呢？「我很受她吸引。她比我年長，她不一樣，黑暗、成熟，某方面『很入世』，特別迷人。」她說。「她很有愛心又支持我，雖然總是有些我觸碰不到的東西。」

觸動她撰寫《親愛的小小憂愁》還有另一個事實：「我對加拿大的精神醫療體系有很多怒氣，它殘酷的體質，對待病患的方式，當他們是嬰兒，幾乎是當成罪犯。這件事在我的腦子和我的心裡燒出了一個洞……我不希望這是一本『議題書』，但在某方面也變成這樣。」泰維茲不厭其煩地強調在精神醫療體系裡的從業人員當中也不乏好人，但在書中描繪的整體形象很惡劣。愛芙不斷因為無法跟她的治療師「配合」而被指責與懲罰；工作人員執意將規則貫徹到底（不准用手機，不准吃外食），一丁點人性同情心都沒有；設法見到精神科醫師宛如「求見甘比諾黑道家族的首領。我甚至不確定有沒有這個人。」

泰維茲說，坦白講，實際情況更糟糕。「我在小說出版前，問過我母親是否覺得我太嚴苛了——她說，不，妳還可以更嚴苛，」她是這麼看的，「不過我不希望自己書的調性被自己憤怒的情緒給破壞了。」

她說，她最大的遺憾是沒有幫助瑪喬莉依照她的意願在安樂死機構安詳地死去。「**她**求我幫**她**，雖然我相信她是真心求我，但我實在下不了手。但每當我想到她那麼孤獨暴力地死去，我非常後悔。」

這是訪談中唯一一次見到泰維茲的聲音哽咽的時刻。多半時候，她以完全的開放和冷靜態度，談論人生中的創傷事件。她說，寫這些事件「給了我能控制自己可怕想法的感覺」。她經常被問到寫作這本書算不算是療癒的體驗。「我一直不知該如何回答。對，我是作家，寫作讓我心情愉快。但是寫那樣的書就能終結悲傷嗎？哀傷停止了嗎？當然沒有。」

這本書可以視作是贊同死亡協助的論述嗎？「絕對是。」泰維茲很高興最近在加拿大最高法院推翻了禁止死亡協助的法律，而且不只針對肉體疾病的案例。不過，這證明了與其要打敗精神醫療體系根深蒂固的失能，不如引介自殺協助的觀念，很危險，不是嗎？雖然泰維茲說她希望精神醫療能更普及，她也認為我們必須接受某些案例真的無藥可治。「無論如何，某些人就是有自殺傾向。他們天生會自我毀滅，」她說，「在我的家族，這好像一種能抵抗任何協助、照顧或醫藥的病毒。」

書中一貫的主題就是會遺傳的創傷。尤莉和愛芙就像泰維茲自己，出身於門諾派家庭：門諾派類似艾米許人，在偏遠鄉下社區過著傳統生活，跟外界互動有限。位在加拿大的社區多由當初逃離俄國革命迫害而來的家庭所組成。尤莉問過一個門諾派朋友，「你認為自己一直是為了在俄國被屠殺的祖父母輩而受苦嗎？」或許「事件可能發生在很久以前，但苦難是會代代相傳的東西……就像韌性、慈悲心或讀寫障礙。」

泰維茲在門諾派小村莊長大的特殊經驗形成了《親愛的小小憂愁》的背景——身為青少女的愛芙反抗門諾派生活的限制，但她的早期小說比較直接用到那些經驗。《12號公路女孩》書中的主角諾咪，是個抽大麻、迷戀已故歌手路·瑞德、剃光頭的少女，讓讀者異常私密地一窺基本教義派信仰者的怪異世界。書中描述的體制下，人們被迫「迴避」或排斥自己的家人，在某些案例中甚至搬進花園小屋只吃零碎食物過活。那都是真的嗎？「是啊，社區裡每個人都有過這樣的經歷，」她說。「不過迴避如何執行，要看牧師的決定。」

那本小說榮獲加拿大總督文學獎，同樣是結合憤怒加幽默，朝向門諾派的偽善，火力全開。《親愛的小小憂愁》則是以這種筆鋒，朝精神醫療體制開刀。確實，針對小說中描述父權勢力如何企圖控制，以及普遍缺乏同情心的情況，兩者有些共通點。「我一向認為它們很相似。醫院裡的語言讓我想起教堂，例如，奇怪地假設病患有罪。『喔，你沒有避開麻煩，就會回到醫院來。』『你沒有按時吃藥，或照我們說的做，這下你又回來了。』幾乎是假設病患想要，或生病是某種軟弱或罪過。當然這就是門諾教派的主軸——過錯、罪惡、服從、遠離麻煩。」

泰維茲自己的家庭「很自由，也支持自由思考的觀念」，但她還是一滿十八歲有能力就離家。她成為龐克族，搭廂型車遊歷歐洲各國，二十幾歲就生了小孩，如今五十歲出頭，住在多倫多。她說她仍然自認是門諾派。在社區裡其他人對她有什麼正面影響？「批判主義，但對門諾派而言，不是公開的。比較像祕而不宣的不以為然，」她說。「怪的是，連某些保守門諾派成員都支持我。他們說過，好吧，這很嚴苛，但我們如果想要留住社區裡的年輕人就必須正視這些事。門諾派年邁的婦女會來找我，低聲說，『我是諾咪』——我為此感到欣慰。」

姊姊過世後，泰維茲說她猶豫過要不要告訴某些人。「繼父親之後又自殺，我覺得大家會想，這家人真是亂七八糟，他們到底有什麼毛病啊？唉，我也會這樣問我自己。」但是，書裡很清楚地傳達，日子過得再糟糕跟懷抱著幾乎無限的愛並不抵觸。「對，有些嚴重問題，也有悲劇，但也一直有很多愛。雖然父親和姊姊如今不在了，還是如此。他們的關愛永不停息。」

（本文為《衛報》授權，原文刊載於二〇一五年五月二日）

藍小說 294
親愛的小小憂愁

作　者―米莉安．泰維茲
譯　者―陳佳琳
編　輯―張瑋庭
美術設計―賴佳韋
內頁排版―極翔企業有限公司

副總編輯―嘉世強
董 事 長―趙政岷
出 版 者―時報文化出版企業股份有限公司
108019臺北市和平西路三段二四〇號三樓
發行專線―（〇二）二三〇六―六八四二
讀者服務專線―〇八〇〇―二三一―七〇五
（〇二）二三〇四―七一〇三
讀者服務傳真―（〇二）二三〇四―六八五八
郵撥―一九三四四七二四時報文化出版公司
信箱―10899臺北華江橋郵局第99信箱

時報悅讀網―http://www.readingtimes.com.tw
電子郵件信箱―liter@ readingtimes.com.tw
法律顧問―理律法律事務所　陳長文律師、李念祖律師
印　刷―盈昌印刷有限公司
二版一刷―二〇二〇年六月十九日
定　價―新臺幣三六〇元
（缺頁或破損的書，請寄回更換）

時報文化出版公司成立於一九七五年，
並於一九九九年股票上櫃公開發行，於二〇〇八年脫離中時集團非屬旺中，
以「尊重智慧與創意的文化事業」為信念。

親愛的小小憂愁/米莉安．泰維茲（Miriam Toews）著；陳佳琳譯．
–二版．–臺北市：時報文化，2020.06
面；　公分．–（藍小說；294）
譯自：All my puny sorrows
ISBN 978-957-13-8240-1

885.357　　109007872

ISBN 978-957-13-8240-1
Printed in Taiwan